U0638202

国家社会科学基金 2010 年度一般项目『当代英美悖论诗学反思研究』（10BWW016）系列成果之一

浙江省哲学社会科学规划课题 2010 年度后期资助项目『亢龙有悔的老年——利用空间理论对海明威笔下老年角色之分析』（10HQWW04）成果

亢龙有悔的老年

利用空间理论对海明威笔下老年角色之分析

邓天中 著

中国社会科学出版社

图书在版编目（CIP）数据

亢龙有悔的老年：利用空间理论对海明威笔下老年
角色之分析／邓天中著．—北京：中国社会科学出版社，
2011.6
ISBN 978 - 7 - 5004 - 9764 - 6

Ⅰ．①亢…　Ⅱ．①邓…　Ⅲ．①海明威，E.（1899—
1961）—小说—人物形象—文学研究　Ⅳ．①I712.074

中国版本图书馆 CIP 数据核字（2011）第 075040 号

责任编辑　刘志兵
责任校对　石春梅
封面设计　回归线视觉传达
技术编辑　李　建

出版发行　中国社会科学出版社
社　　址　北京鼓楼西大街甲 158 号　　邮　编　100720
电　　话　010—84029450（邮购）
网　　址　http://www.csspw.cn
经　　销　新华书店
印　　刷　北京君升印刷有限公司　　装　订　广增装订厂
版　　次　2011 年 6 月第 1 版　　印　次　2011 年 6 月第 1 次印刷
开　　本　880×1230　1/32
印　　张　9　　插　页　2
字　　数　218 千字
定　　价　29.00 元

凡购买中国社会科学出版社图书，如有质量问题请与本社发行部联系调换
版权所有　侵权必究

目　　录

解读人生年轮的刻记

（代序）

虞建华

文如其人。邓天中博士个性活泼，思维敏捷，言谈洒脱，他的论著亦是如此。加之中西兼及的开阔视野，挥洒自如的文风和结合文本的理论探究，他的著作读来让人耳目一新。邓天中曾在我的名下攻读博士，取得学位不久，就亮出了这本基于博士研究但又有所拓展的新著，让人惊喜。

学界有言：人文研究方面，"能者小题大做，不能者大题小做"。"小题大做"取其字面意思，没有贬义的成分，即以小见大，从微观入手探析宏观，让一滴水折射太阳的存在。而"大题小做"者，则往往流于大而无当的空泛。邓天中的著作讨论的是"老年问题"——一个绝对的"大题"，涉及巨大的社会群体，以及与其相关的社会、文化、经济、生理、心理领域。但他找到了"小作"的视点，从海明威小说中再现的几个老年角色切入，以作家笔下的六个"文本化"的老人形象为考察对象，谋求从中找出具有普遍性的东西。讨论的立足点是文学的，但涉及范畴超越了文学本身，而且论述借助空间理论，将海明威历时性老年角色进行归类细读，解析故事中涵容的对生命的理解以及故事反映的社会现象。通过老年角色这一个侧面，邓天中博士让我们领略了海明威这位 20 世纪最具影响力的作家的写作深度。

不管是当今文学创作还是文学研究的视阈中，边缘成了中心。作家和学者的关注重心落在被现代、后现代社会"边缘化"的个体和群体之上——那些被歧视、被排斥、被挤压、被异化、被肢解、被忽略的人们。邓天中博士的论著指出，在文学中，相对于公认的被主流社会和意识形态边缘化的妇女、移民、少数族裔群体而言，老人才是真正意义上的被边缘化的群体。在社会动荡年代，老人往往是首当其冲的受害者；即使在和平岁月，老人也是社会中最大的弱势群体。相对而言，对老年的探讨则在文学中少有真正的关注。如今在我国，在世界，不断加剧的人口老龄化，赫然耸现成为我们都不得不正视的一个全球性的命题，而从某种意义上来说，不管是真实生活中的人际关怀，还是文学中的探索，我们对老年群体的理解一直都还十分欠缺。

老年群体具有多面性和多义性。岁月的沉淀，经验的堆砌，个性的积淀，习惯的凝滞，使他们超于阶级、性别和种族分界，自成一类，十分特殊，十分复杂，难以穿透。对老人而言，他们活跃的生活已成为记忆，伴随着精力的衰退、自助能力的减弱和子女的自立，他们往往会产生无依无助的孤独，天命难抗的消沉，往昔不再的遗憾和缺少理解的痛楚，他们的内心是多种情感纠结的聚合体。而另一方面，人生的这一最后阶段代表着经历了甜酸苦辣后的成熟，最能揭示人生和人性的真谛；由于接近生命终点，一生的经验更能引向对死亡这一深重主题的深切思考，因此又最能凸显对生命价值和终极意义的理解。邓天中关注的主题是前沿的，也是重大的。他的论述向我们揭示，海明威利用自己独特的艺术笔触，对老年人生的众生态早就有了深刻而系统的描述和反映。

　　长期以来，"老年"一直是文学中的传统母题，但是一般文学中的老年人常常被简单化，更多地成为一种象征：历经沧桑，阅尽人生之后被凝固成了雕像，被概念化，成为符号，却没有得到如实的再现，仔细的分析和深入的解读。他们或者被美化，成为智慧的化身，代表了理性、经验、成熟、深沉，虽然时常伴有一种英雄迟暮的苍凉或事业未酬的失意，但更多的是一种摆脱了功利与欲望，品味了世态炎凉之后的淡定与超脱；或者被丑化，成为迂腐的化身：保守、偏执、落伍，冥顽不化，关闭在自己记忆的小世界里，被社会发展抛在角落里，怨天尤人。不管是褒是贬，这种文学中浪漫化的处理，都将老年人脸谱化、扁平化、程式化，都忽视了老年人的多样性、深刻性和现实性。

　　在当今的历史和社会大环境中，老年学日益成为显学。我们看到了文学中已经出现的对老年问题越来越多的关注，一个从被忽视到被审视的转变已经悄然出现。但是从理论上对老年进行心理、社会、文化方面深度探讨的依然不多。邓天中博士的著作在这方面做了勇敢的、有益的尝试。他从列斐伏尔的空间三性（时、空、能）和空间三分（感知空间、认知空间和历验空间）出发，把人看成一个多层次空间产物，结合《周易》的空间隐喻，中西合璧，对海明威小说中的老年人物进行个案解读。在今天空间转向的大潮中，空间批评在文化批评、社会评判等大多数哲学领域都有了长足的适用，邓天中博士尝试将其应用于微观的文学批评，探讨列氏空间理论的包容性，为海明威小说人物研究提供了一个新的理论框架和不同的认知视角。

　　老年话题往往是沉重的，其重量来自历史的积累和记忆的叠加。身体的衰老所剥夺的空间自由，与死亡的即近关系造成的时间压迫，与社会主体脱节后产生的内心孤独，容易塑成老年的特殊心理和特殊的思维、行为方式。但这又是人生包蕴最丰富的阶段，小说家可以在这里找到考察人类生存状况的最好素材。邓天中博士在著作中说："老年作为生命周期的自然总结，就给我们提供了一个反观已逝人生景观的空间视点，如同树的年龄可以通过观察其空间年轮，从一个相对貌似静态的空间构造来观察人的老年，实际上就为我们提供了一个展现个体人生全景的机会——他终其一生的全部行为、与外部自然界的关系、与同类之间的关联以及他毕生向外部世界发出的能量和接受到的能量都应该记录在他的人生年轮之上。"

在世界上大多数国家逐渐步入老龄化社会的当下话语背景下，解读人生年轮的刻记，从典型文学作品中探究老年的行为和心理模式，解开老年的复杂心结，分析老年的隐喻意义，是一个非常值得讨论和研究的大课题。邓天中博士将这样的讨论和研究延伸扩展，引向人生与人性的抽象领域，引向理论的深处，引向社会无意识。这样的讨论如果能为我们的视阈拓宽一点新空间，为我们的认识添加一点新见解，唤起我们对老年问题更多一点的关注，那么这本著作就已不辱使命了。

2010 年秋于上海外国语大学文学研究院

导　　论

一　本研究的背景与目的

2011 年是美国著名现代主义作家、诺贝尔文学奖获得者厄内斯特·海明威自杀离世 50 周年。半个世纪过去了，可以说在美国文坛至今尚未出现一个如他那样影响如此深远的小说家。海明威被公认为 20 世纪"最有影响"的美国作家（董衡巽，2008；吴然，2008）、20 世纪"书卷气最少的作家之一"（刘象愚、李娟，2007：6），其作品与作家本人无不永远充满神奇的艺术魅力，我们无论从怎样的角度都似乎无法穷尽其文本可能性，也无法穷尽"海明威"的可能性。董衡巽说海明威的"每一部作品几乎都是拔高了的自传"（邱平壤，1990：6）；甚至更有学者认为，海明威的自杀不过是把"他手里的铅笔换成了猎枪"，是另外一种人生写作"定稿"（刘象愚、李娟，2007：3）——因为他本人，或许包括评论界都认为，自《老人与海》之后，"他停止了艺术的开拓，无力在更高的层次上重复自己"（董衡巽，见邱平壤，1990：8）。也正因为如此，从他的第一部革命性短篇小说集《我们的时代》（*In Our Time*）在 1924 年问世至今，世界范围内的文学评论界对海明威的解读热情就不曾消退过。他对人生的广泛关注，让我们似乎总能从他的艺术作品中找到我们想要的解读内容，比如说，在如今这个世界人口老龄化不断加剧的时代背景下，当"老年关怀"正在成为一个全球性关键词的时候，我们发现，海明威利用自己独特的艺术笔触，对老年人生的众多形态早就有了深刻而系统的关注。

一提到海明威，人们就会把他的一生、他的作品以及他所最钟爱的主题——死亡，自然地联系起来。这自然是由于海明威在自己的作品中最大限度地探讨了人生与死亡的关系；而且，在一定程度上也可能是由于他是以独特的死亡方式——自杀——主动结束了自己的生命。我们应该知道，海明威远远不止于以描写死亡的场景如杀戮、医院、黑暗来表现死亡。在他笔下出现了很多令人印象深刻的老年角色，同样与死亡有着直接或间接的指涉。无论是《太阳照常升起》中的老年伯爵米比波普勒斯，《永别了，武器》中的葛雷非伯爵，《丧钟为谁而鸣》里的安塞尔莫之类的小角色，还是短篇小说《桥边的老人》（如今已选入我国高中语文课本）、《一个干净明亮的地方》（入选美国许多高中课本）中的无名老人，更不要说最终帮助他获得诺贝尔文学奖、集各种艺术表现手法之大成的《老人与海》中的老年渔夫。我们禁不住想问：海明威对老年形象的刻画是否就是他探讨"死生"思维的另一途径呢？因为，毕竟老年与死亡似乎是一枚硬币的两面，弗莱（2006：228）说："文明的生活经常被比拟作生物体的生长、成熟、衰老、死亡，然后以另一个体的形式再生的循环。"我们无法直接去描写"死亡"，于是"老年"就成了"死亡"。在中国古代孔子就说过"老而不死，是为贼"——"老不死"也因此成了一个汉语俗词：这也似乎从社会结构的角度提示人们，到了老年就是到了死亡的季节，不死也不行。"老年"是"就死的必然"、"再生的渴望",甚至是"欲死不能"的多重矛盾体的不相容的结合。"心有余而力不足"是此一阶段的最佳写实。作为人生中最不愿意面对而又无法逾越的特殊阶段,同时面对全球范围内的老龄化社会的到来,年龄歧视(ageism)、老年犯罪等新而怪的现象层出不穷,一个健康、文明的社会该如何面对并最终解决这些问题?这不是一个简单的"老有所养"的问题,早在几千年前孔子就指出了"至于犬马,皆能有养;不敬,何以别"(《论语·先进》)的"养"与"敬"的关系。老年,作为人生的特殊阶段,在同一个"人"字下应该有着不同的价值取向标准。"有用"、"精力旺盛"、"性欲充沛"等社会流行标准并不需要成为,事实上也不可能成为老年生活的主旋律。对于"老年",并不存在一个客观的标准,一个健康的社会所追求的不仅仅是"老有所养",真正的生态老年是完美人生不可或缺的重要组成部分,其中就包括对老年"无用性"、不透明性、"熵"性等的接受。

　　相对于公认的被边缘化的妇女、少数群体而言,老人才是一个真正意义上被边缘化了的群体。他们被边缘化了却不自知,甚至不为人知。在妇女群体中,尚有先知觉悟者奋起为自己同时在为自己的群体呼吁,去争取各自的权利。但当老人真正"感觉"到自己"老"的时候,就已经是无力再来争取什么了。在著名的司芬克斯之谜中,老人是三条腿的动物。与四条腿的无知金色童年、两条腿的如日中天壮年相比,老年的这"第三条腿"是多余出来的"身外之物",暗示着老年这样一个特殊的年龄阶段"冗余"与"包袱"之意。孔子说"老而不死,是为贼",表明了老年在一切社会中都不可能是一个特别受欢迎、受关注的阶段。即便在中国这样一个一直标榜敬老与孝道的社会,形势一样不容乐观——我们只需反演逻辑就一目了然：如果孝道与敬老在社会上蔚然成风，《论语》里孔子也就不必花如此大的力气来对孝道进行解释，甚至严格区别能"养"与"敬"的意义；如果孝道真的是普遍社会行为，汉时"举孝廉"之为就会让全社会都成为做官之辈。在任何社会里，我们所标榜和提倡的，恰恰是我们最希望珍重也往往是最缺失的。另一方面，在以中国为代表的东方文明中，面对传统中老有所养、老有所终等特殊的社会期望，面对传统伦理中"百善孝为先"的理念，在现代生活重压下的成年人，无论是都市人还是农村人，在很大程度上都无法践行传统的孝道观。"代际矛盾"会随着老龄化问题而进一步激化。理念与现实之间的强大反差就像一把高悬在当代人头顶的达摩克斯之剑，使得既要维系自身生存，又想床前尽孝的人们疲于奔命。"空巢老人"与传统观念中的"父母在，不远游"的倡导已是不可同日而语，以至于在中国，一首《常回家看看》的通俗歌曲，成了看重孝道却又无法床前尽孝的全国人的悲情咏叹调。

　　老年人是一个沉默的群体。当老年人自己的感受尚不能被言说的时候，还能指望什么样的学术理论来显露这一份怪异的内心感受空间呢？就更没有人会奢望那时髦的"权利"来光顾这一领域了。或许，在本书中放在最后一章的应该是《一个干净明亮的地方》里经常光顾咖啡屋的那一位无名老人。他才是真正意义上的老人，因为他就像黑洞一样能够吞噬一切意义，让人感觉到必须有勇气来支撑才能够正视他。或许是出于学术意义的思考，或许我们根本无法从一个黑洞里读出实在意义，本研究才把这位无名老人与那位更具有"意义叙事"的老年桑提亚哥进行置换，让有意义的老人处于书的结尾，以增加一丝老年思考的"亮色"。

可以说，国内外——特别是国内的外国文学学术界——对于海明威的研究，主要集中于对他的"四大小说"，即《老人与海》、《永别了，武器》、《丧钟为谁而鸣》和《太阳照常升起》，或集中于他的"硬汉子"形象、冰山理论，等等（邱平壤，1990）。诚然，海明威作为一个伟大的作家，开一代英语文学的文风（董衡巽，见邱平壤，1990：5），以其独特的艺术魅力，每一个主题都有可资研究的巨大空间。然而，我们发现，对于海明威众多的"老年形象"，学术界却未能给予足够的集中探讨。如此众多的老年角色一直贯穿着海明威文学创作的始终，除斯皮亚罗（Sipiora，2000）的一篇不足万字的论文把海明威的四个老年形象放在一起研究以外，我们还没有看到国内外有哪一位评论家专门地探讨过海明威的"老年"母题或"老年"主题。

究其原因，一方面，大概由于海明威的上述独立作品的艺术魅力，使得评家对单一作品的兴趣就足以构成一部研读作品，也或许因为《太阳照常升起》、《永别了，武器》中的两位老年伯爵虽然形象生动，但毕竟篇幅较少，不足以引起评论的专门兴趣；而且，每部作品中的老年角色都已经引起了评论家们的相应的批评关注。单以《太阳照常升起》而论，差不多每一个旨在讨论该作品的评论家都不会忘记表述一下自己对老伯爵的深刻印象。罗威特（Rovit，1963：149）就把伯爵称为主人公杰克·巴恩斯的导师，威廉·克里根（Kerrigan，1974）叫他"杰克的模范"，沃尔夫刚·鲁德特（Rudat，1989）称其为一个"年老而智慧的杰克·巴恩斯"，罗纳德·伯曼（Berman，2003：76—77）分析了老伯爵关注青年男女主人公对话中的语言策略，瑞查德·樊提那（Fantina，2005：183）称伯爵为性禁区里的"性逃犯"，等等，不一而足。

人物被广泛提及，表明了评论家们对相应老年人物的兴趣。然而，诚如杰特鲁德·斯泰恩（Stein，1933：207）对海明威所说的那样，"片言只语无所谓文献"，我们也可以类似地得出这样的结论：上述的评论都还停留在感性阅读印象的层面，对人物的分析解读既缺乏深度，又没有针对性地看到海明威在整个文学创作生涯中对老年角色处理手法上的系统性与变化过程。因此，虽然海明威的这些老年角色曾被广泛地、"片言只语"地涉及，或被独立成篇地分析探讨，但是，综合性地集中讨论，尤其是将他笔下的老年人物作为"死亡"的特殊文化隐喻与文本隐喻进行系统的分析研究，努力看到老年在人生中的地位与意义等方面，还是值得我们付出更多、更加深刻的学术探讨。尤其是在世界上大多数国家都在慢慢步入老龄化社会的今天，"老有所为"、"老有所养"、"老有所终"等不无悖论的命题正在成为全球性话语的背景下，从典型文学作品中集中分析这种老年的隐喻意义就具有了时代意义。

斯皮亚罗选择了海明威的米比波普勒斯伯爵、葛雷非伯爵以及短篇小说《一个干净明亮的地方》与《老人与海》中的老年形象为主要研究对象，并以"实用智慧"（Phronesis）为标签概括几位老年人物，是迄今为止同一文献中涉及海明威老年角色最多的一次研究。他把研究兴趣放在老年人物的"教育功能"、道德层面来讨论。可以想象，在一篇不到 20 页的论文中讨论如此多的角色，难免流于肤浅，更何况他的研究中还不曾涉及《桥边的老人》中的无名老人、《丧钟为谁而鸣》中的安塞尔莫这些重要的老年形象。当然，另外一种可能的猜测是，或许是《老人与海》中的老人形象就已经盖过了海明威笔下其他老人的光芒；于是，一提到海明威的"老人"，大家就非常自然地想到老年渔民桑提亚哥，而对于其他的老人似乎就不存在集中对比分析的必要了。

对海明威的老年人物缺乏系统学术研究的另外一个原因则是出自老年话题性质本身。无论我们怎样定义、粉饰老年，差不多在所有文化中，老年都不是一个令人产生愉悦联想的概念。人们在日常生活中总是在有意或无意地回避着这种尴尬话题。诚如怀亚特-布朗等（Wyatt-Brown & Rossen，1993：1）所指出的那样，"只有年龄是无形的，未曾进入分析的主题"，因此进一步地，"老年就成了禁忌"。布雷南（Brennan，2005：1）的研究发现有一种现象叫做"老年的社会性边缘化"，人们在刻意"规避那些让他们痛苦的方面"，波伏娃总结说，"首当其冲地人们要规避老年"（Beauvoir，转引自Brennan，2005：1）。

同时，单就海明威而言，其老年人物被整体性忽视，或许是因为"老年"课题毕竟不如海明威的其他主题鲜明，如普遍认同的海明威对"死亡"的处理方式。相对于"老年"话题，他的"死亡"、"胜者无所获"等主题，可能更加吸引研究者的眼球。

然而，既然死亡是海明威也是相当多的小说家们所钟爱的主题，我们就有理由去关注与之密切相关的话题——老年。而且，老年往往更加紧密地与"死的过程"（dying）相关联。人们对"老年"话题的不喜欢或忌讳，是源自他们对死亡（death），或者说对死亡过程（dying）的恐惧。如人所言，人们并不是害怕死亡，而是害怕死亡的过程。

1918 年 7 月，19 岁的海明威在意大利服役，一次意外的炮弹爆炸让他身受重伤，几乎丧命。他后来甚至坚信自己在那一刻已经"灵魂出窍"（Vardamis & Owens，1999）。毫无疑问，这一次与死亡的"亲密接触"对他的影响很大，以致后来他长期失眠，经常担心自己的灵魂在不经意间离开自己的肉体（Vardamis & Owens，1999）。或许正是这种纠结让他不厌其烦地在自己作品中探讨"死亡"以及一种"临死经历"（Near Death Experience，NDE）（Vardamis & Owens，1999）。相应的，老年则是这种临死经历拉长的慢镜头，老年会让经历者与周围的旁观者都带着一种恐惧与谨慎来慢慢品味死亡的过程。

老年就像一个死亡的符号时刻提醒我们死亡的临近。正是这种符号性让人们坐立不安。这也让我们想起孔夫子的话："父母之年，不可不知也；一则以喜，一则以惧。"（《论语·里仁》）"喜"的是尚有年高的父母亲情相依，"惧"的是父母很快将离我们而去。我们所惧的当然不仅仅是父母的离去，其中也包括自己死亡的临近。

尽管如赫礼德（Halliday，1956）所总结的那样，海明威的整体说来的"悲情世界观"在他整个写作生涯中不曾发生太大的改变，但海明威还是一直在探寻以不同的表现手法来表达心中"对终极宿命的疑虑与他对活着的狂热喜好"。作为"人类心理学敏感读者"（Nolan，2009）的海明威，其"哲学倾向主要表现在伦理方面"（Halliday，1956）。他毕生都在努力表达出"生命本身的模棱两可"，认为人"作为宇宙的一部分，在走进坟墓之后则无定数，我们完全知道终点是漆黑一片，却要通过一种从人本身勇敢地析理出来的实用主义语用伦理来极尽生活之可能"（Halliday，1956）。或许正是因为如此，我们才更加理解海明威为什么要沉迷于表现"死亡"的话题，因为在他的理念中只有"好死"（die well）似乎才是人类的不二选择；也就是说，既然人人都有一死，人人都无法回避那可怕的死亡，那么至少，人应该死得有尊严，死得其所，死得"迅速、干净与勇敢"（Comley，1979）。

在海明威的逻辑中，"死得好是活得好的重要结果"（Halliday，1956），我们无须去分析他的人物怎样死去，而是相反，去看他们是如何面对即近之死亡的。这样一来，"老年"，这种介乎"好生"与"好死"之间的一个特殊过渡性概念，对于作者海明威也好，他的读者也好，都具有了特殊的观察意义。

要想观察老年人生，就离不开与此之前的人生其他阶段的比较。年幼孺子或许很自然地把老年与"无用"相关联。老年，对于他们来说，似乎永无真实意义，因为他们拥有那表面上看起来永远也无法穷尽的韶光在前，拥有无穷无尽的岁月与事务等着去打发，风华少年是上天永远的骄子。或许，身处壮年的成人偶尔会从繁忙的事务周期中抽出片刻闲暇来思考"生之何为"，来思考浮生碌碌之后的老年景象，但对于绝大多数的成年人来说，这种念头纵然有也仅仅是过眼烟云，直到有一天老年悄无声息地降临到自己身上。

说到底，老年是因岁月的堆积而产生的多层含义。海明威无疑是在竭尽其一生之所能来探索老年的特殊人生意义。年轻的海明威把老年作为传统意义上的母题应用于自己的作品。在斯皮亚罗看来，海明威尤其在其早期作品如《太阳照常升起》、《永别了，武器》——也是海明威 20 世纪 20 年代的两部力作——中用"实用智慧"对老年角色表达出了一种崇敬。在此期间，老年人是"被看"的对象，是"值得同情的老年角色"，代表着"在生活的经历中获取了充分的智慧"（Sipiora，2000）。斯皮亚罗把上述两位老人——米比波普勒斯与葛雷非——称为"精于算计的老人"。在这两位老人之后，海明威开始把更多的创作精力注入到老年人的刻画中。在《桥边的老人》里出现的就是赫礼德所谓的"老人牺牲壮举与战争残酷现实"之间的"极度不协调"。

在此基础上，在海明威继续探讨他的"准则英雄"过程中，老年的形象也逐渐在其作品中发生了角色功能的转换。如果说上述两位伯爵还是福斯特所说的"扁平性人物"的话，那种原型化的老人慢慢开始在海明威的叙事中起着更加重要的作用。在《一个干净明亮的地方》中咖啡屋里的老年常客占据了整个故事的中心，吸引着全部叙事关注；接下来，更重要的是，他的老年角色开始了思考，有了心路历程的变化，逐渐从符号性配角走向积极参与性配角，最终成为关键性主角，成为"丰满人物"（round characters）。从创作于1938年的《丧钟为谁而鸣》到1951年完稿的《老人与海》，老人终于成长为主角型英雄，完成了"人可以被打倒却不可以被击垮"的老年绝唱，成就了海明威的创作巅峰，最终博得读评界一致喝彩，并为其获得诺贝尔文学奖涂上了最华丽的一笔。至此，海明威这样一个"通过虚构小说再现人生的""哲理型作家"，通常"是将人置身于世界与宇宙的大背景之下，以不同的视角来考察人类状况"（Sipiora，2000），而老年视角构成了他众多视角中的重要一种。

与人类学和文化学中对老年的定义不完全一样的是：海明威对老年有着自己特殊的、更宽泛的定义。他甚至利用自己作为小说家可以虚构的权利，将他生活中采集到的原型进行艺术上的夸大，让老人在年龄上更苍老（详见第四章）。本研究集中讨论《太阳照常升起》中的伯爵米比波普勒斯、《永别了，武器》中的葛雷非、《桥边的老人》中的无名老人、《丧钟为谁而鸣》里的安塞尔莫、《一个干净明亮的地方》里的老年酒客和《老人与海》里的老年桑提亚哥，年龄最小的也有68

岁，最大的则已 90 岁出头。

我有意回避了海明威标注有"老"的个别角色，如《我的老头》、《永别了，武器》中的老梅耶斯、《致敬瑞士》中的老人，因为这几个人物身上的"老年"特征没有在文本上得到充分显示，或者作为扁平人物，其功能性特征比较单一、浅显，如老梅耶斯，比较直接地表现为"易到手的钱"，在赛马中赌钱很神，因而在本研究中暂不给予更多关注。

本研究集中讨论前述的海明威的老人形象，讨论他们所为所思、他们在别人眼中的形象，以及他们对外部世界的敏感程度，即他们自身的生存与主观性。

二　本研究采用的方法与角度

本研究在研读方法上采用近年来尘嚣直上的"空间理论"来进行文本分析。在此理论框架下，我们可接受的一个命题就是：所谓的"人"，实际上就是一个空间构造。一句广为流传的空间引语是："在一个坚果中可以看到一个宇宙。"秉承"一沙一世界，一花一天堂，一树一菩提，一叶一如来"的释学佛偈，我们自然能从人这样一个特殊的空间构造中解读出无限层次的宇宙意义。宇宙是空间概念（请恕我暂时回避时间），"人"这一小宇宙存在于一个更加广袤的外部空间宇宙里，与之相互作用，相互依存。而人终其一生，就是一个不断扩展自己小宇宙空间的过程，仅此而已。以这种空间隐喻作为基点，老年就是这种空间聚积的巅峰。这种终生的空间拓展是当代空间理论的微观表现，将在第一章中进行专门的理论分析。因此，本研究选择老年——如果说我们无法选择老年临终的太短瞬间——来作为一个理想的空间观察点，作为一个人性时空的完美结合部，把时间看作空间三分属性之一，或借用巴赫金的"时空体"（Chronotope）概念视空间为"向心力与离心力交互作用"（Baxter & Montgomery，1996：26），即空间无论是多么封闭，同时又必然是"全方位地开放，向奇怪、向异域；向威胁与祥顺，向敌向友"（Lefebvre，1991：118）。

空间是宇宙的存在形式（而不是一个外部的、空的"空间容器"），而时间是我们人类的后天创造物，用以测量、记录、划分那不断重复的空间运动。在索贾看来，"社会现实不只是偶然性的空间，或存在于空间'里面'，而是先设地本体论地表现为空间性。没有不是空间性的社会现实，没有非空间性的社会进程。即便是在纯抽象中，意识形态中，重现中，也是无处不在的空间维度，即使是隐藏着"（Soja，1996：46）。时间在"周期性"地重复（Lefebvre，2004：8）。因此，老年作为生命周期的自然总结，就给我们提供了一个反观已逝人生景观的空间视点，如同树的年龄可以通过观察其空间年轮，从一个相对貌似静态的空间构造来观察人的老年，实际上就为我们提供了一个展现个体人生全景的机会——他终其一生的全部行为、与外部自然界的关系、与同类之间的关联以及他毕生向外部世界发出的能量和接受到的能量都应该记录在他的人生年轮之上。

老年是一种时空的载体，通常被赋予一种个体怀旧的甜美、社会的理解与尊重、家庭的温馨与关爱；老年也是得体的模范与领导、指引，因为正是老人们昨日的贡献与努力才有今日的社会。无论是太平盛世，还是战乱萧条，都与老人直接或间接地联系，只不过在更多的时候我们会选择漠视这种因果，认为只有壮年才是这个世界的"主人"，仿佛这些青壮们都是空降而来似的。

老年人在漫长的人生中，必然会经历许多事——包括《永别了，武器》中葛雷非伯爵所说的许多"古怪"的事，他们会从中学到、积累许多人生与自然的哲理。在别人眼里，他们可能是"智慧"的化身，可在他们自己看来却不过是"谨慎"与"犬儒"。虽然他们"智慧"中的一部分可能以文字的形式记录下来变成教科书世代传承，但更多的、更珍贵的内容将随之而逝。人类，总是以青壮为主力，狂妄地选择让老年沉默，气弱力衰的老年人也只能无奈地看着那些不长记性的后人重复甚至放大他们的错误。老年人被斥之为保守、落后、不上进，因为他们"进（晋）无可进（晋）"。他们在时代的喧嚣中无语，被社会无情地边缘化。目睹整个社会在一片"进步"的华丽乐章中把一个地球折腾得面目全非，无可呼吸之清新空气，无可饮用之洁净水源，无可触目之景……老年人动辄得咎，不敢越雷池半步，否则，"老而不死，是为贼"的警语正在"恭候"他们。

不奇怪老年人无法在价值观上满足社会角色原型赋予他们的社会期待，因为他们成了社会被边缘化的"死亡"的隐喻。一个老人死了没有人觉得奇怪，他还没死别人才觉得奇怪。儒家鼻祖孔夫子现身说法，为人生不同的年龄阶段都赋予了特定的角色，也相应地设定了人生的"老"境界：

> 吾十有五而志于学。三十而立。四十而不惑。五十而知天命。六十而耳顺。七十而从心所欲、不逾矩。（《论语·为政》）

即使在当代汉语里，人们也因此把自然年龄与社会地位相关联。闲聊中某君也许会委婉隐喻地说自己到了"而立之年"、年界"不惑",到了"知天命"、"耳顺"之年,我们就能大概知道他的生理年龄了,这种趋同性表述里所体现的"见贤思齐"也好,高攀上一个远古圣人的比附也罢,多少都显得有一些滑稽,全然不顾及孔老夫子十五志于学的努力,加上他对生活孜孜以求的思考,仿佛任何人到了三十岁就都"立"起来了。其实"立"字从汉语词源上讲,是一个会意字,可能从创立之初至今未发生明显的繁简变化,是指"一人"站在"地"上(𡗗)。孔夫子的"大人"当然加进了社会语境意义,否则他老人家到三十岁才站起来是不好意思在学生们面前做总结陈词的。反过来讲,也就不是人人如圣贤那样一到三十岁就能够"而立"的。好在大家都不过借夫子之言加强一点社会责任担承方面的意思,倒也无可厚非。问题是对到了七十岁时的"从心所欲"的解读才需要真正的人生智慧。对绝对自由的渴望就是对完美人生的奢求,尤其是当一个人有望不再受社会条条框框所制约之时。遗憾的是,人们往往不恰当地记住了孔夫子所说的到了七十岁可以"从心所欲"的行为层面的放纵,却有意无意地忽略了孔夫子后面紧跟的"不逾矩"的哲学后缀。

人把自己与其他生命区分开来考虑,就是认为只有"人"才能够有意识地去遵循一套自以为正确的生命运行规律,即所谓的"道"——其实这在其他生命体中是一个不需要煞费苦心的难题,它们自然地如老子所谓"万物莫不尊道贵德"(《道德经》第51章),所以,亚瑟·威利(Arthur Waley)在英译此句时特意加注说"人不包括在万物之内"(Lao Tzu,1998:106)。在道家哲学中,"人法地,地法天,天法道,道法自然",这种刻意的师法精神正是专属于人这一特殊物种的意识性。这种特殊"师法"功能成就了人的伟大,所以老子说：“故道大，天大，地大，王亦大。域中有四大，而王居其一焉。”（《道德经》第25章）在“天、地、人”三才中，天道阴阳，地道柔刚，人道仁义。天道“始万物”，地道“生万物”，人道“成万物”。诚然，在西方的原型批评中，有着另外一种“三”的表达：

> 人类世界处在神灵世界与动物世界之间，在其循环的节奏中也反映上述的双重性。与太阳的白昼光明、夜间黑暗的循环密切对应的，是清醒生活与梦幻生活这一富于想象力的循环。这一循环构成了上文已论及的经验的想象与天真的想象之间那种对立关系的基础。（弗莱，2006：227）

弗莱把“人”置于“神灵”世界与“动物”世界的中间，并因此而得出节奏差异的结论，有一些牵强。他观察说“人类的节奏与太阳的节奏恰好相反”（弗莱，2006：227），固然不无道理，但是我们应该看到这种“相反”是人类一种后天的“人性”化、社会化的结果。即使海明威本人也曾有过“天地人”的比喻，只不过他的“天”是天气，“地”是地理形态，稍显狭隘。在东方思维中，人居天、地之间，“为天地立心”，而且，当这颗心能够贯通天、地时，“天地人”构成的汉字的“三”就演变成了另外一个神奇的汉字“王”——即一种精通古今之变的贯穿，超越一切束缚后的王道自由，进入了人的“不逾矩”的后天相对自由境界。所以，所谓“王”道，并不是一般庸俗意义上在一个特定的地理疆域空间概念里“君临天下”的“王”，而是在更广泛的层面上个人对自己生命时空的有效穿越、摆脱各种束缚，达到一种自觉地履行道德原则的境界，进入个人生命的自由王国，也就是一种生命的"王"道。

艺术家凭着自己的想象创造力，可以设计出这种人的"穿越"，享受摆脱束缚的自由。作家海明威就旨在透过哲学、心理学和伦理学的视角来阐释生命，在人与生命之间做出的努力可以通过对他的老年人物分析略见一斑。

本研究希望以空间理论来观察所选人物的空间构成特性，并借此来解剖每一个具体的老年人物。首先纳入我们的观察参数是老年人的年龄特征。空间理论并不排斥对时间的思考，相反，它把时间作为空间的一个重要构成属性。因此，所谓的老年，其本身就必定包含着人物在过去时空里的童年与壮年。分析老年就必须考虑到他们的过去的时光，如米比波普勒斯伯爵身上的箭伤是他参加革命与战争的岁月见证，老渔夫曾经叫做桑提亚哥，时间让他变为"老"人。如前所论，年龄时间与"衰老"的概念紧密相连，但"衰老"的时间界定却因人而异。在老子的观点中"物壮则老"，而《礼记·曲礼》则说"三十曰壮"。循此逻辑，我们的"衰老"实际上在我们认为自己老了之前的很长时间就开始了。海明威会通过年龄表现衰老，本研究中他的"老人"最小的也有68岁，最老的则在90岁以上。毫无疑问，与如此高龄衰老紧密相关的是那马上就要到来的生命丧失——死亡。

小说家要以这种特定的晚年人生阶段来考察人类生存状况及其与死亡的即近关系，就是莱辛所谓的"最富包孕的时刻"（Barthes，1985：93）。然而，无论是由于老年人生理机能的衰退所带来的种种不便，还是由于其对那如影随形的死亡的恐惧，老年生活总是不那么令人愉悦开怀。老年被蒙上一层灰色的悲哀，或者干脆被无边无形的黑暗所包裹。上了年纪的老人不再有他们往日的旺盛精力，健忘成了他们的标识——他们记不住自己的姓名、熟人、社会等级与权力等一度是有意义的内容。当然，他们也正在被忘怀，因此，很少有人会知道他们叫什么名字、有过什么经历或有什么"用"。

空间思考在"时间"以外的另一个维度是"能量"的概念。我们会努力探究老年人如何以能量流动形式来影响外界，同时受到外界的影响。

我们对海明威文本的详细分析会放在空间的"感知—认知—历验"三分上。这些概念将在第一章具体讨论。与空间三分直接相关的概念包括"语言"的运用、"性"的地位、"环境"（栖息地）的作用等。因此，对于每位待研究的老人而言，他们的身体空间，他们的姓名，他们的老年主体性，他们的话语内容与出现频率、场合、意识、心理，他们的梦境、居所，以及"家"的概念等，都将是本研究需要重点考察的概念。

在本研究中，我们可以看到海明威在对老年角色的处理手法上体现了从托马什夫斯基所谓的"自由母题"转移到"绑定母题"的过程，其中也体现了海明威想通过"老年"的概念来理解生命的意义的变化过程。在托马什夫斯基（Toma-shevski, 1965：68）看来，"自由母题"是"那些可以被省去而不会影响事件的因果与时间进展的内容"。当然，从文学的角度来说，我们丝毫不能因此而得出结论说"自由母题"的重要性比起"绑定母题"来要低一个层次，而是如托氏所言，自由母题"有时决定情节的建构"。由于其文本长度与文学焦点的限制，也由于其经常在数量上远远少于"绑定母题"，作者因而不一定有机会（或必要）来充分开发自由母题。这在一定程度上或许能够解释评论家们对海明威部分作品中扁平老年人物评价的忽视，使得他们对《太阳照常升起》、《永别了，武器》中的老年伯爵这样的扁平老年人物关注不够；同样的，在《一个干净明亮的地方》、《老人与海》这类作品中老年形象作为丰满人物又得到了长足的评论关注。

三　本研究的意义

从学术研究的角度来考察海明威对同一母题的处理手法上的侧重点，从"自由母题"转成"绑定母题"，以及这种变化带来的叙事效果上的改变，都有特殊的批评意义。

首先，用空间批评来探讨海明威作品中的老人的意义在于，我们能从一个新的角度来看待传统意义上的海明威钟爱的主题，如"死亡"（包括"好死"）、"准则英雄"、"重压风度"。海明威作为一个开创新的写作范式而且这种写作范式历经了长久考验的现代主义作家，当然值得我们从不同的解读角度去常读常新。借助空间理论，通过将他的历时性老年角色进行归类细读来考察他的写作深度、人物、主题，以及他对生命的理解，会给予我们新的解读收获。

其次，将空间批评理论应用于微观文学文本批评，尤其是应用于海明威的老年角色分析，在这样一个全球逐渐进入老龄化社会，老年学日益成为显学的时代背景之下，我们有望找到一些老龄化问题的社会背景与普遍性社会无意识。老年，到底该给我们怎样的人生启示？由于其世俗意义上的"无用"与"无为"，由于其与死亡的自然生态性关联，老年给人们的一般意义好像是除了等待死亡就别无所为。诚如大卫·约翰逊（2004）所提出的一个两难性问题"我们尚活着的时候该如何面对死亡"所显示的那样，如果死亡尚未来临，"死亡该怎样启示生命呢"？海德格尔告诉我们"必须面对死亡，但更多地只能以静思的方式而不是具体的方式"（转引自 Johnson，2004）。对芸芸众生来说，如果不是不治之症或死刑判决，他们是不会付出那一份可怖的"奢华"来进行这种深沉静思的，因为他们尚有梦想萦怀；而对于老人，这一任务不再是"奢华"，而是无法规避的日常进程。问题是，还没有一个人能够提前"算出这种静思的进程还将延续多长时间。这也无需成为一种'冗长乏味的智力活动与死神去遥相对峙'，个体或许会去选择将其看作一个'虚无的、自杀式的与死亡的混杂，可以结束一切经历'"（Johnson，2004：96）。由于"死亡……终将颠覆我们的存在"（Johnson，2004：96），人们才希望了解更多，如孔夫子对樊迟问题的反驳："未知生，焉知死"（《论语·先进》），孔夫子的迟疑，一方面也反映人们对死亡的不愿涉足的心理，另一方面，人们甚至不愿意在此问题上涉及"生"的话题，"我们可以看到生存不是一件'物品'。生存是一个危险的结构，它必须与构成它的动态时间协商"（Johnson，2004：94）。

第三，"老人"作为一种特定的"社会无意识"群体，在有着越来越多的"高级"居民（英语里用 advanced——"高级的"一词来隐指老年）的全球背景下需要引起更多的关注。作为个体，他们的价值不仅仅存在于他们的有用性里，如社会所期待的智慧，如斯皮亚罗所言的实用智慧或其他的社会原型期待。我们希望通过本研究，能够唤醒人们对"无用性"的关注，甚至看到无用性的价值所在。我们必须把老年看成平等的社会存在，老年有着其内在的存在价值与人的基本权利。他们不必成为智慧老人，不一定要老有所"为"。通过分析海明威的老年角色，我们可以对人这一特殊的空间产品有着更充分的理解，可以看到通过对空间的调适，老年人可以过上充满意义的老年生活。他们的存在，可以像深夜咖啡屋里的老年酒客一样，不管多么的"无能无为"，仍然凭着一丝"神气"成为"人性"的一道特殊风景，也可以像桥边老人那样"没有政治要求"，对外面的纷乱世界而言，他们就像落在身上的尘土一样微不足道，只能在战火中的待炸浮桥边犹豫不前，但在犹豫徘徊的最后关头他能想到自己生存之外的一点责任，就是人性光辉。他们当然也可以像安塞尔莫、老桑提亚哥那样去选择进行英雄般的拼搏，他们将在烈士暮年里演绎人性的辉煌。从任何意义上说，老年都是与死亡的直接对话，去理解宇宙世界与人生价值，而不是拥抱那份死亡的冰凉悲剧。它是生命的巅峰时刻，缺少了这一环节，生命的空间生产将永远无法完结。因此，我们有理由说，生命始于那"无为无用"的七十岁。

最重要的是，在空间转向的大潮中，尝试将空间批评理论整合应用到文学批评中来，尤其是侧重考察时间与能量等参数，其批评意义也十分显著。亨利·列斐伏尔所极力倡导的空间批评在文化批评、社会批评等大多数领域都有了长足的应用。然而如何将其应用于微观的文学批评尚存一定的疑问。因此，本研究的意义也在于探讨列氏空间理论的包容性，看其如何适用于文学批评领域。

通过空间理论的视角，我们希望看到老年角色作为多维度的空间产物，既有物理空间上的三维，又有时间概念上的四维，而且还有"认知"空间与"历验性"空间，类似的空间概念将在第一章中详细讨论。

第一章将在讨论现有空间理论文献的基础之上，重点分析列斐伏尔的空间三分，德勒兹的无器官之躯（Bow），福柯的异托邦空间，并力图借助中国传统空间分析哲学中的《周易》智慧来析理本研究的理论框架。

　　第二章讨论海明威的两个扁平型老年角色，《太阳照常升起》中的老年伯爵米比波普勒斯和《永别了，武器》中的葛雷非伯爵，看他们是如何被看成一个原型式的镜子形象，如何符合福柯所谓的能量危机中的异托邦空间。

　　第三章涉及《桥边的老人》中的无名老人、《丧钟为谁而鸣》里的安塞尔莫，把他们与一种异托邦的危机空间相联系，看他们如何被卷入一种异托邦背景下的乌托邦认知空间的构建过程。

　　在第四章里，我们选择《一个干净明亮的地方》里的无名老年酒客，把他与外部环境——城市化背景下的咖啡屋空间结合起来分析，并努力观察他与两位侍者之间的三位一体性。

　　第五章中老年桑提亚哥被分析为一个努力摆脱现代性的老人，他追求一种自然空间来安居，他失去姓名特征、体力、语言、与大海的关联，甚至他与小孩的师徒身份，这些丧失反而让他有机会构建一个自己的特定空间。

　　在结论部分我们将看到海明威在处理老年人物这一特殊母题时的历时性变化，总结出"老年"不仅仅是一个年龄概念，也不仅仅是悲剧性失去。老年不是可以忽视的人生阶段，而是一段需要真智慧的特殊时光。因此，老年人应学会建立一个属于自己的家，老年阶段仍旧是一个学习拓展自己生命空间的时间。

第 一 章

时空能三位一体的空间悖论理论

本章重点讨论列斐伏尔的空间三性、空间三分，以及与之相关联的空间理论家如福柯的"异托邦"概念、德勒兹的"无器官之躯"概念、索贾的"第三空间"论述，并结合讨论中国古典哲学中的空间隐喻，特别是《周易》的代表性空间理论体系。

一 理论背景

陆扬（2004）将 20 世纪学术范式上的"空间转向"称为"20 世纪后半叶知识和政治发展中最是举足轻重的事件之一"，其中，"人的空间"作为一种"煽动性的空间转向"（Soja，1996：47）业已成为一个炙手的学术关键词。但如人所论，空间这个看似"自明的东西"，"恰恰最是晦暗不清"（吴冶平，2008：3）。尤其是当我们试图将空间理论应用于文本分析时，其中许多概念还有待析理。学界对现代意义上的空间的反思大致始于 20 世纪六七十年代（陆扬，2005），"反思的成果最终导致建筑、城市设计和地理诸学科变得你中有我、我中有你，呈现出相互交叉渗透的趋势"。一时间，"空间"在西方学术界迅速成为热门关键词，成为跨学科交叉的实验场，似乎一切都成了空间的载体。从福柯到吉登斯，到詹姆逊，再到巴赫金、列斐伏尔、德勒兹，倡导重新思考空间、时间和社会存在之间的辩证关系的呼声一浪高过一浪，各种空间术语新名词也层出不穷，从"异托邦"（heterotopias）到"异形地志学"（heterotopologies），到"时空体"（chronotope），再到"疆域化重构"（reterritorialization），诸如此类不一而足。但给人的感觉是空间变成了战场，一种"政治斗争你来我往川流不息的战场"（陆扬，2005），在这个战场上，政治权力成了争夺的核心。而在如今全球化的背景下，"后大都市"已经成为"一个大变革、大动荡的转化场景，由昔年因危机生成的重建，转向因重建生成的危机"（陆扬，2005）。

可以说，在有人类思维之前是没有"空间"的。这样一个命题对于今天的人类思维来说是一个让人无法接受的观念。陆扬（2005）总结说，正是人类的"思考"才"构成了人类生活与生俱来之空间性的地点、方位、方位性、景观、环境、家园、城市、地域、领土以及地理这些有关概念"。也正是这些属于人类认知性的空间名词概念的区分性使得人们以反向构词法（backformation）的形式生产了在这些概念之前本不存在的"空间"，这种空间既属于我们的感觉器官，也属于我们的动物性特征，即列斐伏尔所说的"感知空间"。它"偏重于客观性和物质性，力求建立关于空间的形式科学"。我们完全有理由说，如果没有人类的认知空间的区分性概念，在所谓的感知空间里的"动物性生存"则有着一种完美的自然和谐，也与如今空间思维里所刻意追求的"历验性空间"中的境界并无区别。但遗憾的是，人类以语言为主要载体形式的认知行为从一开始就是以不精确，甚至是错误的形式来表达空间认知。所以老子在《道德经》开篇就说"道可道，非常道，名可名，非常名"。人类在"名"与"实"的辩证路线上挣扎了几千年甚至更久，由于认知空间的巨大能量积累，并相应地产生了硕大的认知同心力，这就使得人们经由认知空间的认知误差越来越大。庆幸的是，如今人们终于开始以空间的形式来反思导致这种错误的源头。

醉心于理论"空间转向"的许多评论家仍然主要沉湎于当代文化中"人类地域关系与空间性"的讨论，对此我称之为"宏观空间性"，即选择以人类社会（群体）而不是个体的人来作为空间观察点，把"人"与"空间"作为一种对立两极的"主""客"体来讨论，或者是一对并立的独立概念——即"人"和"空间"。于是，只要一提到"空间"，人们就似乎很容易与"地点"（place）联系起来，好像人不过是处于空间某一点上的一个客体（吴宁，2007：382—383）。

事实上，按照列斐伏尔所设想的空间思维逻辑，我们应该首先接受的命题是人本身就是一个空间（的产物），存在于同其他空间的关系之中。这些空间关系都以某种形式参与他的空间生产。列斐伏尔（Lefebvre, 1991）将空间看作一个社会产物，"掩盖着其生产过程中的各种矛盾"（Low, 2006：30）。娄从自己的观察中得出结论说，空间"就像围绕个体的气泡一样，个人空间由于社会关系与情形的区别而在规模上各不相同"（Low, 2006：4）。个人空间作为宏观空间的最基本构成单位，与其周遭的"气泡"空间紧密相关。在空间意象中，个人空间内核的物理"人"这样一个躯体，在其中实际仅占比例极小的份额。而恰恰是其外面的"气泡"可以延伸到任何广袤的境界，无边无垠。这与物理学上极小原子核同其周围的带电粒子结构而成的虚空分子模型，与宇宙中太阳同其周围的行星天体构成银河系的空间等等任何一个可以想象得出的空间结构何其相似！会不会在这个世界上，所有的空间结构都有着一个惊人类似的结构比例，即由一个极小的内核加上一个无穷大的周遭"气泡"来构成"空间"单位？依承这样的假说，我们相应地把文学人物形象以及与其发生关联的周围空间看作小社会，看成小的基本宇宙，其本身结构紧密而完整，就如同我们可以把宏观宇宙看作一个大的"个人"有机体，一个宏观空间。

有一种观点把空间绝对地理解为一种结构体系，一种几何体，"一种绝对的网格结构，物显于其中，事件发生于其中"（Curry，1995，转引自 Hubbard，2002：13），"将绝对空间的定义与理解建立在欧几里得几何学（x、y、z 维度）上，为了分析的目的，将其理解为客观的、经验的空间：'虽然移动，但却是静态的物体与动态行为流的绝对容器'"（Gleeson，1996）。与这种对空间的绝对静态对立理解不同的是，人的空间不是一个可以科学度量的物体。我们对空间理论的分析性应用，旨在观察在文学文本中那种人类行为的移动性、变动性流变，因为人类的空间性，与其"历史性与社会性一样"，"浸入了所有学科与话语"（Soja，1996：47）。列斐伏尔好像更倾向于将"文学或潜意识或语言"（1975：218，转引自 Soja，1996：47）作为一种不同的空间活动；在其中，我们更应该看到，在本质上，文学同时包容了全部的空间理念，因为文学要表现生活的全貌，其空间"无处不在，多姿多态，被包裹着、描述着、投射着、梦幻着、关注着"（Lefebvre，1991：15）。类似地，海登·怀特将历史性与叙事话语向"虚构性"、"向用文学与文学批评来表现、集真实与虚幻为一体的真实世界的诗学开放"（Soja，1996：174）。而且，由于人类社会行为的种种约束，可以说，只有在文学领域，作家或文本中的人物才有可能真实地享受"历验空间"（lived space）的绝对自由。而在列斐伏尔的空间三分"感知—认知—历验"的空间（perceived-conceived-lived space）中也只有"历验空间"才是"芥子须弥，极天际地"，是人类历史以空间理解形式最值得追求、最值得提升的目标。

我们没有必要回溯到毕达哥拉斯、柏拉图、笛卡尔、黑格尔等思想大鳄来追寻整个人类思维中空间思维的发展轨迹——事实上，每一个哲人的思考都不可能离开对空间的考量。不容否认的是，在宇宙中，人类不过是一个很晚才出现的产物，而宇宙作为一种空间构造，离开了人类的介入，其空间意义也就不复存在。是人从空间中得出意义，赋予空间意义。但真正让空间作为独立而系统的思考体系还主要是依赖于马丁·海德格尔、米歇尔·福柯，尤其是亨利·列斐伏尔的努力。

步列斐伏尔、福柯等空间理论家后尘的索贾、陆扬，包括在空间思维中独辟蹊径的大卫·哈维——一个颇有建树的空间理论学家，都在忙于空间性的维度、空间体积、社会能量的空间分布，却都较少提及能量与时间这两个非常重要的空间属性，因而使得空间研究并无实质性的突破以从本质上区别于传统的时间思维。

在国内，已有学者致力于将空间理论应用于文学批评研究。王弋璇（2008）在对欧茨小说的解读中别具新意地应用到了列斐伏尔的空间理论。在讨论欧茨小说的空间性时，她聚焦于欧茨的"空间与地区，尤其是城市地区"、"空间形构"、"空间权力与话语"，当代"美国社会现实的经历"、"文化互动与社会交流的产物"以及"意识形态信仰、社会文化习惯的聚合"等空间话题。这无疑代表了当前国内文学批评领域对空间的关注热度。

二 本研究中的三个空间维度

空间是一种普适性思维隐喻。从事空间文学批评时不存在哪些作家的作品更适合于空间批评，或哪些作家的不适合于空间批评这样一个问题，而是所有的作品都是一种空间的结构，也是空间生产的结果，其中的人物与外部环境也都是空间生产的过程与产品。索贾认为，人类从根本上说是"空间性的存在者"，总是"忙于进行空间与场所、统一疆域与区域、环境与区所的生产，人类主体身躯就是一种独特的空间性单元。人类的空间则是人类动机和环境或语境构成的产物"（Soja，1996：序）。本研究中，我们将选择集中讨论文学作品中人物的个性空间的"生产"，而不仅仅是他们在社会空间"内"的地位。具体来说，就是所选的海明威笔下的这些老年角色以他们所度过的人生岁月为轴建立了一个怎样的个性空间，这个空间将发挥哪些功效？我们的一个假定命题是：人是一个（社会）空间，人终其一生就是以生产的形式扩大其自身从而最大限度地获得自由来完成生命意义。所谓空间生产，在列斐伏尔看来，其第一个法则就是以自然空间的消失或损耗为代价；其他法则包括从空间的"物"转移到"生产"（的过程）（吴冶平，2008：6）。本研究中更具体的问题包括：

第一，身体作为一个空间是如何沿时间轴发展变化进而走向衰败，身体在老年的异托邦里是如何度过其岁月的。

把空间批评理论应用于文学人物的分析，首先就要看到人物是如何以"时间"来发展其空间、重复空间的。就像在时间思维里人们倾向于忽视空间一样，"时间"又是空间思维里一个容易被忽视的概念，因为空间似乎与时间总是显得不那么兼容。陆扬（2009a，2009b）在介绍列斐伏尔的空间理论时，努力把空间理论引入文学批评的范畴。在他的研究中（2009a），人们需要"空间"、"地域"、"图标"等概念的本义、隐喻义来表达地理的维度作为文化生产的重要方面。但这些概念却未能包括"为什么"与"怎样"在文化的建设中应用这种空间隐喻，列斐伏尔因而被简化成"一种意识形态的、经历的与主观的空间"（Warfand，2009：3）。即使是保罗·卡特意义上的"现代性的宏大历史"也被简约成一种空间隐喻的"舞台"，仅仅"关注事件的时间展现"（Carter，1987：xvi）。尽管哈维在其研究中也偶尔提及时间，如他所谓的"资本时间"用来指"与交易流通时间一起的生产时间"（Harvey，1989：229），然而，缺少了对（社会）能量分布考虑的空间思维难有真正的收获。

　　另一方面，批评家与哲学家们对空间思维的高度兴趣很可能是源于对以时间为主轴的人类现有线性思维模式的失望。如列斐伏尔所言："从赫拉克利特到黑格尔到马克思，辩证法思维都离不开时间：各种矛盾表达了一段历史之内（普遍意义上的历史之内）的各种力量与力量关系之内的冲突。"（1991：292）但是时间不是空间的对立面。时间思维的线性特征决定了其思维结果，也就是人类知识的逻辑结构性特征，使得知识的记录与传播有了可资立足的阿基米得点。但时间思维却不得不牺牲大量非线性逻辑的空间因素，使得人类在享受现代文明成果的同时，也把现代性的种种弊端归罪于时间思维。但我们需要知道的是，当我们希望找到新的空间思维模式时，我们却无法抛弃时间，相反，由于空间是时间的存在形式，没有时间，就无所谓空间——空间的生产就不可能实现，更不要说生存。另外，离开了空间同样无法讨论、认识时间。

　　列斐伏尔虽然批评了巴士拉在空间阐释中对时间缺乏考量，虽然忧虑"时间被简约成社会劳动的度量单位"（1991：324），但列斐伏尔本人也经常将时间与空间分别考虑与讨论，如他会刻意地强调某一活动"在时间和在空间内的重复"（2004：6），似乎想向人们说明时间与空间属于不同的、可以并立独行的概念体系。福柯也曾指出人们对空间的类似误解："对于那些把历史与进化模式、生物连续性、机体成长、意识进程或存在过程相混淆的人们来说，空间术语的使用似乎带有一层非历史的色彩。如果有人要开始以空间来交谈，那就会意味着他对时间有敌意。"（Foucault，1980：70）

　　实际上，我们需牢记在心的是，时间的重复就是空间的重复，或者可以表述为空间是沿着时间来重复或展现自身的。它们不能被处理成两个并立的独立概念。部分批评家之所以习惯于时空分列是由于他们长期受到了时空概念在语言学上的区分的影响，为了追求表现与再现的便利，从一开始就远离了时空一体化这一事实本身。

　　时间就是空间，反之亦然。或者说，当前存在的空间形式，都是过去的空间结果——它以新的空间形式替代或摧毁了过去的空间结果。时间是空间的属性，是空间的第四维度，是空间的集合。空间是时间的形式与体现。因此，我们能看出，当科特说"我们的基本经验与地点的关联多于与时间的关联"时，其中努力割离时间与空间关系的不妥之处也就显而易见了。

　　一棵树的空间可以通过计数它的年轮来算出。然而在文学分析中人的空间的时间却不可以简单地以其年龄来计算。虽然空间的时间概念也是首先表现为人物的年龄。在本研究中，我们会看到海明威对于笔下老人的年龄十分看重。为了增强人物的老年性效果，他会选择把他从西班牙内战战场上采集到的真实生活样本从年龄上予以放大，而通过这种艺术手法上的加工对比，我们可以看出海明威不仅要告诉他的读者作品中人物的年龄数据，而且要渲染一个特定人物的"老年"概念，这个老人在漫长的人生岁月中随着他的经历、知识与对生活的理解而积累了大量空间能量。更进一步说，在空间的历史之外，空间的时间——亦即本研究中老人的年龄——也同指即将到来的时间，一个（即近之）未来。"衰老"的投射自然地与"丧失"、"死亡"相关联，这些概念都位居海明威最钟爱的主题之首。当列斐伏尔说"死亡也有一个'定位'（location）"（1991：35）的时候，我们可以理解他所说的"定位"可以指向老年。如我们在对葛雷非伯爵的分析中就会看到，九十多岁的他，虽然看上去是那么的身体健康，精神矍铄，但主人公弗雷德里克还是莫名其妙、情不自禁地当他面讨论起死亡的话题来，而且话一出口，主人公马上就从社会文化的层面感到后悔，觉得不该在老人面前提出这个话题、引起这种让人不愉快的关联。年轻人，如《一个干净明亮的地方》里的年轻侍者会下意识地把老年等同于死亡——一个他希望躲避的"令人恶心"的事。我们常对人生怀着一种浪漫的期待，愿生如夏花般灿烂，死如秋叶般静美。但死生怎样才能做到夏秋那样时界分明？在葛雷非伯爵身上，还依稀有着浪漫而灿烂的人生印记，而在老年酒客身上就只剩下那一份沉寂了。有人读来是美（如年长侍者），也有人读起来是丑（年轻侍者）。列斐伏尔指出，"在空间里时间在消费、吞噬有生命的存在物，因此把现实变成了牺牲、快乐与痛苦"（1991：57）。然而，我们需要了解的是，"时间"在其中不是"罪魁祸首"，而"能量"才是"真凶"。

　　具体从文学的角度来说，对于文学人物在空间生产中的时间关注，如本研究之所为，将老年时光这一具有关键性的时段联系其他的决定性时刻，将其作为莱辛所谓的"最富包孕的时刻"这样的关键期——在此期间能量转换可以被清楚地集中观察。例如战争时期的老年，在夜晚咖啡屋的老年，除了电灯发出的微弱光明以外，四处都是一片黑暗；置身深海晨曦未露的老年，除了天上星星以外孤独无伴。对老年人物的当前行动时间的关注让我们能够理解时间怎样地参与空间的拓展。

　　简单地说，时间作为空间的一个主要属性，可以帮助我们方便地进行空间思索，而老年作为一个非常特殊的年龄阶段在文学分析过程中又是最佳选择之一。因此，本研究中所选的所有老年人都将为我们提供便利机会来观察他们过去的能量聚积，他们当前从各种渠道获得的能量的调适使用情况，以及未来的能量流向。福柯把老年理解为"异托邦"的"危急时刻"。在一次访谈中，他回忆起较早涉及"异托邦"时的情景：

　　　　我记得在 1966 年被一群研究空间的建筑家问到有关我当时称之为"异托邦"的一些问题，那些处于特定社会空间里的单独空间，这些社会空间的功能各不相同，甚至彼此对立。（转引自 Rabinow，1982：20）

　　虽然索贾觉得福柯的异托邦"过于不完整、不协调、不连贯"，而且"把焦点过窄地关注于奇特的微观地理，近视而又近区（near-sited），离经叛道而又迂回曲折无政治性"（Soja，1996：162），异托邦还是能够为我们对常规"空间现实"与"乌托邦"之间的对比分析提供非常便利的研究工具。福柯定义

"乌托邦"为"没有实际地点的区域。它们是那些与社会的真实空间的直接类比或颠倒类比有着普遍关系的地方。它们在一种完美的形式中展现社会本身，或者是一种完全倒置的社会，从任何意义上讲，乌托邦都是完全意义上非真实的空间"（Foucault, 1986：24），而他把异托邦与所有社会和所有时代相关联，如文化危机型异托邦像"专利型或神圣化或禁令型的地方，仅供那些与其所处的社会或人类环境产生危机感的特定个体使用：青春期、月经期妇女、孕期妇女、老年人、等等"（Foucault, 1986：24，我的着重）。从时间的角度看，这些异托邦空间则是"最具流动性、转换性、最不稳定的时间空间"（Foucault, 1986：24），"表现为经历的同时性与并列性"（Soja, 1996：158）。尽管福柯与列斐伏尔之间的学术交流证据并不明显，在索贾看来，他们二人在空间阐释方面还是有着许多的共同之处：

> 然而，不断清晰的是，几乎是福柯在 20 世纪 60 年代开始他的类似第三空间的析理之同时，列斐伏尔空间的难题正在成为其中心问题。在三本主要著作以外，福柯发表了一系列的论文讨论尼采、弗洛伊德、马克思、萨特、艾文·潘诺夫斯基的艺术史、历史的写作、哲学与心理学，在《评论》杂志上，讨论"距离、角度、起源"（1963）与"语言与空间"（1964），这些主题与课题与列斐伏尔的兴趣直接构成平行关系。（Soja, 1996：146）

换言之，福柯的异托邦空间就是列斐伏尔的再现性空间（representational spaces）（历验空间，lived space）与索贾所谓的第三空间（Thirdspace），而在本研究中老年角色，他们的个体（self）与身体（body）都在对外部能量甚至内部能量的使用上出现了某些问题，进入了一种对其存在形成威胁的危机状态。福柯异托邦在本研究中的意义在于，进入老年后，人物在他们个人空间生产的能量起源、流动与应用过程中需要面对一种"危机"。我们观察这些老年人在一种危机状态中如何自己面对、解决这些危机，并对别人产生怎样的危机性影响。

第二，作为空间属性之一的能量如何作用于身体的空间生产。

詹姆斯·卡梅隆好莱坞大制作《阿凡达》刻画了一个想象的潘多拉星球上的土著纳威人，从纳威人口里我们听到了一句有关能量的经典语录："在所有生物之间有着一种能量的网络在流动。所有能量都是借来的，总有一天你必须偿还。"在宇宙这个永恒的能量网络中，身体，特别是老年人的身体，见证着漫长岁月里的能量消耗与即近的能量返回。他首先从大自然中获得能量，而在高度的人类文明中，这种源自大自然的能量流动却完全会被当代的所谓"技术之盒"所隔断，诸如我们所居住的房屋、我们的办公场所、我们的交通工具，以及任何类似的封闭空间，甚至包括他对"家"的概念的理解、创立与接受。在这种种封闭束缚之中，身体往往只能接受到单一的、被放大的现代科技中的各种能源，后者常常以电和电器的形式作用于我们的身体与生活。以光、热、电、磁等形式放大的能量不会顾虑我们并不强大的身体的自然成长过程与容纳量，而是以其额定功率直接作用于，更多的时候是伤害于人的身体，而比这类光、热、电、磁更有过之而无不及的认知能量以学科知识的形式对个体的能量作用，就会更胜感知空间里的物理能量一等。

相对而言，作为空间属性之一的能量，比起其时间属性来要复杂得多。这种从物理学上借鉴而来的类比并不接受其相应的物理学上的计算。因此，尽管列斐伏尔在空间分析中希望更多地把注意力放在能量上，他还是明确地反对弗雷德·霍伊提出的"社会能量与物理能量的同位类比"式的简约主义做法（Lefebvre，1991：13）。

史蒂芬·霍金试图以"大爆炸"假说来解释宇宙的起源，在其所假定的这一特殊时刻之前不存在空间与时间的概念；他将大爆炸到黑洞的周而复始认定为宇宙创生与毁灭并再创生的过程，但这解释不了宇宙、时间的起源问题。老子在《道德经》中只能是以"无"来"名""天地之始"。类似地，生命空间并不仅仅是起始于婴儿的第一声啼哭（人的宇宙"大爆炸"），甚至也不是起源于父母的床笫之欢——细胞的分裂远早于精卵的结合。生命开始于广义上的天体——日月星辰——之间的特殊能量的聚积与转换。这或许在一定程度上呼应了佛家的生命轮回之说。我们以第一眼看见生命脱离其母体进入这个物理世界来作为生命的"测量"之始，相信它是一个时空体的存在的开始，时刻铭记的是它永远都是"过去行动的结果"（Lefebvre，1991：73），是一个它所碰巧处在的生态、社会环境里的各种能量关系体现。诺地亚（Nodia，1991：38）以更加生动的语言表述过类似的观点："在我属于自己之前我就属于历史；我不是立于自己的观点，我立于传统。"

为了能够弄清楚是什么在决定着最终空间产物的区别，使得有生命的空间与无生命的空间、人类生命空间与动植物生命空间，更重要的是同样为人的个体生命会如此迥然不同，列斐伏尔提出，"空间里生物体的能量分配"（Lefebvre，1991：136）的差异在唱着主角：

　　自然的空间没有舞台设计。追问为什么会这样严格说来毫无意义：一朵花并不知道它是一朵花，如同死神不知道它拜访的是谁。如果我们要相信"自然"这么个词，以其古老形而上学与神学的秘密，关键的内容都发生在其最深邃不可测之处。（Lefebvre，1991：70）

　　与之相对，因为"（社会）空间是一个（社会）产品"（Lefebvre，1991：26），是"过去行动的结果"（Lefebvre，1991：73），因此"时间"就必须与生产力式的"能量"一同被我们考虑。这一空间"包括生产出来的东西，涵括与他们共同存在、共时性的相互关系——他们（的相关）循序和／或他们的无秩序"（Lefebvre，1991：73）。我们不但将自然界的花草虫鱼赋予价值能量上的"美丽"与"丑恶"，我们甚至还将"死亡"归类为"泰山""鸿毛"之别，并让这些价值判断以能量的形式参与我们的空间生产。因此，

　　空间本身既是生产，一种通过各种社会进程与人的参与介入的生产，又是一种力量，反过来影响、定向与限定世界上人的行为与方式的可能性。（Wegner，2002：181，原文着重）

　　无论人们做什么，他们所做的，在他们生存本能之外，主要是为了"表达——以其自己的方式——正在发生的事情，来展现他们所感知到的东西"，就像艺术家们，他们"'发现'视角、开发空间理论，因为视角里的空间在他们面前展现，因为这样一个空间业已被生产出来"（Lefebvre，1991：79）。而正是因为艺术家在"视角"上的区别，导致了他们在表现形

式上的"节奏"与"能量"差异：

> 某种反复出现的原理，看来对所有的艺术作品说来都
> 是十分重要的；反复出现在时间中，我们通常称它为节
> 奏；如在空间中展现，则叫做模式。这样，我们才说音乐
> 有节奏，绘画有模式。但是，当情况的复杂性略有增加
> 后，我们就马上谈论起音乐的模式和绘画的节奏了。我们
> 的论断是，一切文学艺术都同时存在时间和空间两个方
> 面，问题仅在于二者在呈现时，哪一方面占主导罢了。
> （弗莱，2006：111）

列斐伏尔对于节奏也有着浓厚的兴趣。他从能量流动的节
奏分析着手，强调说"在任何时候，对节奏的分析与节奏分
析课题都不可以看不见身体"（Lefebvre，2004：67）。他辨析
出了"社会节奏与生物节奏的共存，以身体作为交汇点"，把
肉体作为各种节奏整合节拍的会合地，但其中对于时间的关注
主要是服务于节奏分析而非空间分析。

利用列斐伏尔的观点，把身体作为能量发挥作用的加工场
所，我们还需要借用德勒兹的精能（intensities）身体理论。
德勒兹是一个典型的以身体"精能"为切入点来探讨人类生
存的空间思维理论家。他借用法国戏剧理论家阿尔托（Anto-
nin Artaud）的广播剧《告别上帝的审判》（"To Have Done
with the Judgment of God"）的台词中"无器官之躯"（body
without organs，简称 BwO）的表达：

> 当你使他成为一具无器官之躯体，
> 你就把他从他所有的自动化反应中救出

恢复他到真正的自由。

　　德勒兹与瓜塔里借该概念指的是一种"虚拟"的身体层面——潜在特质、联结、情感、运动等的巨大库藏。这种库藏处于一种理想的、不受器官能量消耗影响的最佳状态。而事实上，由于身体的各个器官都会由于其自动化的功能而需要消耗一定的能量，这样一来，身体表现与主体表现所需要的整体能量就被最小化。所以，个体的实现实际上就是努力把自己变成一个"无器官之躯"，从而能够主动提取、实现自己虚拟的潜在可能。既然身体必须依赖器官的功能来起作用，真正意义上的"无器官之躯"是无法在人身上实现的；所以，按德勒兹的话来说，它不过是一个"变化"（becoming）的过程，而且，在德勒兹的解读中，仅仅只有地球是一个完美的"无器官之躯"。德勒兹与瓜塔里写道："地球是无器官之躯。这一没有器官的躯体浸透了未成形的、不固定的物质，向各方向的流动，自由的精能或漫游的单质，疯狂或转换中的粒子。"（Deleuze & Guattari，1987：40）也就是说，我们通常把世界看作由一个个相对稳定的实体（"身体"、"存在"）组成，而实际上这些实体则是通过各种能量流以不同的速率（无生命体如岩石与高山以非常缓慢的流动；有生命体以各种基因物质的快速流动）变动不居，能量从一种形式转换成另一种基本形式，不带任何感情与目的色彩地完成转变；因此，即使是最轻微地改变流动的目标也将最终导致这种精能的完美复杂流向模式的改变，因而从根本上改变其空间结构。而根据齐泽克的观察，时不时地，一个器官甚至会"获得自己的生命"而变成一个"部分性的客体"（无躯体之器官）（organ without body，OwB）并逃脱主体"英雄的控制"（Žižek，2004：173）。

考虑到无法实现一个"无器官之躯"，在人物的老年空间里，主体的一些器官开始自然地失去其功能，给主体的发挥留下更大的自由，尽管同时身体的表现也会因这些器官功能的失效而大打折扣。但在这种器官能量变动不居的过程中，一个接近"无器官之躯"的空间存在物有望实现。因此，考察身体的器官功能，如耳朵／听力、舌头／味觉、眼睛／视力等，就像那位老渔夫在深海里选择生吃鱼来表明味觉器官选择性的丧失，就是在考察一副因为年老、也是因为选择而变成的"无器官之躯"。

在身体器官作为体内能量消耗地点之外，我们还可以看到，人类语言（包括其副产品如观念、思维等）作为信息、文字的流动载体，携带着更加压缩的高能量，有时甚至会俘获奴役主体，把"身体"变成一个说话的"器官"。在这层意义上，就是拉康所谓的"事体在自己言说"（转引自 Derrida，1975）而非主体的人在言说。通过调查人物对待语言的态度，我们同样可以看到他们的语言是如何与他们的空间生产紧密结合起来，如米比波普勒斯伯爵对布雷特与巴恩斯对话的关注，安塞尔莫的语言对罗伯特来说就像一首诗（Quevedo），咖啡屋的老年酒客与老年桑提亚哥会选择沉默来摆脱语言的束缚。

简而言之，从上述分析中可以得出这样的结论，德勒兹的"无器官之躯"所体现的多变的身体能量层次在本质上呼应的是列斐伏尔的时—空—能空间三位组合。对于能量在身体里面的无器官流变，有两个衡量标准，即机体中能量的愉悦性（satisfied）流动与潜能的强化性（intensified）流动。前者是机体的本能，也是机体存在的前提，后者则是为了完成"愉悦"而作出的必要能量调整，以期达到能量的最优配置及使用。对德勒兹等的空间理论的应用，特别是他对身体关注的理论，需要有针对性地强调他未曾突出的对"时间"概念的考虑——将身体空间作为一个产品应该是能量（德勒兹的精能——intensities）在时间帧上的聚积，我们或许因此而将"老年"作为一个重要的因素来讨论咖啡屋里的老年酒客、深海之中的老桑提亚哥抛弃了他们的语言，正在通向一个无器官之躯的道路上。

芭芭·胡帕总结说："亨利·列斐伏尔主张权力通过空间的生产得以存续；米歇尔·福柯主张权力通过对空间的约束而得以存续，吉列兹·德勒兹与菲利克斯·瓜塔里主张要再生产社会控制就必须再生产空间控制。我希望主张人体空间或许是观察权力生产与再生产的最关键性场所。"（转引自 Soja，1996：114）毫无疑问，我们可以把胡帕引语的"权力"代换为更直接的物理学概念"能量"，以身体作为我们的空间分析的不二起点。我们可以更加便捷地从身体的微观角度以能量为线索进入文学人物分析。结合用到时间、空间、能量"三位一体"的三维度参数的适当组合，是指当提到"空间"时，我们希望看到的是一个可资人类感官观察的、相对静止的实体；当我们以"时间"来表述空间时，我们指的是空间变动不居的动态属性，不希望人们因感官的习俗而真的误解空间是一个静态的实体；当"能量"概念进入我们的讨论范畴时，我们强调的则是空间之所以能够拥有"变动不居"的属性，是因为其背后有着"能量"的"推手"。尽管表述各不相同，但身体作为个人空间的内核，从其外部环境与自身机体中获取能量并通过生产与再生产、约束与控制而得到一个更大的空间。需要指出的是，所有的空间理论的分支似乎都不曾故意地忽视对身体的思考，只是它们对待身体的方式各不相同，更多的是从文化与日常生活的角度。而在文学文本分析中，我们不

可能、也没有必要讨论身体在生活与文化中的具体表达形式，
我们需要做的是聚焦于身体本身的存在与表现。

在饱受了相对漫长——通常是七十多年——的人生风风雨
雨之后，本研究中的老年人物身体在海明威的笔下都出现了一
定的状况。米比波普勒斯伯爵满身箭伤，葛雷非伯爵感到他的
手指就像一支粉笔那样易碎，其余的要么耳聋（《一个干净明
亮的地方》），要么是手在背叛自己抽筋（《老人与海》），不
一而足。身体一方面是自我的居所，另一方面它也需要一个特
殊的容身之地。这既是指它需要一个能够适应的、个体碰巧或
者选择性地居于其中的外部生态空间环境，也包括一个小的特
殊容身之所——家。此外，身体还逐渐培养出自我与周遭其他
个体空间的关系。作为一个马克思意义上"类存在物"的
"人"，个体通常必须与其他的人类个体共存于同一个生态环
境中，他会形成直接的、有意识的能量，如爱或恨，间接与下
意识的能量，如与其他社会主体的象征性认同感，包括那种正
确或错误的认知概念，如"英雄"、"朋友"与"敌人"。在
《太阳照常升起》中，勃莱特会先入为主地并在后来影响了巴
恩斯一起接受米比波普勒斯伯爵为"我道中人"（海明威，
1984：35、68）（one of us）（Hemingway，1954：30、60）。

同时，空间思维中的能量分析还包括人物所处的特殊历史
时期。这种历史时期以较强能量的社会集体无意识直接或间接
地作用于个体。这类观念或意识形态具有"生产力"，所以
"观念会拓展"，会给其"承担者带来毁灭"（Žižek，2004：
123）。也因为如此，"复制的概念与马克思—黑格尔的异化概
念"才得以存在，因为我们都能受到社会"标准"的影响。
在《丧钟为谁而鸣》中，安塞尔莫会选择牺牲自己的生命来
为同类的残酷嗜杀历史赎罪，希望建立一个新的共和国；而在

《桥边的老人》中老人会因为自己"没有政治"而天真地认为自己应该免受战争之苦。

第三，个体如何在历验空间里寻求理解、拓展其自身空间，通过观察其人生态度、语言表达的选择（包括选择拒绝语言——沉默）、性征表达、自我生产、寻求经久渴望的绝对自由来考察其空间质量。

除了空间三属性（时—空—能），列斐伏尔进一步从三个不同的角度，即空间行为（spatial activities）（对应于空间术语的"感知空间"perceived space）、空间再现（representation of space）（对应于空间术语的"认知空间"conceived space）与"再现性空间"（representational spaces）（对应于空间术语的"历验空间"lived space）来讨论空间的生产（Lefebvre，1991：40）①。在感知空间的空间行为里，人类生活与所有其他的生命形式一样，依赖于物理层面与生理层面的外界能量与内在机体能量。人身体的空间在这种层面上与一个蜘蛛的身

---

① 吴宁在其论著《日常生活批判：列斐伏尔哲学思想研究》一书中把 perceived space、conceived space、lived space 分别翻译为认知的、构想的、实在的空间（2007：392），但就在同一页他又将 perceived 处理为"感知"层面。刘怀玉（2005）理解为"被感知空间（the perceived space），作为空间的表象物（representation of space）的认知性空间（the conceived space），以及作为再现性空间（spaces of representation/representational space）的亲历性空间（the lived space）"。陆扬把列斐伏尔的空间三元辩证法翻译为"感知的、构想的、生活的空间"，把"the lived space"处理为"生活的空间"难免让人产生前两种空间将与"生活"无关的感觉，而且，列斐伏尔把感知空间与人的器官相连、认知空间与人类的知识智慧相连、历验空间与人的"心"相连，基于此，本书中勉强将 perceived space 一律处理为"感知空间"，从属于我们人的器官行为；conceived space 为"认知空间"，从属于我们的"思维"（大脑）；lived space 为"历验空间"，从属于我们的"心"。这样我们就更容易理解列斐伏尔所谓的这三个空间层面是一体的，而不是"三个"空间。虽然与某种生活方式有一定的关联，但并不能因此而简单地认为某种空间"属于"某种从业人员（吴宁，2007：395）。

体，在尺寸、形状、颜色之类的"自然属性"之外，没有根本性区别。

在终极意义上——物质层面的人类身体也仅仅是被看作"物体"——列斐伏尔因此提出"空间的生产"从"身体的生产"开始，然后延伸到"用生产性分泌物来生产一个也起到工具、手段作用的居所"（1991：173）。他解释说："是通过身体空间才得以被感知、被历验——以及被生产。"（1991：162）结果可以这样来理解：即使是一个蜘蛛结的网也是"它身体的延伸"（1991：173），这种"由大路小径构成的网络组成的空间就像身体的空间，实际上就是身体的延伸"（1991：193）——只不过我们是从生态与物理层次的本义来理解这种空间。列斐伏尔的进一步目标就是要"把社会行为作为（人）身体的延伸，一种部分空间在时间发展中产生的延伸，因此也就是部分的历史性本身的被理解为被生产的"（1991：249，原文着重）。在生态意义上，人类身体的生产并不与另一生命的生产有太大的区别。

然而，无论是对列斐伏尔还是其他传统马克思主义理论家来说，他们通常由于对占主导地位的社会生产—消费模式的思考而来不及考虑个体"生产者"的主体性、主观性与意识形态。在马克思主义的学术圈子内，所有的生产，无论是生产过程还是终极产品，都似乎表现出同一性，因为他们只看到群体的人——如作为阶级的劳动者、工人、无产阶级或人的物种。因此，一个核心问题就会浮出水面：是什么导致了两个空间的区别，比如说伦敦与威尼斯——如果我们暂时不提两个单个人的空间比较的话？显然，按照马克思主义理论，在所有条件相同的前提下，两个生产出来的空间结果应该是一样的。这一假定似乎无法真正地反映现实生活，甚至是人类常识。如同我们无法在大自然里找到两片相同的树叶，我们同样也无法找到两个一样的空间。如齐泽克所表述的那样（Žižek，2004：119）："在克隆人中（或者，今天存在的同卵双胞胎中），导致他们的特殊差异性不仅仅是他们被暴露于不同的环境之中，而是他们每一个人在他的基因物质与其他环境的交互中形成了一个独特的自我指涉的结构。"在绝对等同的背后，我们还需要寻找潜在的、带来了差异的因素。不然的话，貌似重复的空间生产进程，尤其是当其被应用于文学文本分析的思考之中来观察人物的微观空间时，就显得失去了其实际意义。一个典型的例子就是老渔夫桑提亚哥，当他描述自己说"我是一个古怪的老头儿"（海明威，1979：49），我们就必须从空间视角找到他这种奇特"古怪"性的证据与起因。

我们认为生命从一种活的机体开始，就像一套能够"捕获周围附近地区能量"的"装置"（Lefebvre，1991：176），在其周围的"空间里弥漫着社会关系；它不仅被社会关系支持，也被社会关系所生产"（列斐伏尔，转引自包亚明，2003：48）。因此，任何活的机体在尺寸大小与通过"吸热"来"呼吸"、来"营养"自己的容量上各不相同，其所处的外部环境不同也必然导致个人空间构造的差异。在中国古典神话中，女娲造人会因使用材质的区别而导致某人在社会地位、贫穷富贵方面的悬殊差异，这迥异于西方理念中"人生来平等与自由"的观念。而且，在中国民间哲学中，还流行着与人的发展变化关系十分密切的生辰八字、风水等决定个性空间差异的因素，这些在一定程度上体现了空间能量流动与空间生产的朴素观念。

对于认知空间里的空间再现性表述（representations of space in a conceived space）而言，表述差异性与空间行为上所表现的差异性就明显不同。一只小鸟的求偶鸣唱的复杂性远不及人的祷告语言的结构与意旨深远。与动物本能性地进行空间区域划界与空间定位不同，人类群体会选择通过命名（包括去名化——即剥夺人物的名字）与重命名来再现一个空间。差不多每一个人都会有一个自己的名字，这一事实也被海明威在创作中充分地利用并发挥。如在后面章节中可以看到，他的许多"老年人"的名字都被巧妙地进行加工处理。

对地点的命名是另外一种空间分界与延伸。有着不同名字的地点被赋予不同的重要性，属于不同的社会时间与用途。一间咖啡屋往往在夜间开放，《丧钟为谁而鸣》里的山洞是巴勃罗游击队的"家"，一座桥会是生与死的分界线（《桥边的老人》），也可能是法西斯与共和国的分界线（《丧钟为谁而鸣》）。

循此逻辑也就不难理解只有到了再现性历验空间里，个体所有的差异才得到最完整、最充分的体现。在这里，不仅人与其他生命体的差异被区分出来，就连人与人之间的细微差异也得以彰显。在同样的情形下，"心"的感觉就更加各不相同。列斐伏尔说，"'心脏'的被历验，很奇特地与心脏被思考与被感知不一样"（Lefebvre，1991：40，原文着重）。在他看来，认知空间里的道德压力会极大影响历验空间质量，结果是"甚至有可能要实现一种奇特的没有器官的身体结果——一个圣洁化的身体，极言之，到其被阉去势的地步"（Lefebvre，1991：40）。对此，列斐伏尔提出了马克思主义思想家的习惯理想，认为对于个体的人要"构建一个连贯的整体"，去结合感知—认知—历验三领域，他需要无论是宏观社会层面还是微观个人层面的"有利的情形"下的"一种共同的语言、一种共识与一种符码的建立"（Lefebvre，1991：40），被社会与道德去势被阉的器官让人在一种社会意识形态里往往表现出同质性（如被同一社会异化的群体往往表现出社会共性），而因年龄或伤害而失效的器官却仍然可以表现出人的个体之间的巨大差异。

吴宁总结说，"空间是一种社会的产物"（吴宁，2007：385），列斐伏尔称为"社会形态学"（Lefebvre，1991：94），是社会关系的集中体现。我们反过来理解这一句话，就是在有人类社会之前无所谓空间。这可能让很多接受了欧几里得空间理论的人们觉得不可思议。事实上，我们应该这样来理解空间：空间不是一种"容器"，不是一种承纳他物的空间形式，而是一种以"人"为核心的构造物，一种生产过程。加引号着重的"人"旨在强调"社会"意义上的人。在"社会"意义上的"人"之前的"人"只能像其他种类动物一样凭着气味、体液或拼斗赢得有限的"领地"空间，这种"领地"空间是我们今天真正意义上的空间的雏形。针对空间的"生产"，列斐伏尔相应抛出了一系列的思考题："谁生产？""（生产）什么？""怎样（生产）？""为什么又为谁生产？"（Lefebvre，1991：69）

空间生产的主体当然是"人"，而不是一个外在的"上帝"。生产这样的一个以人为内核的空间实体的理由与动机在于人的自我意识的产生。由于人拥有了认知，特别是拥有记忆的能力，以及更神奇的有意识地通过各种手段来强化自己记忆能力的学习方式，他因而就不满足于自己的"领地"现状，希望通过努力来追求自体器官机能的扩张——让自己变高、变强、变快，并努力追求外部活动空间的无限量扩大，以宫室代替洞穴、以舟车代替双脚。所以列斐伏尔举例来说，汽车也是人身体的空间"延伸"（Lefebvre，1991：98）。整个人类历史似乎就是一个不断追求空间最大化延伸的过程，在一直追求自己空间栖息地的疆域与自由。而且更主要地，主体的人还会以符号、情绪营造一个特别的精神空间，他可能会身寓一室之隅，却能"精骛八极，心游万仞"。《道德经》"为腹不为目"的警语早已被当代人彻底颠覆。自从人类的先祖偷吃了"禁果"、打开了意识与智慧的双眼，人类就难以得到整体的安宁。我们以空间的形式不由自主地复制着自己、扩张着自己。

在空间的生产方式上，我们是从自己的器官功能上开始空间能量的交换与空间生产的。但在器官的不断重复使用与强化的过程中，我们的器官也开始了分化。虽然从解剖意义上讲，我们的性器官、心脏、大脑也都是普通的人体器官，与我们的肝脏、双手、皮肤并无高低贵贱上的分别；但是在功能上，性器官、心、脑与身体其他器官却又存在着本质意义上的区别。

人类的性器官在人的一生之中经历了一个奇特的变化过程。它从儿童时期的排泄器官进化到成人时期的排泄、生殖、至乐三种功能集于一体的特殊器官，我们也许可以这样猜想，是人类在早期为了自身再生产的繁殖需要而强化性器官的这种功能，让其从生殖的基本功能转而复杂地与至乐高潮、纵欲及伦理道德纠缠在一起。而到了晚年，它又退化回归到普通的排泄器官。

相应地，我们每一个器官都会把各自接收到的刺激通过中枢神经系统汇集到大脑，接着，大脑会作出相应的"价值判断"：舒适、危险、疼痛、平安……再进一步，大脑在这一判断的基础上向相关器官发出行动指令：享受、重复、应激避险或不采取行动。

另一方面，大脑发出各种指令时都必须从"心脏"这一军火库里调集足够的血液作为动力资源，为形成局部的最佳功能表现提供充足的"弹药"。当这种局部表现以"精能"（intensities）的消费形式被推向极致时，大脑会关闭身体其他器官的能量供应，整体会表现为这一个器官在单独做功，这时候，我们就成了一副"无躯器官"（OwB）。

一个典型的类比可以从被老虎追逐的兔子身上看得出来。当兔子在吃草时，全身器官处于放松和谐状态，相对精能表现为觅食器官的运作。而警戒器官、呼吸器官等则处于半闲适、半运作状态；排泄器官、性器官则处于关闭状态。可是当它发现一只老虎在向自己扑过来时，兔子会在瞬间关闭掉觅食器官，把全身的能量聚集到逃跑器官，此时的兔子就不再是一只兔子，而是一具器官——无躯器官，其心脏的跳动也会提高到最大的极致，比常态下的兔子心跳会高出不知多少倍，来满足逃命时所需要的全部能量。

类似地，人在很多时候也会因为应激的需要而变成逃跑兔子那样的器官来应付各种紧急情况。但人脑区别于其他动物大脑的地方在于其能够幻想出各种并不存在的场景。一位成功跨越康斯坦斯湖的骑手没有因为湖冰破碎死在湖底，却是死在得知自己成功穿越了一个危险湖面后的客栈前。这就是人脑器官的奇特之处，它可以用一个完全虚拟的危机来为心脏制造出新的能量输出的借口。现代人觉得生活压力大、不堪重负，人为地制造出了许多现代病，与大脑的这种自我施压功能分不开。

人的大脑已经超出了一个普通的应激汇总器官，而是一个可以根据感知的反应进行归纳推理、得出一套极具个性而又是共性的认知体系。在英语里，"认知"一词 conceive 的词根 con - 就有"共同"的含义，其共性既表现在大脑可以共时性地综合所有的感觉器官的反应，也表现在大脑可以历时性地继承人类共同的认知结果。认知体系的个性特征则表现在，就在我们认同人类认知体系性同质共构的前提下，我们简直无法想象在这个世界上两个人会有着同样的认知结构与知识体系。类似地，我们有理由得出相关结论说，认知空间里存在的这种差异必将会以某种形式影响个体的生活方式，并必然要以某种外在形式表现出来。这就从根本上解释了为什么在这个世界上人们的生活方式总是千差万别。在很大程度上，正是人类大脑这一特殊的认知器官在背后制造了这一系列的差异。

可以说大脑是迄今为止让人们感觉最神奇、也是最想弄明白的人体器官。大脑虽然是我们身体的一个部分、一个器官，但它却有着独特的节奏周期。一天中大脑思维最敏捷的时间仅仅是有限的几段，它也不会完全按照主体的安排来工作。脑科学观察与分析发现，即使我们在执行特定任务时，大脑消耗能量的上升幅度不会超过基础神经活动的5%。在神经回路中，大部分神经活动都与我们要努力从事的外部主题性事件不相关，这些貌似不相关的神经活动所消耗的能量会占据我们大脑总消耗能量的60%—80%。如果借鉴天文学家的说法，把这些固定存在的神经活动称为大脑的"暗能量"的话——这种看不见的暗能量竟然占据了宇宙中物质能量的绝大多数——我们大脑的大部分能量也是以"非主题性""暗能量"消耗掉的。面对大脑这样复杂的空间构造，不奇怪到目前为止，人们对于大脑一直知之甚少。与大脑相关联的人类行为之谜也最多，诸如梦境、幻觉、（潜）意识、任务控制、睡眠与失眠、记忆、幸福感，等等。人们只能隐约知道大脑在明显或隐晦地指挥着我们的一切行为。根据相关的脑科学数据，单是我们现代人最依赖的视觉器官眼睛，面对我们周围存在的无数信息，每秒约有上百亿比特的信息抵达视网膜，但与之相连的视觉输出神经连接只有100万个；因此，每秒钟经由视网膜传向大脑的信息只有600万比特，而最终能到达视觉皮层的信息只有1

万比特。经过进一步处理，视觉信息才能进入负责产生意识知觉的脑区。令人惊讶的是，最终形成意识知觉的信息每秒钟不足 100 比特。脑科学家通过分析推理相信，如果这些是大脑所能利用的全部信息，如此少的信息量显然不大可能形成知觉，因此固定存在的大脑神经活动，利用其所消耗掉的"暗能量"在此过程中发挥了信息加工与利用的作用。也就是说，大脑不过是利用非常有限的外部信息——少到亿分之一的选择信息来加工成自己的知觉。而眼睛是我们"效率最高"的感觉器官，其他器官的信息接收与利用率就更等而下之了。

　　凭着如此低的信息利用率，人生产出了神奇的认知空间，不能不说这从根本上成就了人的伟大；但这也在另一方面提醒我们，人的这一认知空间如果与外部真实的世界、与客观现实哪怕有着亿分之一的吻合之处也是一种奢望了。因此，欣欣然神奇而狂妄自负的人类，所谓的对世界的认知不过是一种虚诞的笑谈。大到外部的宇宙世界，小到我们自身的大脑，我们到底了解了多少？然而，我们却总是在顽固地坚信，只有自己才是正确的，才是坚实地与真理同在的。这种亿分之一的知觉选择性帮助我们加工、处理、决定日常所为，这或许也就更进一步解释了为什么同样是人、面对同样的历史语境，在以几十亿计的茫茫人海中我们似乎无法找到两个一样的个人空间、人生轨迹。我们也可以因此说，每一个人的人生历程与努力都不过是一种风险极大的、一次性的、不可重复叙述的尝试。在此基础上，我们总结出来的种种经验，营造起来的庞大认知空间，相对于生活的本真来说都不过是沧海一粟。而就是这渺小的一"粟"，也必然会因为人们所选注意内容的偏漏而错误百出、彼此大相径庭，无怪乎千百年来，喜欢思考的人们会各执一词、争论不休而难得协调。

三 空间的悖论

空间理论告诉我们，人的空间构造实际上是一个以认知空间为回旋转折拐点的悖论结构，大脑的认知方式与认知内容决定了这一结构的悖论性，即我们总是在以一个最小的认知点来指代象征一个无穷大的外部空间体，这也就相应地决定了人作为一个空间构造，终其一生都无法真正如愿以偿地走向自己所设计的理想目标，而且，他更多的时候是在积极地走向自己所厌恶、所反对的一面。

一提到悖论，我们不能不对"悖论"与"反讽"这一对貌似形影不离的"异卵双胞胎"之间的关系有一个基本的认识。弗兰克·安克斯密特（Frank Ankersmit，1995）曾说："第一眼看上去，悖论与反讽相差不大。所谓'Weltironie'、'事件反讽'（irony of event）、'宇宙反讽'（cosmic irony）表述的是认识到了我们打算做的与我们实际行为结果之间的悖论关系。"他总结了"反讽"与"悖论"之间的两点区别，即第一，反讽强调我们所"说"的与所"意指"之间的差异，而"在悖论中，语义对立不应该被消除——反讽则要求我们消除——而是必须予以尊重。充其量，人们只能说悖论与所谓的'浪漫反讽'彼此之间非常接近"。此外，他指出更重要的第二点，对反讽的理解总是依赖于"附加知识"，而"在反讽表述中没有提供附加知识"：

> 与隐喻一样，反讽倾向于停留在语言与思维的层面，停留在我们已有知识与已有关联层面。悖论作为修辞，在另一方面，总是于我们在语言层面同隐喻与反讽度假之后

要把我们送回现实。它演示了我们知识和关联体系的不足。隐喻与修辞是语言的庆典，赋予了思维的理想主义模式，悖论是现实的庆典——坚持要再一次地把我们的注意力转移到现实，并强调其效用性，比文字表述更加顽强。

因此，"悖论"看到的是现实的对立不可调和性、万物的"负阴抱阳"的双重矛盾属性。它依赖于反讽，但又不仅仅像反讽那样停留在语言层面、意图层面以及浪漫地寻求一个"理想"解决方案的层面。这就是"悖论诗学"（poetics of paradox）的基础。狭义的悖论诗学是刘若愚（James Liu）所表述的根据诗人对语言与诗悖论本质的认识，开发出来的"以少言多……以隐言显、以简胜繁、以典胜真、以暗示胜描述"的诗学表现手法与特征（转引自 Daruvala，2000：119）。但在广义上，悖论诗学更包括利用诗学语言对"命运反讽"的描述与揭示，即以积极而有意义的人生行为对无意义命运的孜孜不倦的探索与追求，其中既包括主体有意识的"知其不可为而为之"的悖论悲壮，也包括主体错误地以为其可为而作出与生命本来进程适得其反的努力。在空间批评里，"感知—认知—历验"三分的空间模式告诉我们，产生命运反讽的源泉，或者说让我们总是在不断地走向自身对立面的"罪魁祸首"是认知空间里的空间表述，其符号的强大而集中的能量来不及顾及器官的感受，在器官适应原有的表现模式之前又马上提出了新的表征需求。

著名的数学模型莫比乌斯环（Möbius strip）就给我们展示了一种单面的、正反合一的空间构造。在该环带上，空间物体与其对立面竟然没有了明确的分割界线，我们随时随地处于自己的反面，只要我们坚持努力，我们竟然会不需要穿越任何空间界限而走向自己的对立面，那一当初认为是"处于貌似不可穿越的对立面上的对立结构与问题"（Amith，2005：27）。莫比乌斯环模式告诉我们，人时刻处在自己的对立面，当主体凭着自己的认知要作出努力、奋斗与拼搏的时候，他就在走向自己曾经反对、厌恶的对立面，其中不需要痛苦的改变与艰难的穿越，他所做的不过是一直朝着一个他以为正确的方向前进而已。空间悖论特别明显地揭示了这种自我与自我所拒斥的他者性的神奇合一，共同存在于同一空间环带上而不自知的空间特性。

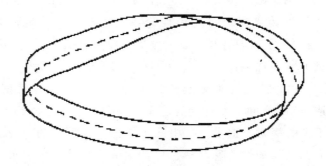

莫比乌斯环（Möbius strip）

莫比乌斯环状悖论空间给我们的启示是，主体在大脑的指挥下完成着大脑不希望看到的结果。产生这种悖论的起因在于大脑的认知方式。由于大脑主要是以高度简约的符号形式来认识世界、表现世界，结果是，一方面，以数据为媒质的世界客观性本质在进入大脑的时候大量衰减，另一方面，主体也不得不赋予每一个衰减后所接受到的有限功能符号以无限的空间代表性与大量的空间能量，所以列斐伏尔说，在同质空间（isotopias）、异质空间（heterotopias）与乌托邦（utopias）空间的三分之中，充满悖论的是"最有效率的空间挪用竟然是被符号所占用了"（1991：366）。是符号本身所具有的减约性特征，以及人们为了追求效率而不惜牺牲对众多附属性质的思考，如人们会用"公园象征绝对的自然"，用"宗教建筑象征权力与智慧——因此就有了绝对的纯洁与简单"（1991：366）。类似地，我们在后面还将进一步看到，海明威笔下用咖啡屋来象征城市绝对空间，又利用其中的灯光与洁净的符号来象征家的温馨特征，并且要表达与家的本质差异。

　　然而，在这种空间悖论下，大脑作为人独特而神奇的器官，虽然难逃让主体的人深陷空间悖论之中而难以自拔的罪魁祸首之责，却也有着其无辜的一面；因为大脑并不是为了"自己"的"一己之私"，它竟然是为主体的那一颗"心"在做"嫁衣裳"。与大脑相对应的心脏同样也不是一个普通意义上的身体器官。它负责为身体其他器官的各种功能分配合理的血压与流量，同时又是衡量人的身心状况的晴雨表。"心平气和"的人生是一种理想境界，一种超脱，可以做到"不以物喜"、"不以己悲"。列斐伏尔在《空间的生产》一书中刻意区别了"身体"器官与"大脑"（235）、与其他感觉器官之间的功能差异。概括起来，在感知空间的空间行为中，我们的感官（包括大脑与心脏）起着主要作用；在认知空间的再现中，起作用的主要是我们的大脑；而在历验的再现性空间里，是我们情感的"心"在发挥功能，诚如荣格所说："'感官感知'告诉你某物存在；'思考'告诉你它是什么；'感觉'告诉你它是否一致。"（荣格，1988：40）

　　无论是由于人类认知功能的局限性，还是人类语言的本质使然，我们无法去探讨人类眼界与感知能力、计算、测量及分析能力以外的"整体性"，我们于是常常免不了通过对"时间与空间的减约"（Lefebvre，1991：296），把人类空间作为一种先天的、静态的容器，即使是在我们标榜借助于时间来观察空间的时候。因此，人类空间经常是被肢解为一种无声无息的静态三维空间，就像一棵老树用其年轮安静地以统计的方式展现着其在沧桑岁月里积累下来的美丽圆环，文学作品中的老年角色也会因此而被读成如上所述的"时空聚合"。当然，无法否认的是，所谓的空间思维，也只能是将被减约的维度有所增加，而无法做到对生活的全部还原。

对老年角色的调查从身体的角度入手是因为，用列斐伏尔的话来说就是，"身体本身生产空间，是被其、也是为空间行为手势生产"（Lefebvre，1991：216）。既然空间是"通过物理行为手势与运动……来实现"（Lefebvre，1991：200）的，它就不应该仅仅被身体所独霸。它会以自己与周围的空间——例如一个居所（家），一个物理生态环境——之间的互动来构成其物理环境部分。在本研究中，我将其分解为"身体"与"环境"。身体需要一个大于其立体三维的空间来呼吸、流汗与完成手势动作。海明威明显地对行为场所给予了长足的关注。那两位伯爵与老年酒客主要是在一个城市化的咖啡屋里活动，安塞尔莫待在山里要帮助炸掉一座对战争双方来说都似乎很重要的桥；《桥边的老人》所面对的那一座浮桥同样有着象征意义；老年桑提亚哥走向深海——他的恋人（la mar）。环境的设定在变，然而它们的文学功能没有变。这些物理地点为身体提供居所与活动场所。有时候这些居所与"家"的意义重合，家就成了一个为身体提供能量的来源，因为个体总是带着激情来表现生命行为：

再现性空间是活着的。它会说话。它是一个有灵性内核或中心：自我、床、卧室、居住、房屋；或者：广场、教堂、墓地。它包含激情的场所、行为的场所、历验过的情形的场所，因此直接地包含时间。（Lefebvre，1991：42）

与德勒兹相近，列斐伏尔选择关注身体，因为身体"不隶属于分析思维，也不隶属于从线性中脱离出来的循环性……身体实际上统一了循环性与线性，把时间、需要与欲望的循环周期性与手势、巡视、领悟与对事情操控——操控物质与抽象工具——的线性相结合。身体精确地存在于这两个领域的互惠运动之中"（Lefebvre，1991：203）。然而，也正是在这一点上，认知空间带着其居统治性的威力，凌驾于身体之上，从不会停止（主要是利用语言）对身体及其主体性的操控："自我与身体的关系，一点一点地被理论性思维分割殆尽，结果就变得既晦涩又复杂多样。确实，自我与身体之间有着许多不同的关系——如对身体调适的许多形式或未能成功调适的形式——就像有着许多的社会形式、'文化'，甚至许多的个体形式。"（Lefebvre，1991：204）

身体的成长，从一个"无躯器官"（OwB）的婴儿期到可能成为"无器官之躯"（BwO）的老年阶段，一直伴随、见证着个人空间的发展，包括身体的自然增长和设计之下、操控之中的个人领地的调适。不仅仅是物理身体需要一个物理空间——居所——来容纳身体，自我还要求其空间的扩大——既指物理意义上的扩大，也包括隐喻意义上的扩大——以求得"更大"的空间来满足自我对自由与潜能实现的需要。固然，现代人许多时候会错误地解读这种空间需要，就像"物化商品那样"（Lefebvre，1991：90）物化着自己的空间需要，来购买"大"的居家、豪华"房车"来增加其空间移动性。在普遍意义上说，人类中占绝大多数的都是福柯意义上的"思考的存在"，他们的思考当然首先是："生活为什么会这样？生活会怎样地改变？"尤其是，在列斐伏尔看来，如果人们要"改变生活"，或者"改变社会"，他们所需要做的恰恰就是"改变空间"（Lefebvre，1991：190）——"一个合适空间的生产"，缺少这种改变一切都毫无意义（Lefebvre，1991：59）。尽管列斐伏尔是从社会空间的宏观建构的角度来讨论这一话题，作为社会最小的空间构成分子的个体人，他的空间构建也类似地可以从这种微观视角来分析思考。

"改变"这个词让我们很容易想起威斯敏斯特教堂边一个很有趣的墓志铭：

> 当我年轻的时候，我志向远大，我梦想改变这个世界；当我成熟以后，我发现我不能够改变这个世界，我将目光缩短了些，决定只改变我的国家。
>
> 但是，同样，做不到。
>
> 当我进入暮年以后，在我最后的绝望努力中，我开始改变一下我的家庭，那些与我最亲近的人。但是哎呀，他们不可改变。
>
> 当我现在躺在床上行将就木时，我突然意识到：如果一开始我仅仅去改变我自己，然后，以自身为范我可能改变我的家庭。
>
> 在家人的帮助和鼓励下，我可能为国家做一些事情；然后，谁知道呢？我甚至可能改变这个世界。

从中我们可读出这样一些启示，在那永远的人生悖论中，一方面人生充满了各种宏大梦想与愿望，我们错误地珍藏心底，直到最后时刻才发现实现它们是那么的遥不可及；而另一方面，人似乎总要到年老已至之时，到临终时分才会意识到人生的一些基本事实，却又为时已晚、于事无补。而且，这种真知灼见般的哲理也不会对别人的人生有丝毫裨益。因此，老年就是观察人生的重要环节，从中我们读出的不仅仅是生命如何走向终结，也可以看到对整体生命历程的反思——人生空间如何得以构建，什么样的变化会经历其中。有了合理的观察，或许一切并不真的"为时已晚"，何况孔夫子还讲"朝闻道，夕死可矣"。贯穿"人"一生的，就是一个空间的"变化"问题。中国古代智慧把这种"变易"作为人生的永恒来观察："易"变而无体，是形而上的"道"，生生不息，变动不居："易穷则变，变则通，通则久"（《系辞下》）。从"易"、"变"、"通"、"久"这四个概念的相互关系中我们可以得出这样的结论：易是一种量变状态，不容易为人们所感知，所以以"易与天地准，故能弥纶天地之道"（《系辞上》），这种天地本身的状态（"道"）不会为人们清晰地感觉到，所以"百姓日用而不知"。而量的积累终于导致"变"（易穷则变），使空间事物表现为通畅状态，并会持"久"地维持下去。

四 《周易》与空间能量变易

个人的空间，作为社会的基本单元，与其他产品不同，"不是一个物件，不是一个通常意义上的产品"（Lefebvre，1991：73）。它包括各种相关的生产关系，"它是一个系列与一整套操作的结果，因此不能减约成一个简单的物体层次"（Lefebvre，1991：73）。从格式塔理论的角度来看，整体大于部分之和，个人空间不是其不同层面的简单累加，而要大于其累加的结果。类似地，当两个单独的人走到一起时，我们得到的不仅仅是两个人，而是由两个个体组成的群体，一个小的、大于两个人各自空间简单累加的社会空间，这就需要一套与之相适应的社会法则，即对空间的合理认知与调适。在汉语思维里，儒家思想体系中最基本的核心概念之一的"仁"是一个会意字，即意指"二人"相处之时的伦理哲学。这种空间剩余价值是我们进行空间研究时一个值得深思的课题。要恰当地理解这种空间剩余价值的产生与意义，我们需要更进一步地借鉴控制论中的多米诺观点来追寻能量流动的痕迹。而在这个层面上，中国传统空间哲学中的《周易》理论对于空间能量以及由能量带来的各种变化的分析可以提供主要帮助。在中国古代思维中发展出来的这一套完善的分析符号让我们看到引起事物变化的潜在推手。在传说中：

> 古者包牺氏之王天下也，仰则观象于天，俯则观法于地，观鸟兽之文，与地之宜，近取诸身，远取诸物，于是始作八卦，以通神明之德，以类万物之情。（《系辞上》）

从中我们看出了周易符号体系发展过程的空间取向。伏羲以阴阳两爻符号来代替世间一切事物在变化过程中所处的不同时间阶段，也就是能量阶段的两个基本属性，表现出能量的积极与消极状态，从中产生出二元概念系列，如乾—坤、天—地、男—女、高—低、贵—贱、吉—凶、悔—吝等；由于这些二元概念的并立与相互作用而有了"一阴一阳之谓道"的描述。

与西方思维中将创世归因于一个客观万能的上帝所不同的

是，中国古典哲学相信从"道"的统一性中产生一切事物与
现象："道生一，一生二，二生三，三生万物。"（《道德经》
第 42 章）。混沌之"一"是空间的开始；"二"是阴阳分立，
道的运动；这种空间运动的结果就是"三"，也就是万物世
界。对于善思与多思、好思的人来说，其天性就是要把握那貌
似瞬息万变的"道"，殊不知道所钟爱的表现形式却是那不变
的"一"。悟道之人如孔夫子会恍然于心说"吾道一以贯之"
（《论语·里仁》）。

在老子的辩证理解里，"万物负阴而抱阳，冲气以为和"
（《道德经》第 42 章）这种同一载体内的阴、阳本不相容的两
种矛盾属性为了求得平衡（"和"）就以"冲气"（即能量的
流动）为表现方式，使得世间一切事物既表现为矛盾的不统
一，又同时表现为运动变化中的统一与平衡。这种变化与统一
的存在方式既是事物的本义存在方式，同时也是喻义的再现方
式。在《老人与海》中，这位老人会这样思考："他的希望与
他的自信从来就不曾失去过。但是现在随着和风的升起，这些
又再一次地得到更新。"外部风的能量与内部的信心能量在一
个阴阳共存的空间里迅速完成了从喻体到本体的能量转换。

能量的转换取决于以下因素：接受者的器量与接受者的空
间位置。时间与地点决定了他接受外部能量的机会。一个婴儿
与一个老年人暴露于相似的阳光之下，他们会接受到不同的能
量总量，原因就在于婴儿有着较小的物理承受空间（皮肤表
面积）来接受阳光能量，而且，他稚嫩的皮肤还极有可能被
太阳的能量灼伤。人与生俱来具有不同的接受外部能量的气
量，同时岁月的磨炼会让这种差异性更加显著。这就是东方观
点中所坚持的人的"不平等"理念。人会因时间、地理，更
会因基因等因素的差异而表现为千差万别。中国民间通俗智慧

强调人生差异的决定性因素就包括：一命二运三风水，四积德五读书……在一个宿命世界里，个人的努力似乎显得那么微不足道。这种先天的、无处不在的空间风水"命运"，就如同《永别了，武器》中所描写的主人公面前那群走投无路的蚂蚁，在烈火燃烧的木柴上仓皇逃窜，没有等来救援的上帝之手，等来的却是灭顶之灾的一碗水浇灭那最后的生的希望与努力。然而，人的悲剧崇高性则恰恰表现在"知其不可为而为之"的一份执著与悲壮，"知其可为而不为"的一份理性，在这种悲壮与理性的人性下书写人类文明在命运面前的那一份动天地的顽强。

伏羲以"刚柔相摩，八卦相荡"，以阴阳二爻演绎出六十四卦象，以"爻象动乎内，吉凶见乎外"的内外相应的天人感应模式表达人生各种变化情形。每卦的六爻代表着某种当前所处的形式和应该采取的理想应策。以乾卦为例，全部六根阳爻代表的是一种积极进取的人生动能，六爻的组合则相应地代表了七十年典型人生中关键的六个阶段，这一点东西方都有着相近的认识。莎士比亚在《皆大欢喜》中也表现了这种概念：

> 世界不过一舞台，
> 男女皆演员；
> 各有各的出入口，
> 一人尽演多角色，
> 一生演尽七龄戏。

在东方，孔夫子七十多岁离开人世，离世前也是把人生总结为他自己所理解的七个不同阶段，在这七个关键性阶段里，他所扮演的不同角色，在孔子看来是取决于主体当时所处的特殊空间情形。空间的生产与再生产要求捕获、聚积、使用、存贮与浪费能量，这些都会因个体的具体情形不同——包括其身体结构、在环境中的位置、在社会中的人际关系等——而发生变化。"乾"卦作为六十四卦中的第一卦，以六根阳爻象征生命永不停息的进取精神。而由于我们具体地处在人生的不同阶段，所能够接受得到的生命能量会因时而不同，相应地，我们的人生策略也就必须发生相应的变化。乾卦的主题是"元亨，利贞"，是生命积极进取的符号，象征从生命开始到人生结束这样一个有始有终的循环："大明始终"。

《周易》作为一套空间思维的模式，却从未放弃对时间的思考。《周易》提出了由六爻构成六个相对位置的"六位时成"的理念，把"时"的因素作为空间结果与"位"之间建立一种因果对应关系。所谓的"位"也是一个古老的"会意"字，即"人""立"为"位"。所以，位的含义就是人在特殊时段里的空间情形状态。如前所述，"立"的意义是一个"大人"站在"地"上的含义，也就是说，小孩无所谓"位"。

人这一特殊的生命体之所以区别于其他生命形式，一个关键点就在于人不像其他生命形式那样只是被动地对外部环境作出本能的生物反应，他在做之前、之中、之后都会有所思，尽管绝大多数时候其所思可能都是一种相对错误的判断，会得出一个错误的结果。即他所认为的"真"与客观现实的"实"有着一定的距离。这种"真"与"实"的关系在格式塔心理学上被表述为"行为环境"（behavioral environment），只为人类所独有（Koffka, 1935：35），是"地理环境与行为间的一个居中调停者"（Heft, 2005：216）。

行为环境，顾名思义，就是指行为发生的环境，区别于一般意义上的地理环境（geographical environment）。所以，"行为环境有赖于两组条件：一组是地理环境中所固有的，一组是有机体内所固有的"（考夫卡，1997）。我们平时说作家创作时，将人物置于一种"裂变的极致"（disruptive excess），或"拟态摹仿"（mimicry）（兰瑟，2002：13）之中，即典型的行为环境。地理环境本身不具备任何意义，只有人类将自身价值追附于其上之后，才对人类而言具备了意义，即如马克·吐温的名言：不奇怪现实比小说更荒诞一些，因为小说还必须有意义。小说要从荒诞的现实中制造出意义，所依赖的就是行为环境这个平台，即将地理环境典型化成行为环境，引入到文本之中。考夫卡在《格式塔心理学原理》中举了这样一个例子：

> 在一个冬日的傍晚，于风雪交加之中，有一男子骑马来到一家客栈。他在铺天盖地的大雪中奔驰了数小时，大雪覆盖了一切道路和路标，由于找到这样一个安身之地而使他格外高兴。店主诧奇地到门口迎接这位陌生人，并问客从何来。男子直指客栈外面的方向，店主用一种惊恐的语调说："你是否知道你已经骑马穿过了康斯坦斯湖？"闻及此事，男子当即倒毙在店主脚下。（考夫卡，1997：34）

我们看出，如果男子骑马穿过的是荒芜的、为大雪覆盖的平原，或者他预先知道实情——冰冻的湖面，他就处在"地理环境"与"行为环境"一致的情形之中，即他的认知环境与实际环境完全吻合；当认知的环境与实际地理环境不一致时，他便处在行为环境之中。骑马人面临的行为环境是由于自己对环境的无知而造成的认知偏误，而在文学作品中，我们要讨论的不是这种由于无知而带来的偏误，而是作者（或人物）将自己的价值体系（即自己对某一问题的理解）追加在自然环境之上而产生的认知偏误，是一种有意识行为，与真实的地理环境存在一定的距离。由于这种有距离的位移是在人类附加上去的价值体系之后，对自然界而言，是真正意义上的"他者"，必定增加了自然界本身自我运转功能和调节功能的负荷，无论程度如何，从格式塔的"普遍联系"和"部分之和大于整体"的观点来理解，都会造成生态损害；但当负荷超出一定的范围，自然界不堪负荷时，就形成生态危机。我们今天的生态批评就是在行为环境中探讨这个量与度的问题，因为人类不可能另处划出一块净土来讨论"理想"的生态环境。

　　举例来说，在《老人与海》中，桑提亚哥面对的不是平常的大海，而是"la mar"，"是西班牙语中人们对海洋有了恋情时对她的称呼"（海明威，1979：21）。这样，面对同样的大海，我们有了两个层面的可能意义：一是普通渔夫眼中的大海，有鱼、有生计于其中，人类赖以生存、发展——大海是服务于人类的地理环境；二是老人心目中的大海，如同自己的恋人，大海不仅仅是他赖以生存、发展的环境，而且是他的一部分——大海的地理环境意义减弱，被行为环境所取代，即大海中有老人，老人中有大海。老人正是带着自己对大海的这种理解开始了他的深海之行，追求自我的最佳实现和表现形式。

　　大海、马林鱼、老人，这些地理环境中微不足道的个体，通过你中有我、我中有你的互相包容，使各自的意义得到了升华，构成了文学文本中的行为环境整体，才使得文本具有了深层生态意义。

　　卢卡契（Lukács，1971：118、119）指出，"从结构意义上来说，目标是一个连续体的最大值，因为存在仅仅是一种主体性，不会被外在因素与事件干扰；然而现实分解成一系列的、同时又异质的碎片，即使是在独处的时候都没有各自独立存在的化合价"，因此，"对外部世界的肯定就会使那些安于现状的愚蠢的人们心安理得，结果就是一堆不过是廉价的、肤浅的反讽作品"。如果不想"被可悲的悲观主义分解掉"，人就需要借用自己的肯定机制在外面的世界建立起一个"行为环境"，对应于汉语语境的"位"。"位"的空间相对意义在于离开当前环境之后，整个"位"就会发生根本的改变。整个《周易》所讲述也就是对自己位置的吉凶悔吝的判断，然后作出是需要改变当前的"位"还是充分利用当前"位"的有利能量的决定来完成自己的空间生产。因此，同样的人，做同样的事，会因为其"位"的区别而意义迥异。诺地亚（Nodia，1999）曾提及过类似观点：

> 在美国电影《俄国人在这里》中，讲到俄国到美国的移民，一位作家充满伤感地回忆起他在苏联的生活。"这里，在美国我可以发表自己的书，"他说，"但有谁需要呢？在苏联我不能出书，但我却有那么用心的读者——克格勃。"

在同一个人身上，同样的写作行为，我们看到的是不同的效果。这也是空间悖论的一种特殊表现形式，即空间行为是空间语境的结果。当语境发生改变时，同样的行为可能会失去其空间价值，就像在第四章中我们将要看到的那位无名的老人，他会坚持到那间干净而明亮的咖啡屋去喝白兰地，而不选择在自己家里一人独酌。而《周易》的描述中我们可以看到，人一生有大约六个不同的阶段来与年龄、外部环境相对应。在

"乾"（☰）卦中，开始的两爻表现的是人生走向社会之初的潜伏阶段，初九爻讲"潜龙，勿用"。以龙来象征生命中的进取精神力量，人在二十岁之前就像一条潜龙，以积蓄力量、向社会学习为主要手段，不能急于用世，在孔夫子那里就是"志于学"。九二的位置表明在人生的进取过程中需要借助于外力的帮助与扶持，所以"见龙在田，利见大人"。所谓的"大人"，是指那些积累了一定的社会能量，可以影响、操控别人的人。九三爻是主题爻，"君子终日乾乾，夕惕若，厉，无咎"，暗示人生永远要保持一种积极向上的"乾"式动力。而这一爻也正是人生面临诸多困惑的中年阶段，最容易产生"放弃"情绪的时间阶段，只有坚持才会有"厉"无"咎"。只有像孔夫子那样的达人才会进入人生的"不惑"境界。与九三对应的九四爻让主体面临强势的所向披靡情形，强大的人生积累使得他既可以采取"攻"势来"跃"，也可以采取"守"势"在渊"，对人生命运了然于胸的孔子则修炼到了"知天命"的豁然境界。而九五之尊的王道人生是个人事业的辉煌阶段，就像一只翱翔云天的"飞龙"，他在走向人生的巅峰。然而道的玄机也正在这里，即使是人王之龙，他也需要一个拥有比自己更大空间的"大人"的指引，如果没有，他当前的空间营造不会有什么问题，但物极必反的道理就在不远处恭候。孔子以"耳顺"为自己这一年龄阶段的处世哲学，保持着一份谦卑的学习精神，处处都是他的"大人"，三人中有其师，什么样的话都听得进去。

　　在乾卦的前面五爻中，我们感受到的是生命那澎湃向上的驱动力。但是到了第六爻的时候，人生开始进入无所为的老年状态，一方面主体还在自我感觉良好，想继续按部就班地参与自己与社会的空间营造，但随着他的渐居高位而终于进入了

"亢龙有悔"的上九境地。生命的力量尚未耗尽,生命的本能迫使他动,但他却找不到用武之地,终于有"动辄得咎"的感觉。孔子对此开出的济世之方就是"及其老也,血气既衰,戒之在得"(《论语·季氏》)。掌握了这一奥妙,他就可以无所不为,真正地"从心所欲"了。在社会认知空间里形成的那一套陈规陋习自然不会约束到这样的达人,他也就可以从容"不逾矩"了。

人生打拼天下时少不了聪明才智,但通常只有到了老年自己(通常是)孤独直面人生时才需要真正的大智慧。老子讲"反者,道之动,弱者,道之用"(《道德经》第40章)。只有懂得了人生在"晋无可晋"的追求进取状态中保持一颗不计得失的常青进取之心的道理,才可在老年生活中"从心所欲",因为他知道了自己年龄的不利,他还知道生命必须进取的道理,他就可以"反其道"地有选择地尽性而无所不为。他不必再为器官的功能需要消耗大量的能量而干扰或改变自己人生的进取目标,他只有自我为念。老桑提亚哥知道自己"走得太远",然而,他不必为之懊悔,因为这是他的选择,是生命使然,所谓"求仁得仁"。

任何一个特定空间里的能量价值都可以适当地表述为"吉凶悔吝"的判断,但这仅仅是价值判断,而不是结果预测。所以,"吉凶者,失得之象也。悔吝者,忧虞之象也。变化者,进退之象也。刚柔者,昼夜之象也"(《系辞上》),是要求主体知道自身处境,追求最优行为选择,完成自身空间的构建。

通过上面对空间理论的分析,我们基本上可以达成这样一个共识:把人看作一个空间的产物,需要沿时间轴来合理利用一切可以利用的能量。人的空间生产,实际上就是一个追求空间行为手势、空间再现与再现性空间的三位一体的整合，让生命的潜能在空间的这三个层次得以完整体现，实现自己的价值。

《周易》在历经几千年的理解与阐释变化之后，其卦象的象征性、解释性功能得到了前所未有的开发与发挥。

首先，我们需要知道，《周易》有着很高的文学性与文本阐释功能。如人所论，"《周易》不仅是哲学的首要经典，也是文学的首要经典，《周易》的思想原则也决定了文学创作所遵循的艺术原则"（傅道彬，2010）。反循这种逻辑，我们就可以利用《周易》的阐释功能来反观隐含在文本中的这些象征过程与艺术原则。维柯在《新科学》中推定，在原始的诗意的世界里，先民们"在世界中第一个观照的对象就是天空"（维柯，1987：368），正是人类先民的这种共同的空间诉求，才产生今天的智慧与科学。维柯断言，"在诸异教民族中，智慧是从缪斯女神开始的"（维柯，1987：153）。今天，在我们看来，"所谓科学的东西，最初都是源于诗性的感悟，是充满诗意的。原始人类以诗意的目光打量世界，构建了诗意的天空和诗意的大地，最终建构了诗意的世界"（傅道彬，2010）。

其次，如前所论，《周易》是空间隐喻，让我们看到了列斐伏尔所希望看到的空间能量阴阳（即类似物理学的正负电子能量）的变动趋势，所以，利用《周易》的卦象分析，实际上就是要努力看到人物彼此之间、人与自然之间、人与内心精神世界之间的能量"负阴抱阳"、"冲气为和"的交换过程。

再次，《周易》的"错（措）、综"观，虽不足以还原客观现实，但由于其从根本上拒斥语言的阐释，让我们有机会在空间思维中，针对于传统时间维度下的简约性思维有了长足的弥补。所谓"综卦"，就是将原卦从第一爻到第六爻的看卦顺序颠倒为从第六爻到第一爻的看卦顺序，如"天风姤"（䷫）就有了"综卦""泽天夬"（䷪），这样相同价值的卦爻组合就有了不同的卦值效果。而"错卦"则是将一卦中阳爻阴爻彻底对换所得到的新的卦象，如"天风姤"（䷫）的"错卦"就成了"地雷复"（䷗）。"错综"观是汉语文化中对某一空间现象判断时所要求采取的不同态度，不仅要看事物本身，还要从不同的、相对相反的角度来观察该现象。

最后，卦象的选取历来是一个争论不休的话题，感应说、数象说、主题说、意象说各有所持。我们在接下来的章节将会结合具体文本语境，利用《周易》所示的能量变化模式与解释功能，利用前面整合的相关空间批评理论，看特定的文本人物各自的老年空间里的能量转换状况。卦象与文本的"主题指涉"是选择具体某卦作为文本阐释的主要依据。例如老年桑提亚哥，以"自谦"（humility）自指，可以直接地对应于第十五卦"谦"卦的分析，他与小孩曼诺林之间的师徒关系与"蒙"卦的主题相一致。在其他情况下，背景设定与卦象象征之间的情景契合也是我们选取特定卦象的一个依据，例如在《一个干净明亮的地方》中茫茫黑夜与明亮灯火之间形成的背景意象与"地火明夷"及其对应的综卦"火地晋"卦象有着相通的地方，可以结合起来分析。对于其他角色，我们则要根据特定的情形，结合其空间质量，来分析其对应的空间结构形式。在下一章中，我们将对感知空间里的两位老人进行对比分析。

第 二 章

异托邦感知空间里的两位老人

一 老年"异托邦"空间

福柯把"异托邦"追溯到先民文化中的危急时刻,像"青春期、月经期妇女、孕期妇女、老年人,等等"(Foucault,1986:24),把老年人位列其"危机异托邦"空间形式之一,我们循此逻辑可以相应地认为异托邦里的老年人至少是被两宗烦心事所困扰,即,颠覆生命的即近死亡,还有作为无用符号的"老无所为"的闲适状态。这种空间有意无意间给社会以及其附近的人带来无形的符号性压力——人们能感觉到它,却无法定位它。本章我们将要看到的海明威笔下的两位老人——《太阳照常升起》中的米比波普勒斯伯爵与《永别了,武器》中的葛雷非伯爵——似乎自己并不曾受到这种危机压力,而恰恰是他们附近的人时不时地感到这种压力的存在。两位老人都幸福而快乐地生活着,挑战着传统意义上对老年无用与可怖年龄的理解。通过仔细观察,我们发现,小说中他们在各自的语境里都起着"镜子"一样的空间作用,分别供主人公杰克·巴恩斯和弗雷德里克·亨利来反观他们自己的空间手势行为。借用一个心理批评术语,两位老人都是弗洛伊德概念上的"伟人"形象。换言之,这两个年轻主角在两位伯爵所代表的镜子中看到了一种原型意义上的空间危机。

福柯在异托邦概念中相应地提出了六条原则。在他的异托邦第四条原则中，他把异托邦与"时间"对应，强调异托邦"通常是时间碎片联系起来"——叫做"异时"（heterochronies），以此来与他的空间异托邦形成平行呼应。福柯以"墓地"为例，说墓地代表着"生命的丧失"与"半永恒状态，其恒长的命运就是分解与消失"（Foucault, 1986）。

福柯进一步利用"博物馆与图书馆"为例来解释异时性。在他的观察中，博物馆与图书馆是"模糊地聚积时间的异托邦"，表达了"要在一个空间里包括所有的时代、所有的纪元、所有的形式、所有的品味的愿望"，"建构一个包括所有时间的地点，其本身就在时间之外、不会被时间摧毁的观念"和"以这种方式在一个不移动的地方组织一个永恒与模糊的时间聚积工程"（Foucault, 1986）。在这两种异时性里，博物馆所代表的过去时间里的逝者以及远古的时间似乎都被现时化了。

在他六条原则的最后一条中，福柯提到现代节庆意义上的传统露天市场的异托邦特性，其中的时间具有流动性、转换性、危险不稳定性的特点。

综合起来，我们可以看到福柯关于异托邦异时性的关键内容包括：以缺席的在场时间来表述时间的失去，以不朽的当前空间来表述时间的聚积，以永恒性的丧失来表述时间的瞬息转换性。福柯在思考空间时却是以时间作为维度，并把时间作为主要内容来进行分析。在文学分析的微观层面上的空间实践中，前述两名伯爵在另一层意义上满足了福柯关于异托邦的这种时间聚积标准。在两位伯爵身上，就如同两座历经岁月的博物馆，记录着那无法磨灭的时间聚合。他们短暂的出场，基本上是在类似咖啡屋这种现代性的公共场所。而以咖啡屋为代表的都市性又有着瞬时的转换性——咖啡屋并非 24 小时都是一个可以享用咖啡的空间，而是在特定的时间里，通常是在夜间，在主体顾客有了这种需要的时候才具备其咖啡屋的服务性。关于咖啡屋的这种特性在第四章中我们还将进一步详细讨论。两位伯爵就是生活在这种时间与空间的矛盾存在里。伯爵代表的是所有的价值观，岁月教会了他们如何去幸福地生活。两部小说里的年轻主人公都在用老年伯爵作为窥视自己主体的镜子，来窥视人生本质的悲剧性点滴暗示。

斯皮亚罗（Sipiora，2000）把米比波普勒斯伯爵称为"一个策略型角色，因为他代表了叙述者杰克·巴恩斯的一个理想的、'老年的'未来投影"。具体来说，就是杰克·巴恩斯把伯爵看成一面镜子一样的"老年投影"来反观自己。

从空间视角来看，由于镜子是一个"无地点的地点"，因而具有"乌托邦"特征，同时镜子又是异托邦空间，因为：

> 镜子不存在于现实中，而是对我所占据的位置形成一种反作用力。从镜子的立足点我发现了自己所在位置的缺席，因为我看到了我自己在那边。从冲着我的凝视开始，从镜子玻璃那边的这种虚拟的空间，我回到了自己；我又开始把眼神投向自己，在我所在的位置重新建构我自己。镜子在这方面有一个异托邦的功能：它使我从玻璃里看自己那一时刻所占据的地点立刻绝对地真实了，与周围的空间连接起来了，又绝对地不真实了，因为为了被感知得到，它必须经过那边的那个虚拟点。（Foucault，1986，我的着重）

提到镜子的隐喻功能，我们就自然地想到拉康心理学中的

"镜像期"概念。然而，迄今为止的镜像期都主要地同时也是很遗憾地与"婴儿"的成长相关联，指婴儿在人生最开始的几次在镜子里看到自己的形象，并怀疑镜中之像的真实性的心理成长现象，如梅洛－庞蒂所表述的那样，"孩子需要了解该镜像不是他，因为他是在他内感受性的地方"（Merleau-Ponty，1988，转引自 Bunder and Vijver，2005：261）。所谓的"镜像期"实际上就是主体开始他的"与他者认同"的"形象认同"的过程（Bunder and Vijver，2005：261）。如果我们同意身份认同不过是"个体将外部因素看作其一部分"这样的观点的话，我们就不必把身份认同拘泥于仅仅是对小孩行为的阐释。任何个体——不管他年龄有多大——只要他还在经历其主体身份的变化，在人生的任何阶段都会经历这种心理"镜像期"。而身份的变化又是大多数人终其一生都可能要经历的过程，就像我们前面提及的那位大主教的碑文中所表现的那样。诚如葛菲所说：

> 如果拉康式的镜像期有什么意义的话，那就是在于创造了一个以前所不曾有过的整体。要理解这一点，我们就必须在没有任何先设知识与整体感的情况下，在镜子面前定位自己。对于镜子里的形象，我们就像婴儿那样，面对我们第一眼所不了解的东西，某种我们并不直接作为我们自己形象来认识的东西；我们在严格意义上讲还不能把我们的脸与镜子里的这张脸以及与相关联的身体进行对比。我们必须首先像对待一个颇为神秘的东西那样长时间地盯着那个形象，直到这个东西及时对每一个它发出的动作都能作出反应。（Gaufey，2005：273）

　　所以，盯着"看"镜中自己的形象是镜像内化之前必须完成的空间手势。但这种"看"却并不拘泥于用我们的器官眼睛，也包括我们的"天目心眼"，即"以人为镜"。这就让我们很自然地想起唐太宗李世民也曾用到的类似"镜喻"。他因失去了自己的重臣、谏臣魏征而心生感叹，说"以铜为镜，可以正衣冠；以古为镜，可以知兴替；以人为镜，可以明得失……今魏征逝，一鉴亡矣"（《贞观政要·君道》），只不过在唐太宗的隐喻里，主体已经是一个成人而不是拉康的幼儿，客体不再是"镜子"而是任何可以供自己反观的媒质。

　　从中我们可以感觉到，"以人为镜"是一个人在反思自己时最重要的镜子。但并不是所有的人都有资格、有能力成为别人的一面镜子。只有那些在生活中经历了诸多阅历、取得了一定的地位，或者说是《周易》意义上的"大人"的时候，他才有可能成为别人的镜子。根据弗洛伊德的"伟人"理论，个体也好，群体也罢，都需要那种能够用他的"人格、他所持的观念"影响其同时代民众的"伟人"出现（Freud, 1939：173）。伟人的重要性在于"绝大多数的民众强烈地需要着一种权威，他们好景仰、好臣服，来统治他们，有时甚至是虐待他们"（Freud, 1939：174）。弗洛伊德进一步把这种需要追溯到我们孩童时代对"父亲"的依恋：

　　　　对父亲的渴望从孩童时代就一直存在于我们体内——神话传说中英雄狂言已经征服了的渴望。而现在我们开始认识到我们装扮于伟人身上的一切特征都是父亲的特征，在这种相似性中存在着曾经远离我们的本质——伟人的本质。（Freud, 1939：173）

随着现代意义上"上帝"、"伟人"甚至是"常人"的死亡，人类崇敬的心情也开始消退。如果说还有什么尚萦怀于人们心头的话，大概就只剩下对生命时间的敬仰了。无论是在一棵老树，还是在一个老人身上，那种不一定能够言说的对生命的敬畏之情或许会在我们面对高龄的时候油然而生。大树"成精"，也会因其空间意义上的"高龄与尺寸"（Anderson，1996：20）让芸芸众生觉得无法望其项背、不可企及而对其产生一丝敬畏之情。这种敬畏，根植于人类对不可及之事的企求，结果是对老年的一种原型信仰。在类似意义上，米比波普勒斯伯爵就具备了杰克的异托邦镜子的功能、伟人替换功能，让杰克最后竟然在大教堂里做祈祷时，在不经意间联想起伯爵。

二　镜像般的老伯爵

在《太阳照常升起》中的米比波普勒斯伯爵之所以能够引起评论界的广泛兴趣，以我个人的观点来看，在很大程度上是由于勃莱特反复强调的那一句话，说伯爵是"我道中人"。伯爵身上所体现的价值观当然也曾引起过广泛的评论。有意思的是，男一号主角杰克·巴恩斯一开始却是选择回避与伯爵过多的热情接触，其中的原因也值得仔细推敲。最后，杰克在其空间行为异托邦式的反思中对伯爵终于有了认同，这一点更应该引起我们的研究关注。

罗威特（Rovit，1963：149）把伯爵比为主人公巴恩斯的"导师"（tutor）。克里干（Kerrigan，1974）类似地用"模范"（model）一词来表述伯爵对巴恩斯的作用，塞尔泽（Seltzer，1978）把伯爵形容为"年老而明智的杰克·巴恩斯"。斯皮亚罗（Sipiora，2000）把伯爵所代表的价值表述为"实用智慧"（Phronesis），不一而足。事实上，这种抽象的符码性解读虽然表明大家没有忽视老伯爵的重要性，看到了从美国逃向欧洲的"迷惘的一代"对欧洲文化的渴望与认同（虞建华，2004）过程中，需要一个像伯爵这样的老师及其所代表的智慧。但遗憾的是，评论界对伯爵背后文本挖掘的深度普遍存在着许多明显的欠缺。老伯爵生活得很充实，而主人公巴恩斯对他的态度也经历了一个由抵触、排斥到接受的变化过程。他就像巴恩斯的一面"人生之镜"，让巴恩斯照出自己的真实形象，通过一种反思式的主体认同，使得他有机会合理地走出自己的"迷失"危机，接受自己那难以言说的伤痛——那种"可笑"（funny）的事实给自己带来的羞辱。

斯皮亚罗（2000）所得出的结论，说"米比波普勒斯伯爵之所以是一个重要形象是因为杰克和勃莱特由于伯爵所持的价值而敬仰他"。这样的观点并没有充分的文本依据。面对这所有的似乎不相容，甚至是矛盾的解读，我们如果不希望迷失的话，考虑到伯爵在整个小说中所占的有限文本，我们对老伯爵的分析就必须在很大程度上依赖小说中的两个非常重要的角色，即叙述者兼主角的巴恩斯与勃莱特对伯爵的态度来综合分析。我们还需要特别关注另一个涉及伯爵在小说中叙事功能方面的因素，即他的年龄——他个人空间的时间轴，也就是他作为一个"老年""扁平角色"的母题隐喻功能。

在现实生活中，老年与身体状况的下降、衰弱以及最终的死亡紧密地联系在一起，然而在本章中讨论的两个老年角色身上，我们似乎找不到这种关联——两位老人好像没有任何痛苦，生活得健康而幸福。这就明显地颠覆了我们在通常意义上理解的海明威旨在塑造的"海明威模式"（Hemingway

Code）——"一种实用而且'良好信仰'的存在主义行为模式，一种以合适行为模式来完成自己生命的模式，一种以品行与勇气生活以及以重压风度直面生活厄运的模式"（Sipiora，2000）。然而，正如樊提那曾经合理总结的那样，"回避必要的痛苦表现出懦弱，接受必要的痛苦表现出勇气，也就是海明威型英雄人物的主要品德"（Fantina，2005：69）。在两位老人身上我们可以看到他们同样地面对生活的重压，但他们却潇洒地面对这种重压，以一种"笑看风云淡"的轻松享受着生活施加给他们的压力，也正因为如此，同样地我们可以从这两位老人身上读出类似曼格姆所表述的"海明威型英雄最早妊娠"（Mangum，1982：1623）迹象。这也就正说明勃莱特为什么会多次在公开场合重复说"我比较喜欢伯爵"（海明威，1984：37），他是"我道中人"（35、68）。在阅读海明威作品的过程中，我们需要时刻提防着他作品中常见的语言"迷惑性"，一如伯曼所指出的那样，"海明威的语言中充满了对语言的（试验性）观念"（Berman，2003：77）。亨克尔（Hinkle，1985）也提出过类似的忠告："玩弄文字本身的多层次意义是海明威作品的一个普遍性特征。"在一些貌似欢乐的表面之下隐藏的正是人生悲剧的本来面目。因此，阅读海明威作品我们要学会有所鉴别，而不能简单地以类型（code）类别化而忽视其特殊文本差异。两个老人在文本中的意义就像镜子一样，使得主人公能够有机会从中反观"海明威型英雄"身上所应该具备的气质。

　　一方面，米比波普勒斯伯爵确实代表一套令人仰慕的价值观。第一，他享有高龄。高龄并不是这个世界上人人——包括海明威这样一位一生都在用文字探讨着死亡与人生关系的作家——都有幸可以轻易拥有的梦想，更不要说幸福安康的晚年生活。如前所述，根据弗洛伊德的观点，对"伟人"的需要根植于我们对一个传奇式父亲的原型式仰慕。在成人世界里，这种仰慕仍然萦回于我们的精神里，只不过大多数时候都被我们的理性知识所忽视。它并不是指需要一个生理的父亲，而是一个有着可敬品德的高龄男性之类的"替代品"。人类生活的感知空间通常是以线性的时间来度量的，诚如列斐伏尔在谈论感知空间的功能时所指出的那样：

> 在视觉所及的空间里，空间被简化成了蓝本，仅仅是形象——那种想象力的仇敌的"形象世界"。这些减约被线性的法则所强调、所合法化。（Lefebvre, 1991: 361）

列斐伏尔所说的视角的"线性"在我们的研究中就是生命的时间，亦即年龄。他们的高龄让他们有机会享有一种静态的"伟人"式的"蓝本"形象。这些老年因此而变成了死的形象，没有他们自己的心理发展与选择，只有他们的过去的原型定格。他们是老人，是供别人观玩的价值坐标。简言之，他们的文本意义在于一套"感知空间"的标准而非历验空间里的生活。

我们并不知道米比波普勒斯伯爵的确切年龄，斯皮亚罗（2000）把他称作"叔父型的伯爵"——一个准父亲的形象。我们只知道他是一个参加了七次战争、四次革命的久经风霜的老兵（67）。常识告诉我们，这样的人一定是一个"高龄"形象。

高龄——空间的时间轴，生命的全景——在这里被减约成仅仅是"世界形象"或个人空间的"蓝本"的感知印象。

可以用来观察老伯爵价值体系的第二点在于，为了满足形象的文本需要，海明威让老伯爵有很多钱，这样一来，他在金钱方面表现得很成功，可以轻松地拥有他所认为的高价值的社会生活方式。金钱正在以不可逆转的力量物化整个世界，如列斐伏尔所指出的那样，"金钱，还有商品，仍然是新生现象（statu nascendi），带来的不仅仅是一种'文化'，而且还有一个空间"（Lefebvre，1991：265）。因此，生活对于伯爵这类富足的老人来说不过是一种静态的先设——所有的东西都可以买得来——既可以买到"使用价值"，也可以买到"有用性"价值。因此，伯爵树立了一个反思性的价值体系，体现的是弗洛伊德所说的"思想的决定性"、"意志力量"、"其行为的威力"、"自立不依靠的伟人"形象。更重要的是，用他们似乎取之不尽的金钱来完成"正确事情的神圣理念"，其中既存在着一股向外的离心力，使主体不断向外进取；同时又有着一股向内的向心力拖曳着他们走向其价值核心。斯托尔福斯特别地强调指出，对伯爵来说没有什么差异的钱的这种双重属性："金钱，与性无能（缺少阴茎）不同的是，强而有力；它能买到东西、性与快乐。金钱与性无能一样，也同样地是这部小说恒久的主题之一"，体现一种内在价值观"补足了弗洛伊德性无能的心理经济与对爱的需要"（Stoltzfus，1996：56）。

因此，除了满屋昂贵的"古董"，米比波普勒斯伯爵还可以毫不犹豫地要 1811 年产的白兰地："花钱买陈酿白兰地比买任何古董都值得"（70）。其他的与伯爵相关的享乐主义价值观还包括食品——"对好饭菜我总是来者不拒"（65）以及好的进口美国雪茄——"我喜欢通气的雪茄"（65）。

第三点，他还开发了一套属于他自己的与人相处的价值体系，能够与人为善，同周边所有人打好交道。他从不拿人开玩笑，并对勃莱特说："我从来不跟别人开玩笑。好开玩笑必树敌。我经常这么说。"（66）而且他还给了勃莱特 200 法郎让她因为前一天晚上深夜造访杰克而给女门房带来的不便进行补偿，并因此而彻底改变了门房对勃莱特的不良印象："我到头来发现，她非常好。""她实在是 très très gentille。她出身高贵。看得出来。"（59）与前一天晚上对她的抱怨微词形成鲜明对比。

然而另一方面，如同"伟人理论"清晰告诉我们的那样，伟人的角色并不总是带来敬仰与臣服，同时也产生焦虑与距离。这可以解释为什么杰克一开始觉得很难接受伯爵。勃莱特作为女性，自己与杰克的恋爱关系发展到了一个非常尴尬的境地。她深爱着杰克，却又因为杰克无法给自己性的满足而深感失望。更主要地，她出于对杰克的爱，也不愿意让杰克因为难以启齿的伤痛而长久地受到羞辱。她必须想办法来让杰克走出这种心理折磨的困境。于是在这种情况下，伯爵的出现就让勃莱特有了一个完美的示范老师。伯爵与杰克的情况非常类似，也是受到了战伤并使性能力受损，但是，要让敏感的杰克接受伯爵却并不那么容易。我们因此而有理由得出结论说，伯爵是勃莱特刻意为杰克寻找到的一面生活之镜。

我们需要特别指出的是，对勃莱特的直觉型的重复强调说伯爵"完全是我道中人……一点问题都没有。你总是能够感觉得出来"（35），杰克从未表现出太多的认同。换言之，杰克显然是从不同的角度来看待伯爵。文本证据就表现在杰克每次总是拒绝对勃莱特的话作出直接、热情的反应。

勃莱特急于把伯爵包括在自己阵容之内的潜台词也表明，只有当一个人不属于该阵容的时候，她才需要出于某种理由去那么做。米比波普勒斯伯爵自然不具有类似的归属性，因为他老了，对杰克与勃莱特来说是一个"外国人"。他之所以能被接受是因为，在斯皮亚罗看来，"三人有着共同的价值观"（Sipiora，2000）。但需要指出的是，这不过是读者与评家的观点，而不是杰克的想法。通过文本细读我们发现，杰克在其对老伯爵的态度上经历了三次明显变化。首先，他没表现出对伯爵的热情（因为他也没有这种激情）——如果我们不说他对伯爵有着直觉型的反感情绪的话。我们首先看到他对伯爵的头衔表现出怀疑（"他真的是伯爵吗？"）（36），接着他把伯爵看作一个潜在的竞争对手，或者说是面对勃莱特——杰克之所爱——的威胁，因此，他会本能地希望勃莱特能够把伯爵赶走。最后，当他从勃莱特嘴里得知了伯爵身上与自己一样的"滑稽可笑"的"性无能"时，他开始反思伯爵，从其身上真正看到他们的相似之处与共同的价值观。

学者认为，"迷惘的一代"逃向欧洲的原因之一就是女性权力在美国的兴起与扩张（虞建华，2004）。勃莱特，原型意义上的软弱温柔性别，明显也受到了这种新兴的女权主义思潮的影响。她外表看起来像个男孩子，挑战着传统对女性这一性别的理解。伯爵因岁月使然，在其个人空间营建里以金钱、社会关系，更重要的是他的价值体系的方式，积累了更多的能量，勃莱特本能地依赖伯爵，并从中获益匪浅。

与杰克对伯爵头衔的怀疑不同的是，勃莱特并不感兴趣于其真实性。而是相反，她选择了关注头衔的本质特征而不是其符号特征："我想是真的吧。不管怎么说，不愧是伯爵。"（36）

其实，杰克怀疑伯爵头衔的真实性并不是因为杰克自己没有头衔的嫉妒之心，而是因为他感觉到了头衔的力量给他自己个人空间带来的压力。

他于是本能地思考起那种被头衔标注起来的个人空间，而且明显地很不开心："还有那位伯爵。那位伯爵很有意思。勃莱特也有个头衔。阿施利夫人。勃莱特见鬼去吧。你，阿施利夫人，见鬼去吧！"（34）这样一来，我们就能够清楚地读出，单单是一个头衔，就让伯爵与勃莱特同属于一个无法包容杰克的空间——因为杰克没有头衔，这就是认知空间里以貌似虚无的符号分隔特性，可以让一个空间产生认知上的巨大差异。联系到杰克对勃莱特长时间以来的爱情，他无法表现出任何对她不好的情绪出来。他的目标就只好转到伯爵身上。但他本性使然地无法表达出自己内心真实的想法。于是他只能用进一步的行为来暗示，迫使勃莱特驱赶伯爵离开。

接下来，勃莱特在杰克与伯爵面前直接地提到这一事实：

> "真有意思，"勃莱特说，"我们都有个衔头。你怎么就没有呢，杰克？"（64）

这种对头衔这一母题多次重复的叙事意图与卡西尔的语言神话学理论中对人名的处理方式遥相呼应："名字永远都不会仅仅是个符号，而是拥有者的个人性能的一部分。"（Cassirer, 1946：50）勃莱特与杰克两人都接受了名称符号的这一特性。这时候，恰恰是善解人意的伯爵在努力消除姓名带来的附加值：

> "我老实告诉你吧，先生，"伯爵把手搭在我的胳膊上说，"衔头不能给人带来任何好处。往往只能使你多花钱。"（64）

头衔可以买来营造一个更大、更有威力的个人空间。"叠加在老年人头上"的新名字（Lefebvre，1991：264），以空间命名的形式，即本例中对人的命名（个人空间的命名），有足够的威力把杰克从伯爵身边驱赶走。而伯爵一直在努力维护杰克的原因可以解释为他知道勃莱特与杰克之间的亲密恋爱关系（这一点也可以从他后来给出的二人结婚建议中看得出来）。伯爵对勃莱特有着特别的异性好感，他丝毫不掩饰这种想接近她的意图；但是，如果他真的对勃莱特感兴趣并想接近她，他首先必须过杰克这一关，必须能够被杰克所接纳，至少不能让杰克产生明显的反感——这也是伯爵与人为善的价值观的体现。我们可以想象，以老伯爵这样一种实用主义世界观生存的人，一个甚至不会拿别人开玩笑的人，绝对不会以任何形式来伤害杰克，而是会努力在他和杰克之间建立一种良好关系。

而杰克似乎同样地凭着一种特殊的敏感，对伯爵有着一种天然的抵触情绪。他对伯爵的保留态度有很多的文本证据。杰克对伯爵的名字——米比波普勒斯也颇无好感："我确信，我不忘记任何一个取名叫阿洛修斯的人。……正如齐齐有一个希腊公爵的头衔一样。还有那位伯爵。那位伯爵很有意思。"（34）他自顾自地绕了半天弯子，不过是想表明他对伯爵的名字有了特别的留意，是在暗示这位刚刚一面之交的伯爵让他感觉到了某种（潜在的威胁）意义。而紧接着的一次交谈更让他的情绪降到了极点，也最大限度地让他与伯爵拉开了距离。可以说，整个第六章都是在描写叙述者杰克为赴第四章里约定的"五点钟""在克里荣旅馆"的约会而奔波：

　　五点钟，我在克里荣旅馆等候勃莱特。她不在，因此我坐下来写了几封信。……勃莱特还是没有露面，因此在六点差一刻光景我下楼到酒吧间和酒保乔治一块喝了杯鸡

尾酒。勃莱特没有到酒吧间来过，所以出门之前我上楼找
了一遍，然后搭出租汽车上雅士咖啡馆。(46)

如此细致的描写，意图当然十分清楚，杰克自己等勃莱特
的约会等得非常辛苦、非常耐心。而此时的勃莱特呢？正与伯
爵一道四处疯玩。当他们玩得差不多了，想起来五点的约会
时，才匆匆忙忙地赶到杰克的住处。伯爵买了玫瑰花，或许是
表示某种歉意或者是想示好，可是，我们却从中读到了一种似
乎很不经意的对杰克的反问：

> "啊呀，我们玩了整整一天。"
> "你是不是把我们在'克里荣'的约会忘得一干二净
> 啦？"(61)

貌似对话形式排列的两行文字十分耐人细读。这里我们读
到了海明威式的混淆说话人身份的惯用手法。不仔细分辨，我
们甚至弄不清楚是谁在发起问话。这种貌似对话的另起分行，
有着多种解读方式：

> (1) 伯爵说："啊呀，我们玩了整整一天。"
> 勃莱特说："你是不是把我们在'克里荣'的约会忘
> 得一干二净啦？"

> (2) 勃莱特说："啊呀，我们玩了整整一天。"
> 伯爵说："你是不是把我们在'克里荣'的约会忘
> 得一干二净啦？"

（3）伯爵说："啊呀，我们玩了整整一天。"

伯爵接着说："你是不是把我们在'克里荣'的约会忘得一干二净啦？"

（4）勃莱特说："啊呀，我们玩了整整一天。"

勃莱特接着又说："你是不是把我们在'克里荣'的约会忘得一干二净啦？"

当然，从说话的口气，我们细读之下还是能够判断出第四种情况最合乎勃莱特的口吻，伯爵说话时往往有着一种特别的客套，如加上"亲爱的"、"先生"之类的礼节，而且大部分情况下都跟上了一个"伯爵说"之类的词。按常理说，文本中一个人的连续说话是不必另起一段分行的，而在海明威的风格中我们却时不时地读到这种故意，在后面第四章研读《一个干净明亮的地方》时，我们还将重复讨论这种表现手法。问题是，几种方式在阅读的实际进程中都有可能，所以，海明威笔下的这种混淆，或者说叙述者杰克嘴里的这种混淆（不能单单理解为"海明威"的混淆），旨在向他的听众读者故意地暗示伯爵与勃莱特的主体身份的某种混淆。也就是说，叙述者想让他的听众读者知道勃莱特与伯爵是"一伙的"。在另一层面上，我们从这种海明威式的分行中也可以读出说话人的停顿或者犹豫迟疑。

听到勃莱特的这种厚颜无耻的指责，杰克竟然无意解释或戳穿，他只是敷衍说："不记得了。我们有约会？我准是喝糊涂了。"（61）而接下来，勃莱特与伯爵二人竟然一唱一和起来，就好像在前面一章里杰克的辛苦等待根本不存在一样：

　　"你喝得相当醉了，亲爱的，"伯爵说。

　　……

　　"他真了不起，"勃莱特说，"过去的事通通记得。"

　　"你也一样，亲爱的。"（61）

　　公然的欺骗！此刻的杰克一定感到伤心透顶却又无话可说！一边是他深爱着的女人，一边是他深爱着的女人带来的异性客人。面对这二人一唱一和地在他面前演着双簧，他能说什么？他或许不屑于去了解二人的秘密，但他毕竟感到一种被最爱的人欺骗的屈辱与痛苦。他只有借到房间里换衣服的间歇调整心情，可是却无法改变糟糕的情绪：

　　　　我坐在床上慢条斯理地穿上衣服。我感到疲乏，心境很坏。（61）

　　虽然塞尔泽观察到伯爵"通过控制其与（女性）之间这种男性需要而基本上克服了他的性无能，而可以全方位地接受本来面目的勃莱特，享受她的陪伴而丝毫不必去占有她"，但文本外评论人塞尔泽对待伯爵的这种观点与文本中叙述者杰克此时对伯爵的观点却并不等同。当局人的杰克，除了感觉到那排异的头衔、伯爵对勃莱特的公开欣赏之外，他更是无法接受这样的感情事实。细心的勃莱特也感觉到了杰克的这种沮丧感受，她主动地直接到杰克换衣服的内室：

　　　　"亲爱的，怎么回事？你难受吗？"她在我的前额上不在意地吻了一下。（61，我的着重）

作为第一人称叙述者的杰克刻意选择用"不在意地"（coolly）（Hemingway，1954：54）这样的副词来修饰恋人之吻，而不是通常意义上恋人间更加热烈的亲密举动，这虽然一方面似乎表现了勃莱特的女性细心与关爱，但实际上也表露出了作为叙述人的主人公内心的一种不满与失落。同时，通过这样一个"不在意"的吻，勃莱特似乎也在承认——至少杰克会这样认为——在她和伯爵之间有着某种不寻常的发展。但是杰克并没有选择直接地用语言表露这种不满，却说"勃莱特，啊，我多么爱你"（61），这是一种在恋人之间不需要表白时的敷衍表白，或者说一种不合时宜的表白。而勃莱特面对这种恋人间的俗套式的敷衍，本应该接着说一声类似"我也爱你"或至少是"谢谢你，亲爱的"之类的习惯表达，可她说的却是：

> "亲爱的，"她说，接着又问："你想要我把他打发走？"（61）

这其中我们能够感觉到一种海明威一生所钟爱的叙述技巧上的语用空白。哈罗德·布鲁姆（Bloom，2008：2）说："省略的艺术，或者说留白的艺术，确实是海明威最优秀短篇小说的巨大优点。"本研究中我们发现，这种优点不仅仅存在于海明威的短篇小说中，在他的优秀长篇小说中一样随处可见。在这里，勃莱特的"你想要我把他打发走？"表明她完全接受了杰克话中的"语后效果"。作为读者的我们也许会感到奇怪：杰克什么时候说过要她把伯爵打发走？勃莱特到底是根据什么来判断杰克希望她撵走伯爵的？在奥斯汀（Austin，1976）的"话语行为理论"中，"语后效果"（perlocutionary force）这一术语是用来表明某一话语对听话人的行为、思想或感情产生的实际影响作用。话语的语后作用可以（当然，也可以是"可以不"）与说话人意图之中的语外效果（illocutionary force）相一致——即说话人打算说的意思。我们现在对于杰克说"我多么爱你"这句话时心里到底在想些什么没有证据来进行充分论证，但是，如果从语法与语义层面（locutionary force）来分析该话语的话，并且语言常识也可以告诉我们，这不过是恋人间的对话。因此，在杰克的"我多么爱你"与勃莱特的接受性阐释"你想要我把他打发走？"之间有着一个明显的语用空白。

也有评论家指出了两人对话中插入的一个时间性间隔"接着又问"（62）（"Then"）（Hemingway，1954：54），"后接一个分号，表明了时间的流逝，构成了'空白'，足以表明有某种性行为发生"（Fantina，2003，2005：102）。对于"Then later"（Hemingway，1954：55），这样的分析有一定的道理，而第一处的情况则并没有明显的性指涉，因为此时伯爵就在门外，二人即使有亲热的意图也会有所顾忌。这个时候较为可能的情形是，勃莱特清晰地读出了杰克内心不愉快的感受，经过短暂的迟疑与思考而做出选择——相对于她所深爱着的恋人杰克来说，她必须更在乎恋人的感受。但勃莱特仍坚持要征得杰克的"许可"才会把伯爵打发走，表明她在刻意向杰克施加某种情感上的压力，而杰克始终都在为自己的小心眼儿而羞愧，以及出于对伯爵的嫉妒而不愿意向勃莱特作出不甘心的妥协：

> "不，他心地很好。"
> "我这就把他打发走。"

　　"不，别这样。"

　　"就这么办，我把他打发走。"

　　"你不能就这么干。"

　　"我不能？你在这儿待着。告诉你，他对我是一片痴心。"（53）

　　在杰克的话语中不曾流露出任何的迹象表示"希望"勃莱特把伯爵打发走，但勃莱特的话语里却明显地表达出是杰克在"逼迫"着自己要这么做，而且她的"欲为又止"的言行也表明她非常不想让伯爵离开，结果是勃莱特利用（或者是被激于或者是无法忍受）杰克话中的"不能"（can't）而支走了伯爵去为他们买酒，留下他们的二人世界。二人间这种微妙的对话与大量的语用空白（pragmatic blank）都表明她对伯爵有欠公允，而且杰克也在表明他无法接受伯爵作为"我道中人"。

　　战伤（在伯爵那里可能还兼而有年龄的因素）导致杰克与伯爵性功能的丧失，而性在个人的空间生产中又起着非常重要的作用。杰克与伯爵的性相似之处表明他们二人确实是属于同一群体，尽管在这时杰克还拒绝承认这一事实；当然，这或许源自此时他对伯爵的实际情况并不了解。

　　杰克迫使勃莱特把伯爵赶走后，他从中感受到的羞辱也很明显。"'你跟他怎么说的？'我脸背着她躺着。我不愿看见她。"（62）杰克当然会满意于勃莱特打发走了伯爵，然而他同时也禁不住为自己对一个老人的嫉妒而感到羞愧。所以现在他无法面对勃莱特，而"不愿看见她"。既然杰克是处在一种性无能的身体状态下，此时打发走了伯爵，这一对恋人做了些什么呢？评论家从"她又说："（62）"Then later"（Hemingway，1954：55）中暗示的时间空白进行了大量的推测。肯尼斯·林（Kenneth Lynn，1987：324）认为勃莱特与杰克之间是一种类似女同性恋的做爱方式即"口交"状态；马克·斯毕尔卡（Mark Spilka，1990：203）认为二人仅仅停留在热吻状态，而海明威不大可能在这样一个性革命早期就涉及女同性恋之间的"口交"行为；巴克利（Buckley，2000）认为手淫、口交以及其他的欲望发泄模式都有可能。学者们对二人做爱方式的研究兴趣的意义在于，杰克的欲望可以得到满足，而且，杰克也会认为，勃莱特也能从中得到满足。果真如此，杰克则有希望能够与勃莱特维持这种恋爱状态。

　　而实际上，在前一天，也就是小说的第四章，杰克就曾表示过类似想法。学者认为，杰克虽然因为战伤而性无能，但他在努力转向一种受虐式快乐（Fantina，2005）。换言之，他没有了性功能，他却具有"异性爱"的能力。爱对他来说仍然是"一件挺享受的感情"（27）。这会显得"滑稽可笑"，因为他或许只有通过性"受虐"来得到满足。受虐之乐并不像其字面所表达的那样，并不总是仅仅通过反常性行为来得到情欲的快乐。它应该还包括主体自愿选择面对个体因生理缺陷而带来的痛苦与羞辱。因此，德勒兹在受虐意义上加入了"美学"性质（Deleuze，1991：134），补充了弗洛伊德的"艺术与戏剧展现冲动"和伯撒尼的"对真实的调节"（转引自Fantina，2005：18），都强调了受虐中可能的积极一面。但是，这都仅仅是从"受虐"方的角度来考虑问题。

　　因此，如果我们兼而考虑到施虐者的感受，这里有两点需要特别强调。首先，即便有缺陷的人也需要一个他所爱着的异性，如樊提那所总结的那样，对于一个男性受虐者来说，"受虐需要女性大量理性的参与"（Fantina，2005：24）。因此，当被爱着的一方就要离去的时候，男性方会竭尽全力去维护，如同所有的恋爱中人都会做出的选择一样。其次，受虐过程中会有羞辱带来的痛苦——通常是被爱着的一方见证下的羞辱，施虐者（尤其是被迫施虐者）并不一定能从这种施虐过程中得到自己想要的快乐。由于"雄性受虐的戏剧性与仪式性本质"，受虐幻想通常"想象一个暴君式的女人当着其他女性——偶尔也会包括男性朋友的面，羞辱其恋人，甚至会把她的奴隶'典押'给他们"（Fantina，2005：19）。雷克表述为"受虐者需要痛苦与堕落的见证者"（Reik，1962：136）。樊提那补充说，在受虐中"权威性的丧失构成了整个目的。受虐者把自己展示出来，通过让自己完全屈服于一个统治的女人而象征性地丧失其男人性"（Fantina，2005：20）。这些分析都可以用来解释杰克当前的选择，但都无法解释勃莱特的内心感受。

勃莱特却并不是一个单纯的"施虐者"——她甚至于根本就不愿意充当一个这样的角色，至少为了她对杰克的爱她会不得已而选择成为杰克的"施虐者"，但毕竟她有着"杂性"的性取向（Fantina，2005：101）："勃莱特需要男人的崇拜给自己带来的肯定，就像大多数海明威的角色，她害怕独处。反讽的是，由于她的美貌，勃莱特比起小说里的任何一个角色来都更容易与别人、也与自己分开而形单影只与被异化。"（Miller，2002：11）这样一来，她就很自然地愿意对那些能够对自己有好感的人（尤其是异性）形成归属感。但问题是，她又确实与杰克有着情感上的牵扯——她理解为"爱"，一种无法与性撇开的关系。她无法接受杰克提议两人生活在一起的原因就在于她不能经历那种"折磨"（29）、那种"人间地狱般的痛苦"（30），即被激起的性需要却得不到真正的满足。总之，或许她不会介意以一个"施虐者"的身份帮助杰克得到性的快乐，但是同时，她有着自己女性欲望实现的需要，而且后者明显压倒了前者，使得她会毫不犹豫地拒绝杰克提出的两个人"生活在一起"的请求。她不得不选择告诉杰克她已决定要离开他："对你好。对我也好。"（63）

所以，大量的文本证据表明，勃莱特对于自己"爱"与"性"之间的选择充满了内心矛盾，甚至于"自责"。她无法忍受没有性满足的"折磨"，但是，为了爱情，她同样希望与杰克待在一起，所以当杰克出于照顾她的想法提出"那么我们还是分手的好"时（29），她的反应是："我看不到你可不行。你并不完全明白。"（29）这种发自内心的、并不是建立在性的交流上的爱，在勃莱特看来，杰克是无法理解的。而杰克则把"性"与"爱"更紧密地联系起来："不过在一起总得这样"（29），也就是，恋人在一起必须有性的爱抚，可是，偏偏是他在爱抚之后给不了对方进一步的满足。所以我们看到，勃莱特既不赞同杰克提出来的两人分开的建议，又否定了杰克所说的没有性的交流而单单"谈情说爱也是富有乐趣的"（30），对她来说，这是"人间地狱般的痛苦"，也就是说，她既不愿意两人"分开"，又不愿意面对两人"见面"的煎熬。她明确地表达出自己对这种"爱"与"性"的游离态度而一定程度上充满了自责："我想到我给很多人带来痛苦。我现在正在还这笔债呢。"（29）她自己当然认为，一对恋人在一起的时候，必须要保持对对方的"忠贞"，可是她却明白表示"她"做不到这一点，即使杰克不在乎："我会见人就搞关系而对你不忠实，你会受不了的。"（62）她似乎不想让杰克感到自己性生活上的放荡是由于杰克的性无能而真正伤害到杰克。

勃莱特选择要离开杰克一阵子的根本理由在于她在努力摆

脱被剥夺了性的这种困境。学术研究的兴趣主要地集中于杰克在这样的一个扭曲的性爱困境中是如何选择行为的，较少关注勃莱特的需要，因为她似乎可以通过"自慰、口腔性或其他的欲望表达方式"，甚至可以包括"鸡奸"（Fantina，2003/2005：102），而且她还可以从其他男性身上寻找到性，比如嫁给迈克尔那位"有他的优点"的"跳得最好的"（71）舞者，或者简单地为了性去找斗牛士罗麦罗。

然而从文本中我们能够清楚地看得出来，勃莱特有着非常强烈的愿望希望能够与自己真爱的人以性的形式结合在一起。勃莱特直接地告诉杰克，每当她与他有身体接触时，"整个身体简直就成了果子冻"（29）。结果是，这种在她不会再愿意去经历与杰克直接接触的那种"地狱"式的感觉，最大可能也就是指她在经历性的刺激之后却不能得到满足的煎熬。因此，她要努力去摆脱更进一步的性挫折：

> 我吻了她。我们的嘴唇紧紧黏在一起后她就转过去躲在座位的角落里，尽她之最大可能。她头低着。(28)

> "别碰我。"她说。(28)

> "我受不了。"(28)

> 我们吻别晚安而勃莱特颤抖着说："我还是走吧。"(34)

文本中通过不同的时间与地点来表达勃莱特的身体敏感性与强烈的生理要求，恰恰是杰克无法给予她这种真正的满足。

她既不愿意与杰克分开，因为他们之间有爱，又必须离开杰克，因为她同样不想因为自己放纵的性态度给杰克带来更多的伤害。但是，杰克出于对勃莱特的爱，以及基于他可以接受的"受虐"行为，如今，还是本能地试图挽回二人的关系：

> "我们不能在一块过，勃莱特？我们不能就那么住到一起？"
>
> "我看不行。我会见人就搞关系而对你不忠实，你会受不了的。"
>
> "我现在不是能受得了吗！"
>
> "那是两码事。这是我的不对，杰克。我本性难改啊。"（62）

从这段对话中我们可以看出，杰克非常执著于二人的感情，而且他也在力争默许伯爵对勃莱特的关系。他一句"我现在不是能受得了吗"的表白显得非常苍白，因为就在几分钟前，他的表现还是"我感到疲乏，心境很坏"（61），但这表明了他心中十分清楚地读出了伯爵在勃莱特身边的意图。但是，作为每次都能够敏感地读出杰克感受的勃莱特为什么会找到老伯爵这样一个特殊人物并介绍给杰克呢？从杰克一句"我现在不是能受得了吗"中可以看出，他非常在乎勃莱特与伯爵的关系，只不过是在刻意"忍受"而已。勃莱特接纳老伯爵的一个借口就是他是"我道中人"，也就是说，她不是为了"性"，不是为了"钱"，而更多是因为她了解到伯爵身上与他们共同的东西，而且这些共同性在岁月的磨砺下变成了她想要，或者更精确地说，她认为杰克应该拥有的一种答案。

很明显，伯爵是一个耽于感官享乐的老人，有着一套非常

实用、非常独特的对生活的接受方式、享受方式。生活让他
（也可以说让所有人都）无法做到十全十美，我们可以推测，
虽然他在"二十一岁"时从战争中受到"可笑"的伤害（很
有可能与杰克一样的性器官受损），他却并没有因此而觉得
"可笑"或郁郁寡欢，相反，他却对杰克说："你瞧，巴恩斯
先生，正因为我历经坎坷，所以今天才能尽情享乐。"（68）
但是，他的所谓感官享受并不是需求满足型，而是一种境界追
求型。也就是说，他会刻意追求以牺牲、遏制或关闭其他感官
的功能为前提。他表示自己喝酒的"唯一乐趣"就是"品味"
（67），为了这种"品味"，他不惜花费重金，不在乎经历舟车
劳累，需要用"大瓶装的香槟酒"，要用到冰镇（66），而且
当勃莱特为酒的品质而感叹，以调侃的形式来提议"为王室
干杯"（66），伯爵竟然一本正经地订正她说："这酒用来祝酒
未免太好了，亲爱的。你喝这样的酒不能动感情。这样品尝不
出味儿来。"（66）也就是说，在他的感官世界里，要想为某
一器官找到至乐，身体的其他感官功能必须先被关闭，连
"感情"也不能动，因为"感情"是"心"在动，会妨碍对
美酒的享受。这里我们看到了伯爵身上一种主动选择的"无
躯器官"，也就是说，并不是器官在操控身体，而是身体的主
动放弃，如同上一章讨论到的那只逃生的兔子主动放弃其他器
官功能。是伯爵的"历经坎坷"的人生教会了他这种享受方
式。因此，当勃莱特从普通价值观的角度来调侃伯爵，说伯爵
"没有任何对生活价值的看法"，伯爵"已经死去"时，伯爵
才能非常理直气壮地为自己辩护："我绝对没有死去。"（69）

伯爵也丝毫不掩饰他对勃莱特的爱，即使是在杰克的面
前："亲爱的，你的醉态真迷人"，"我没见过第二个女人像她
那样，喝醉了还那么光艳照人"（67）。勃莱特还告诉杰克伯

爵曾经请她一起去比亚里茨，并愿意出"一万美元"给她
（37）。当然，伯爵对异性之间的爱的定义非常随便，当勃莱
特质疑他"从来也没有恋爱过"的时候，他自信而严肃地回
答说"经常恋爱"，"谈情说爱是常事"（68）。伯爵的这种对
爱的理解虽然与勃莱特和杰克对爱的期望有着很大的代沟式距
离，但却并没有妨碍他们在不同价值观下的相处。结合后来杰
克在教堂里的反思："还想起勃莱特告诉我有关他（伯爵）的
一些可笑的事儿"（106），表明伯爵与勃莱特之间有过非常亲
密的接触，才使得勃莱特有机会了解到伯爵身体上隐秘的
"可笑的事儿"。这一点也在杰克回应勃莱特时说的"我现在
不是能受得了吗"（62）上面得到了进一步的证实。也正是勃
莱特与伯爵的充分接触与了解，才让她觉得老伯爵有资格、有
理由成为杰克的一面"人生之镜"，成为杰克的生活老师。她
才急于把伯爵介绍给杰克，希望得到杰克的接受。

　　但勃莱特这种努力在杰克那里被接受还是需要一个过程。
杰克一开始直觉地反感米比波普勒斯伯爵，他在伯爵面前总是
显得相对沉默，无话可说。每次伯爵出现或提到伯爵时，他就
很少说话，更不要说直接与伯爵的对话了。即使是当伯爵努力
想同他说话时，杰克要么拒绝回答，要么敷衍了事，根本无意
于进一步的沟通。

　　杰克当然有他拒斥伯爵的理由。在第四章，晚上他们分手
后，杰克一个人在房间里为了伯爵的头衔而不开心了一段时
间，正昏昏睡去，勃莱特又在凌晨四点半再次来到杰克住的地
方。她提到是伯爵陪她过来的。勃莱特在说了一大堆伯爵的优
点后，突然问："我干吗为他吹嘘这些呢？你不介意吧！"
（36）这当然也是一种"此地无银"式的问法，如果真的没有
任何关系，对方为什么要在意呢？如果不是担心对方在意，勃

莱特又为什么要问呢？接下来杰克的表现就更加明显了。叙述
者在这里同样地留下了一个叙事空白：

> 她……两眼望着我。"你别这样瞅我，"她说，"我对
> 他说我爱着你。这也是真的。别这样瞅我。他很有涵
> 养。"（37）

从勃莱特的话中我们可以想象出她在这个叙述空白中所读
出的杰克的反应。而勃莱特这种在杰克面前越描越黑式的表白
更直接地表明了杰克已经了解了伯爵对勃莱特的异性用心，只
不过在勃莱特看来，此时的伯爵还是"很有涵养"，暂时没有
做出更加出格的事。但是杰克已经表现出自己的"在乎"了。
而勃莱特又在这个时候通知杰克她希望结束两人的恋爱关系。
杰克在压制着自己的情绪承受着这种打击：

> 我回到楼上，从开着的窗户看到勃莱特走到街上、弧
> 光灯下停着的大豪车上。她上了车，车发动了。……这就
> 是勃莱特，我想哭。于是我想象着她走在街上，跨上车，
> 就像我刚刚看见的那样，当然这一会儿我又感觉到难受得
> 要死。白天什么事情坚强起来很容易，但是在晚上就是另
> 外一回事了。（38—39）

"豪车"自然是与伯爵紧密相连。就算他不把勃莱特提出
分手的原因归咎到伯爵身上，他至少也不会对伯爵有什么好的
印象。而且，此时的杰克脑子里面想的是"她走在街上"、
"跨上车"，然后自己的感觉是"难受得要死"。即便是在自己
的脑海里，他仍然不愿意去提及"伯爵"，他无法面对这样一

个人以及这个人所代表的空间。但是他以"车"的形式暗示出自己内心的在乎，而对车的主人采取了回避遮蔽的方式。

杰克本能地对伯爵产生一种难以言说的怨意，因为他们似乎是在竞争同一个恋人——勃莱特，而且好像伯爵正在赢得先机。

然而，随着他对伯爵更多的了解与接触，杰克开始更多地，如果不说是更深入地，参与到他们之间的交谈。"'我老实告诉你吧，先生，'伯爵把手搭在我的胳膊上说"（64），杰克是叙述者，可以感知到对方在直接地指称自己，并被对方肢体接触到——"把手搭在我的胳膊上"，只是他并没有作出明显回应。然而在空间批评里，这种物理接触往往具有象征意义，表明不同的空间开始对接并在一定程度上重合，为进一步的能量交换埋下伏笔。

杰克对伯爵的态度很矛盾。他感觉到了来自伯爵的一种威胁，同时他又必须承认伯爵人挺好。所以，当伯爵被勃莱特派出去跑腿买酒之后，他就被一种愧疚的心情所占据。伯爵回来后，他也曾努力做出些积极举动来表达某种意义上的弥补。"'请坐，伯爵，'我说，'让我把你的手杖放好。'"（64）塔巴尔相应地总结说（Traber，2007：67）："杰克在伯爵面前的态度与语言发生了改变。他不再表现他的刻薄调侃；在并未感觉伯爵所表现出来的对杰克的一个父亲式的智者的形象之时，他就在伯爵面前表现出了尊敬。"联系到一开始伯爵带着花刚到的时候他只是礼节性地敷衍着："坐吧，米比波普勒斯伯爵。你想喝点什么？"（60），我们就很容易接受塔巴尔观察到的这种变化。塔巴尔（2007：67）也指出在后来的跳舞过程中杰克对伯爵的关注："杰克看到伯爵单独坐在一边就想走过去（部分地出于礼节，部分地是由于那是一个对他的问题有答案的人）。"叙述者的这种眼神当然会具有相应的叙述重要性。

逐渐地，海明威巧妙地描述了杰克开始"看"伯爵之所看。勃莱特粗心而不拘泥于俗套，表现得像个"假小子"。"她在抽烟，往地毯上弹烟灰。"但这时候"在煤气灯亮光下"，却是伯爵在"凝视着坐在桌子对面的勃莱特"。杰克身兼第一人称叙述者，他这么叙说的时候，当然是在表明一种叙事行为。在这种线性叙事过程中表明伯爵注意到勃莱特抽烟在先，但结果却是勃莱特"看见我注意到了"她在抽烟。由于在文本中我们找不到类似"我看到了勃莱特在抽烟"的表达，中间明显地存在一种叙事因果空白：

> 勃莱特抽烟。
> 伯爵看到了。（也就是"伯爵凝视着坐在桌子对面的勃莱特"。）

可能的叙事空白（康门利与叔利斯称之为"叙述省略"，1992）就是：叙述者杰克此时正在关注着伯爵，而且，（按叙述时间顺序应该是）循着伯爵的视线看见了勃莱特在抽烟。结果就是勃莱特看见杰克的"注意"而说："喂，杰克，我不愿意弄脏你的地毯。你不能给我个烟灰缸吗？"

这种叙述空白给我们的印象就是：第一，勃莱特粗心得像一个"假小子"；更重要的是，第二，房间里的三个人眼神都分别地在另一个人身上。伯爵对勃莱特有着浓厚兴趣，所以他才看着她；杰克很敏感很在乎伯爵会对勃莱特持什么样的态度，而看着正在看勃莱特的伯爵，并顺着伯爵的眼神看勃莱特。此时的勃莱特还是在乎杰克，而不太在乎伯爵的感受，所以她的眼神还主要是停留在杰克身上。所以在一个看似平静的场景描写里竟然流露出复杂而微妙的目光交流信息。而杰克与伯爵眼神的重合这一视觉认同（或视觉融合）则象征性地暗示了杰克对伯爵的逐渐认同与接受。

通常来讲，杰克在伯爵面前很少说话，如一开始对伯爵的应酬之语也不过是他一般意义上的客套："坐吧，米比波普勒斯伯爵。你想喝点什么？"而且在招呼中用到了对方的姓，其客气的意义更加明显，不像勃莱特总是很随意地与伯爵自由沟通。但是当伯爵买酒回来之时，杰克的态度仍然表现得相当客气："请坐，伯爵"，而且，其礼节性的客套也在表明杰克对当前话题不太感兴趣——伯爵已经表现得非常随便了，因此也就没有必要来招呼他坐下。换言之，如果不是叙述者的这种客套，我们读者还不知道伯爵仍然在站着。当时的杰克对正在讨论的"头衔"话题并不感兴趣，于是他需要一种干扰性的话题。

在其他情况下，当杰克被伯爵询问之时，勃莱特就在那里抢杰克的风头。伯爵给杰克带来了"玫瑰"："'我不知道你是不是喜欢鲜花，先生，'伯爵说，'我且冒昧送你几朵玫瑰花。'"杰克还没来得及致谢，勃莱特马上就插进来："'来，把花给我。'勃莱特接过花束。'给我在这里面灌上点水，杰克。'"（53）

勃莱特把自己当成了一个女主人的角色，没给杰克任何说话的机会。首先，她想让伯爵确认她先前就已经告诉过伯爵的她与杰克的实际恋爱关系。其次，她在向杰克暗示伯爵的善意（虽然有点冒昧）应该得到认同与接受。也就是说，她能感受到杰克对伯爵的不太接受的心理，而不想给杰克一个表现出不太愉快、不太热心的机会。

　　然后，随着杰克对伯爵的进一步熟悉与接受，他开始了对伯爵的奉承："'你应该写一本论酒的专著，伯爵。'我说。"（67）而当杰克逼着伯爵说出更多的有关他身上箭伤的故事的时候——"'在哪儿受的这些伤?'我问"（53），这样一个普通的问题则是在显示他由对伯爵的一般兴趣开始转向了与伯爵身体、器官相关联的浓厚的兴趣。

　　从上面的文本实例中我们也可以看到伯爵正在变成"无躯器官"，在他的寻找中只有感官享受主义的快乐，而没有很深的感情纠葛。这就是为什么勃莱特会在伯爵面前总结说："你没有任何对生活价值的看法。你已经死去了，如此而已。"作为一个整体的人的伯爵已经不存在了，存在的仅仅是身体各器官的本能，各种"自由精能"（free intensities）在体内四处流动，他不必再去为人类认知体系里的人类"价值"担忧。他有自己的价值与法则，他就是价值与法则——听从身体的需要而且不影响他的社会活动，他在开始听从身体感官的需要，甚至是操纵感官功能而放大感官"所欲"，一种"活着就好"的生存模式。

　　然而，杰克对伯爵的真正接受还是随着他对伯爵了解的增加。他在教堂祈祷的那一幕里：

> 　　我跪下开始祈祷，为我能想起来的所有人祈祷，为勃莱特、迈克、比尔、罗伯特·科恩和我自己，为所有的斗牛士，对我爱慕的斗牛士单独——为之祈祷，其余的就一古脑儿地放在一起。（105）

　　杰克没有在祈祷祝福的人里直接包括伯爵进来。或许伯爵被他"一古脑儿"放进了其余的人里面了。然而伯爵却又意外地进入了他接下来的祈祷内容里：

> 然后为自己又祈祷了一遍，但在我为自己祈祷的时候，我发觉自己昏昏欲睡，所以我就祈求这几场斗牛会是很精彩的，这次节期很出色，保佑我们能钓几次鱼。我琢磨着还有什么别的事要祈祷的，想起了我需要点钱，所以我祈求能发一笔大财，接着我开始想该怎样去挣，一想到挣钱，我就联想到伯爵，想到不知道他现在在哪里，感到遗憾的是那天晚上在蒙马特一别就没有再见到他，还想起勃莱特告诉我有关他的一些可笑的事儿。（105—106）

在他的祈祷中，我们看不到一件值得祈祷的事，其中只有对宗教神圣性的亵渎。到此为止，伯爵与杰克的关联停留在两层意义上：发一大笔财与某种“可笑”的事——他不是在祈祷——他在祈祷的教堂“外表很不顺眼”，显得很丑陋，他也在学会接受他眼中的“丑陋”，以亵渎的方式面对一种社会认知中的神圣，在一个圣洁的教堂里祈祷着俗世意义上的“发一笔大财”。他这时候想起伯爵，也想起了勃莱特跟他讲的伯爵身上“可笑”的事，也就是他与伯爵共有的“性无能”（Rudat，1989）——一种普通人不能作为“可笑”来接受的丑陋。或许伯爵与杰克都在幻想着一种与异性之间的“无性之爱”，他们都处在一种“性缺失”却又有强烈“爱欲”的矛盾中。包括作者海明威在内，男人最害怕的可能是失去自己“性”的能力，如人所论，实际上海明威“感到害怕的事情很多，其中他最害怕的是丧失阳具和性功能。他不止一次地对朋友说，如果他丧失了性功能他就自杀。可见，性功能对他来说与生命一样重要，是证明他是否是真正的男人的唯一准绳”

（范革新，1999）。失去了性功能的伯爵还在以自己的方式追求着异性恋，如他所说他"经常恋爱"，这或许是在给杰克作出某种暗示性示范。但是勃莱特不能接受这种形式的爱，所以她就反驳伯爵说："你没有任何对生活价值的看法。你已经死去了，如此而已。"（69）杰克同样地把他的无能的异性恋作为一件"富有乐趣"的事（30）。他成功地走出了自己的生理痛苦与心理羞辱，甚至帮助勃莱特得到斗牛士罗麦罗，而不在乎迈克把他叫做"皮条纤"（213）。

在伯爵身上，杰克看到了自己：值得唾弃的亵渎性丑陋，而同时又必须接受与容忍。这种从人的同类身上得到的感知，与从古代铜镜或当代玻璃镜中看到的印象不同，它需要时间来发酵。这种时间差中表现的就是空间能量的转换过程。在这一过程中，杰克，甚至包括勃莱特，形成了对伯爵父亲般的"镜像"依赖，其中包括弗洛伊德理论中的对"伟人"形象的虐待与崇敬。诚如斯毕尔卡所总结的那样，伯爵由于"他的战伤，他从无变化的镇静态度，以及他奇特的价值系统"而"在战后的废墟中应付自如"（斯毕尔卡，1980：207）。

文学作品中次级人物的功能性重复频率是一个非常值得关注的叙事手法。在本书中，伯爵前后分三次出现，分别在第四章、第七章和第十章。这种伏线千里式的结构决定着该人物的叙述功能。伯爵在文本中以一个老年的、耽于感官享乐的角色出现的叙事功能非常明确，但是，对于这样一种功能的开发利用却不同寻常。作者海明威、整个事件的策划者与参与者勃莱特、叙述者杰克等各自费尽心机，让这样一个功能性老年母题在文本中得到了充分体现。

三 空间死亡符号的老年

相比较而言,《永别了,武器》中的葛雷非伯爵就受到更加少的学术评论关注,这是因为,就叙述功能而言,葛雷非伯爵仅仅是出现在全书就要结束的时候的一个类似"插曲"的人物,没有了米比波普勒斯伯爵那种草蛇灰线式的重复机会,其次,他的文本功能基本上就局限于其因高龄而代表的与"死亡"的关联,他出现后不久,女主角凯瑟琳就因难产而死去。

海明威在《永别了,武器》中的一个主要目的就是"穿透生与死的界面"(Dekker & Harris, 1979)。索恩观察说:

> 死亡是个可怕的否定者,巨大的摧毁者。从凯瑟琳的死中弗雷德里克·亨利确实了解了世界的本质以及他在其中的位置。尽管亨利在书中的偶然性小事中面对过死亡,但还是凯瑟琳之死才有着真正的启示作用,它对亨利也对我们读者有着真正的意义。(Thorne, 1980)

小说一开始就笼罩在一种死亡阴影一般的预设里。如梅里所描述的那样,"小说里设定了一种残酷的、混沌无序的宇宙。世界的本质从一开始就被戏剧化地处理了"(Merrill, 1974)。在小说的第一页,叙述者弗雷德里克看着眼前的风景,触眼所及的都是死亡的气息:

> 而当秋天一到,秋雨连绵,栗树上的叶子都掉了下来,就只剩下赤裸裸的树枝和被雨打成黑黝黝的树干。葡

葡园中的枝叶也很稀疏光秃；乡间样样东西都是湿漉漉的，都是褐色的，触目秋意萧索。(1980：6)

冬季一开始，雨便下个不停，而霍乱也跟着雨来了。(6)

学者普遍认为，在海明威的作品里，"天气变化，例如雨，暗示灾难不幸"（林疑今《前言》，1980：9）。而作为一个死亡符号的葛雷非伯爵在小说中出现相对较晚，直到全书的第三十五章才出现。酒保来对弗雷德里克说"葛雷非伯爵要找你"，弗雷德里克的第一反应是"谁？"（274），也就是说这个名字他不是很熟悉，或者说这个角色此时出现完全不同寻常、出乎意料——在这样的时间、这样的地点、这样的"暴雨抽打玻璃窗"环境下。也就在那天晚上他们匆匆见过一面之后，弗雷德里克与凯瑟琳开始趁雨夜逃到瑞士。

葛雷非伯爵不管是如何的显得行为矫健敏捷，死亡的迹象在他身上似乎很容易就能发现。为了给我们一个清晰的"九十四岁"高龄伯爵羸弱身体的深刻印象，叙述者描述伯爵的侄女为"一个有点像我祖母"女人（280），更不要说这位祖母一般女人的叔叔葛雷非伯爵了。叙述者努力想表明伯爵虽然年过九旬，但身体却非常健康——他能在桌球比赛上轻松击败叙述者弗雷德里克，即使他在比赛下赌注的时候让对方 18 分的先手。从酒保的叙述中我们也得知，葛雷非伯爵"比从前更年轻啦。昨天夜里晚饭前，他喝了三杯香槟鸡尾酒呢"（275）。然而，读到这里，我们需要防备的是一种社会修辞中的矛盾手法。当人们说一个人"年轻"的时候，被谈及的人往往就青春不再了。我们无法回避自然法则——94 岁必然是年事已高，所以，"弹子台顶上的灯光照射下来，他的身子显得很脆弱"（281）。而且"他太老了，满脸皱纹，一笑起来，牵动那么多的皱纹，全然分不出层次"（285）。伯爵自己也坦承自己的龙钟老态与脆弱："衰老的是身体。有时我害怕，怕我的一个手指会像粉笔那样断掉。"（283—284）而且伯爵也承认自己都能感觉到自己的衰老：

> 我是老了。给你举个实例吧？我讲意大利语比较不费力。我约束自己，避免讲意大利语，但是我人一累，就觉得讲意大利语轻松得多。所以我知道我老了。（281）

首先，我们可以把葛雷非伯爵看作实用智慧的化身（Sipi-ora，2000）或老年健康的神话。然而对于叙述者来说，伯爵好像只代表着死亡，因此，他们的桌球游戏也主要地服务于死亡的讨论。不管他的桌球技巧多么的娴熟——酒保的叙述中"这儿没人跟他打弹子"（275）了——也不管他还将在这个世界上活多久——如弗雷德里克对他的奉承那样，他"眼看要活到一百岁"（275），伯爵在文本中却只能非常直接地起到一个死亡"提示物"的作用。也正因为如此，弗雷德里克竟然是情不自禁地提到了死亡，一个在这种场合下他本应该清晰回避的话题——对此，我们可以将其理解为一种"语言自动化"现象。这种语言自动化现象将在本研究的后面部分进一步讨论。换言之，语言的空间——下意识，而不是主体——以其自动化的能量开启了死亡的话题，因为形势使然。弗雷德里克放下了他对打球的兴趣的伪装，也不再是为了奉承老伯爵高龄的风度，开始同伯爵讨论起生与死的话题来。"'你死后还想活下去吗？'我问，话出了口立即觉得自己太糊涂了，竟提起死字。但是他全不介意。"（289）常识告诉我们，我们应该在老人面前回避死亡这一常规社会禁忌，但下意识的一股冲动还是使得他说了那本不该说的话。而且，这样一个悖论性的问题确实让人很难回答，它让"死"与"活"的问题艰难地并存共列。或许葛雷非伯爵也清醒地接受这种年龄与死亡的关联，所以才毫不在意——至少是表现出不在意。他已经历练到了一种生活境界，面对无序宇宙的不确定性却保持着一种超然的态度。于是，他就可以过着那种不必"思"的生活，一种弗雷德里克希望进入但尚无法企及的境界。他甚至不必顾及宗教的虔诚："我一向以为自己会变得虔诚的。我家里的人，死时都很虔诚。但是我到现在还不热心。"（285）这到底是在暗示他还没到将死的年龄呢，还是在说他真的永远也无法虔诚了？

然而，如同这个世间所有的"必死"众生一样，他必须面对"死亡"（Miller，1991），即使他不愿意。于是，他把死生之间的虔诚问题以一种"犬儒"式的智慧交给了别人："你以后倘若变得虔诚的话，我死后请替我祷告。这事我已经拜托了好几位朋友。我本以为自己会虔诚起来，可是到底不行。"（285）

这样一来，他们的话题也就顺理成章地转到了"虔诚性"上面来了，这也是弗雷德里克很长时间以来一直萦绕于怀的一个心病，他当然希望在老伯爵这样一个异托邦一般的镜子空间里寻找到相关的答案。而且从他们接触不多的过程中，伯爵竟然也读出了此时此刻弗雷德里克的"不虔诚"，所以他嘴里才会有"你以后倘若变得虔诚的话"。这里不是老伯爵对弗雷德里克不虔诚的责备，而是叙述者通过别人的嘴以一种"否定叙述"的形式来提示自己的宗教困境。

"所有能思想的人都是无神论者"（10），少校这句话代表了"现代性"思维下人们对待宗教的一个普遍态度,对于尚存宗教情结的现代人来说其潜台词里留下了一个无法阐释的悖论。因为任何一个正常人都是能"思考"的人,那么如果大家都成了"无神论者",大家都知道这个世界上没有了上帝,人们如何表现他们的"虔诚"?总不至于让人们把自己的信仰建立在一个自知的虚无上面自欺欺人吧?然而面对那无序世界里无情与无理的死亡,所有能思考的人在感到失落无控的时候总会希望有一种宗教来拯救那失落的灵魂。弗雷德里克无意识地谈及了宗教意义的"灵魂",而葛雷菲伯爵却理解成了俗世"有神论"中的"鬼魂"。

现代科学与教育基本上解决澄清了那万能的上帝并不存在的话题。而由于在西方文化中上帝与宗教的不可分割性,当上帝的存在受到质疑时,整个宗教信仰体系就产生了动摇。

弗雷德里克对伯爵坦承自己只有在夜晚的时候那种虔诚的感觉才会到来,于是伯爵便把他的这种感觉与爱情联系起来:"那时你也是处在恋爱中啊。别忘记恋爱也是一种宗教情绪。"(285)我们感到有些奇怪为什么拉奥会因此而得出结论说"教士与伯爵有着共同的观念"(Rao,2007a:130)。在对待异性的爱情观上面,教士清晰地区分了这两种不同的感情,在他看来这种夜间对异性的感情不过是"激情与情欲",与爱有着本质的区别,教士把"爱"理解为:"你一有爱,你就会想为人家做些什么。你想牺牲自己。你想服务。"(82)教士当然不是在定义"宗教"。在教士看来,"爱女人"与"爱上帝"有区别,只是他不知道该用怎样的语言来适当表达出来,因为他"没爱过任何位女人"(83)。对上帝的爱是无条件的,甚至在没有意识知觉的时候就发展起来的一种自然情绪,一种敬畏与崇敬,就像教士从"做小孩子时起就爱上了"天主(83),他不会追问自己为什么要去"爱天主"。弗雷德里克在夜间的这种对虔诚的需要，可能在一定程度上反映了作者海明威的实际生活情况。林疑今观察说，海明威由于战伤，"长期失眠，黑夜上床必须点着灯，入睡后被噩梦折磨，旧病发作起来，理性失去控制，无法制止忧虑和恐惧"（《序言》，1980：3）。现代性帮人们解决了很多的恐惧与局限，但无法解决人们的理性心病。如果人们离开了技术、离开了光明，当他需要一个人面对孤独与黑暗时，忧虑与恐惧会更加严重地折磨着主体。或许也正是在这个时候，人们才深深地感到对宗教的需要，需要一种外在的、非技术的力量来帮助自己，来安抚那一颗悸动的心。

然而，宗教的诉求恰恰集中体现在人们在此生中会做些什么，而不是像伯爵那样因担忧或恐惧死后的生活而希望有别人来为自己祈祷。实际上，他的这种所谓宗教虔诚不过是一种有它不多、无它不少的心灵安慰剂而已，他更在乎的是此世的"不思"生活状况，这或许也就解释了伯爵为什么能够幸福地生活到如此高龄。

与《太阳照常升起》里杰克·巴恩斯在大教堂里对宗教祈祷的亵渎性的游戏有区别的是，弗雷德里克对他的祈祷要认真严肃得多，因为弗雷德里克所面对的是他所爱之人的可能永久性的丧失——凯瑟琳很可能因难产而死。葛雷非伯爵在自己漫长人生中当然经历过丧失最亲爱的人的各种伤痛（他身边也只见一个高龄的侄女相伴），所以他才有权利说"要是你活到我这样老的年龄，一定会发觉许多事情是奇怪的"（283）。毫无疑问，他的话里包含了他所理解的生活的不可理喻的一面，以及一个人不情愿与被动地接受。在得与失都成为过去的时候，他总结说：

"我本以为年纪越大，一定更热心信教，但是我并没有这样的变化，"他说，"这真太可惜了。"(283)

伯爵已经到了一种公认且自认的衰老境地，可是他觉得无法进入自己以前的企盼，把宗教作为一种年龄增长的自然结果，甚至又反过来怀疑自己"大概已经超过了热心信教的年龄"(285)。对比之下，那位教士则是从孩童时代就有了自己的宗教信仰。而弗雷德里克当然也希望他可以过上一种像老伯爵那样"简单的感官愉悦"(Marcus, 1962)式的生活：

我生来不会多思想。我只会吃。我的上帝啊，我只会吃。吃，喝，同凯瑟琳睡觉。(195)

马库斯因此而总结说：

缺少关爱在不思中达到高峰。对弗雷德里克·亨利来说，世界最好是经历的，不要去分析……在感官的即时性中存在着一种受欢迎的健忘。在理性不存在的地方，物欲提供安慰。(Marcus, 1962)

遗憾的是，弗雷德里克无法"健忘"，无法让"理性不存在"。只有经历了漫长人生，经历了许多怪事的伯爵才可以接触到这种生理"精能"的感官即时性——生活的宁静，一种"无躯器官"式的生活对伯爵来说可能非常享受。他因此说："我这一生过得很愉快。我希望能永远活下去……我也差不多算长寿的了。"(283)希望获得永生也是一件在老人身上奇怪的事情，因为一些活得足够长的老年人，如《一个干净明亮的地方》里的老人就似乎没有这种想法，他甚至一度选择自杀来希望结束自己的生命。如果葛雷非伯爵还有什么烦心事的话，就是那种他在自己身上尚无法获得的那一份虔诚。然而，他似乎很简单地把这一份忧虑交给了别人。他的潜在生活逻辑非常清晰：支撑他的是社会"认知空间"里的宗教，生命的意义要求他以一种社会可接受的形式来生活；而他却只是简单地过当前的理想生活，没有上帝、没有宗教，在生活本身之外无所谓意义的生活模式。他不知道上帝是否存在、是否应该存在以及是否有死后生活，这就是为什么他会请别人来为他祈祷。他更不会有兴趣去求证上帝的存在或者不存在。他实际上是在实现着弗雷德里克所希望的"我生来不会多思想"的生活方式。

但对弗雷德里克来说情况就完全不一样了。当他说自己只是"在晚上""虔诚"的时候，他很清楚地意识到夜晚与黑暗毫无疑问是死亡的重要隐喻。海明威希望利用这种死亡的母题（而不是夜晚的母题）来构建他的这部小说。对夜晚的意识，如同对那反复出现的雨的意识，都是对死亡载体的直接感知。到了夜晚，大多数的生命都该去"睡觉"——同样是一个被普遍接受的死亡的隐喻，因为睡眠的本质与死亡相差无几，生命与意识都不了解此时的世界在发生些什么——所以列斐伏尔才说睡眠"预示着死亡"（Lefebvre，1991：208）。对夜晚的"意识"会"使睡眠成为不可能——因此，需要采取措施来预防"（Lodge，1971：200）。因此，无眠的人就开始与夜晚对话，与死亡——这一不可沟通的谈判者——对话。个体需要经历这种清晰的死亡过程。对于不虔诚的现代人而言，当他们无法入睡时，尤其是当他们不想经历这种可怖的死亡过程时，他们就必须选择在那种灯光明亮的咖啡屋里寻找到和他们一样受到惊吓的个体来共同与死亡的孤独斗争——这样的地点"所包含的意义不是针对大脑而是针对身体"（Lefebvre，1991：235）。因此，列斐伏尔指出，这种城镇空间"是'历验'而不是认知的，是一种再现性空间而不是空间的再现"（1991：236）。这或许在一定程度上可以理解为是上帝之死与宗教的遗弃导致了无数城市咖啡屋的繁荣。

夜间的咖啡屋是一种独特的异托邦与异时性空间，可以被看作是睡眠的空间替代物——也是死亡的活的隐喻。然而如果一个人形成了"夜晚意识"，那就意味着他无法入睡。计划中的睡眠无法实现的时候就会引起焦虑。个体想忽视那种他知道无法忽视的煎熬、审判、死亡过程的时间。因此，到了夜晚，有着清醒意识的个体能够感觉到宇宙中否定的能量与威力——死亡的威胁，那种他在白天因为许多其他离心、离题的琐事分散了他的注意力而无法注意的威胁。这时，受到威胁的他就只能选择到咖啡屋，那里或许能够找到像他一样害怕夜晚与死亡的人们。在一起，他们分享孤独，互相帮助着来回避夜晚，直到入睡。

《在一个干净明亮的地方》里的年长一点的侍者说，在家里喝酒与在咖啡屋喝酒有所不同。其中主要的不同，应该不在于灯光、安静的气氛，而是那里有（两个）侍者，外加可能还会有其他顾客。咖啡屋不能驱赶走对夜的意识。能思考的个体随时都会冒出这种意识。要赶走这种可怕的意识，他就必须求助于某些超自然的力量，即使他清晰地知道上帝已经不存在。让他走出这种精神上的困境尚待时日。由于老年与生命的"夜晚"相似，葛雷非伯爵已基本走出这种夜晚的恐惧，尽管他仍为自己不能虔诚而心存遗憾，他于是以弥补的方式来折中性地请自己的朋友为自己祈祷。所有的宗教都要求其信众从心底奉献出一份至高无上的虔诚以求灵魂的得救——所谓"心诚则灵"、"信则灵"。可是葛雷菲伯爵却只能救助别人来拯救自己那或许存在的灵魂，这本身就构成了一种宗教信仰的悖论。类似地，弗雷德里克以一种并不虔诚的实用主义宗教模式，当他自己感觉到任何物质世界的力量都帮不了他的时候，当他觉得他不得不求助于一个他并不认为存在的"上帝"的时候，在自己的祈祷中同样地强加了许多的条件性"只要"来反讽般地戏拟自己祈祷——就仿佛他在跟"上帝"谈一宗"交易"：

> 我心里万念俱灰。我不思想。我不能想。我知道她就要死了，我祈祷要她别死。别让她死。哦，上帝啊，求求你别让她死。只求你别让她死，我什么都答应。亲爱的上帝，求求你，求求你，求求你别让她死。亲爱的上帝，别让她死。求求你，求求你，求求你别让她死。上帝啊，求你叫她别死。只要你别让她死，你说什么我都做。婴孩你已经拿走了，但是别让她死。孩子没有关系，但是别让她死。求求你，求求你，亲爱的上帝，别让她死。（356，我的着重）

这简直算不得是祈祷，而是在与上帝之间的讨价还价：你拿走婴孩，我不介意（"孩子没有关系"），尽管我本该（当然该）介意，但是我没有办法介意，因为你是上帝……真有上帝的话，这种讨价还价也为时已晚——上帝需要会死的人为他做些什么？死亡不过是"天地不仁"的残酷法则下再自然不过的现象，而不是上帝的报复。佛家智慧里讲"凡夫畏果"而"菩萨畏因"。关于祈祷，坊间也有一段关于佛禅的传说：

　　　弟子见观音菩萨每日祈祷不辍，心生好奇，就问菩萨："您都是观音菩萨了，您还拜谁呀？"观音菩萨回答说："我拜观音菩萨呀！"

　　该传说告诉人们的信息是，菩萨因果都在个人体内。人需要做的是唤醒善缘、回避恶缘。人心即"道"，"佛"在市井，人人心中有一佛陀，人人心中有一个上帝，而不是在外面有万能的上帝在等着帮助那些无辜的人们。这一点有类西方谚语里的"自助者上帝来助"，只不过是以宗教信仰的形式而不是物质意义上的帮助。

　　葛雷非伯爵希望自己能够拥有宗教的虔诚，然而，随着时间的推移，他已过耄耋之年，可以接受自己没有宗教虔诚的生活。如果有人愿意在主面前为他祈祷，那更好；如果没有，他也不会太在意。

　　而对于正面临着失去爱人的弗雷德里克来说，他无法走出这种困境。这种丧失很有可能是葛雷非伯爵所指的"许多怪事"中的一件。葛雷非伯爵为弗雷德里克提供了一面镜子，可以去"不思而活"，即使是面对那即将来临的死亡。从笛卡尔"我思故我在"的口号一喊出，人的现代性就已开始。一方面，人注定要去思考，不然他就"不在"了；而另一方面，在这种无序的宇宙无意义中他又将从思考中一无所获。所以，当弗雷德里克喊出"我不思想。我不能想"时，他已经深深地"困"在人的现代性思维之中了。这种困境就像弗雷德里克曾经面对的那根燃烧着的木柴上四处奔跑忙着逃生的蚂蚁：

我有一次野营，加一根木柴在火上，这木柴上爬满了
蚂蚁。木柴一烧起来，蚂蚁成群地拥向前，起先往中央着
火的地方爬，随即掉头向木柴的尾端爬。蚂蚁在木柴尾端
聚集得够多了，就掉到火里去。有几只逃了出来，身体烧
得又焦又扁，不晓得该爬到什么地方去。但是大多数还是
朝火里跑，接着又往尾端爬去，挤在那还没着火的尾端
上，到末了还是全部跌在火中。我记得当时曾想，这就是
世界的末日，我大有机会做个救世主，从火中抽出木柴，
丢到一个蚂蚁可以爬到地面上的地方。但是我并没有做什
么，只是把白铁杯子里的水倒在木柴上，因为那杯子我要
拿来盛威士忌。然后再掺水在内。那杯水浇在燃烧的木柴
上无非使蚂蚁蒸死吧。（354）

对弗雷德里克来说，个体的人正是那些蚂蚁，被无形的上
帝之手操控着放到一根燃烧的木柴上，蚂蚁的生存受到威胁，
而希望好像就在木柴的"另"一端；可那里却并不是"福
音"，而是更多的同样疲于奔命的处于"世界末日"的蚂蚁。
弗雷德里克这样一个旁观者就在扮演着一个天地无情的上帝，
他没有把木柴捡出火堆，却是一杯水浇灭一切希望。如今他正
面临着自己的人生困境，他也清楚地知道不会有上帝来拯救
他，然而他仍要祈祷。祈祷在本质上与人类理性思维背道而
驰，不要推理、逻辑、因果与条件。但是，他的祈祷却不是真
正宗教意义上的祈祷，而是他思维的直接结果，所以，他的这
种祈祷戏拟只能让他陷入更深的绝望。他也接受不了葛雷非伯
爵那种不思的生活模式，在伯爵这面镜子中他阅读到的仅仅是
生物性死亡的阴影。

四　空间符号性困境

　　本章中涉及的四个人物，杰克·巴恩斯与米比波普勒斯伯爵，弗雷德里克·亨利与葛雷非伯爵都陷入某种人生的困境之中，或因战伤，或因老龄，或因即将失去最爱的亲人。这种困境从《周易》中的"困"卦可以得到一定的演示。"困"字字面可以理解为"圈起来的一棵树"，其枝叶伸展难以如愿。人生，从一个外部、超脱而悲观的角度来观察的话，就是一个"困"境，我们困于思，困于所求，困于无能……到了老年，这种窘困之境就更加明显。由于上天给了我们思考的第六感官，又由于米兰·昆德拉的名言"人一思考，上帝就发笑"，人类的思考注定没有结局，这种困境就成了人生的本质。要走出这种永恒的困境，我们需要的是一颗恒久的不放弃之心。"困"卦"上六"这一与老年困境互为指代的爻辞就告诉我们"征吉"。在人的一生中，他注定要经历各种困境——潘多拉魔盒的灾难都是给多思的人类准备的。如同那棵受困而无法伸展枝叶的树，人生的每一阶段都会有各种困境：杰克困于战伤带来的性无能，困于欲爱不能；弗雷德里克困于失去爱人与婴儿。然而，潘多拉魔盒里还同时为我们准备了希望，需要我们用一颗持久的恒心终生呵护。"困"（☱）卦是上"泽"（☱）下"水"（☵）的卦象结构，"泽"上面的阴爻又象征着张开的嘴，向上苍诉说着什么。这种诉说，就是人的祈祷、人的语言。但语言与祈祷只能是心灵的诉求，而无法进行一种现实生活中的交换，所以，"困"卦主题才说"有言不信"，我们希望通过语言来达到什么目标都是不可能的事情了。到了老年，如同"困"卦的"上六"所示，"上六，曰动悔有悔"。每一次行动、每个选择都会带来"悔",因为人生的羁绊就像荒地里的藤蔓杂草,让我们的一切行动"困于葛藟,于臲卼"。在人生的其他阶段,我们还相对地只是"困"于"株木"、"酒食"、"金车"、"赤绂"等有形的束缚,到了老年,我们才会真正地感觉到一切都是束缚,生活本身就是束缚,那么,我们还要动、要选择吗?但"放弃"不是答案。存在主义哲学告诉我们,"不选择"本身就是一种"选择",相应地,"不思"也是一种"思"。人似乎只有选择去积极面对,去挑战那与人生如影随形的"悔"。老年本身就是一种坚持的后果。如果要选择放弃,葛雷非伯爵可能早已是"九死无生"了。他早就会死于那许多的"奇怪的事",他就不会对所谓的老年"智慧"嗤之以鼻了:"说什么老人富有智慧。人老并不增加智慧。只是越来越小心罢了",所谓的智慧也不过是"犬儒主义"(1980:284)。

然而,"困"卦人生虽然讲"穷而不能自振"(朱熹等,1969:732),因"泽无水困",但作为人生,生命的原动力就像那条永不知倦怠的"龙",人必须顽强地面对生命的种种困境,"以致命遂志"("困"卦象辞),坚持就是一种出路,所以"上六"总结说"征吉"——坚持不放弃,反而是面对困境的不二选择,本章中的两位老年伯爵正是因为他们从身体到精神的那一份坚持,才走到了"吉"的境界。

总结起来,本章虽然以两位老年角色为主要观察点,但我们似乎把较多的精力放在讨论两个相关的年轻主人公杰克与弗雷德里克上了。之所以会这样,首先是由于,如前解释的那样,两位老年伯爵是被年轻人作为异托邦的"镜子"来反观年轻人自己之用。因此,大量的分析就放在杰克与弗雷德里克如何选择看待伯爵,如何看伯爵对空间能量的运用并影响其周围的空间。诚如萨柯所言（Saco，2002：15），异托邦里的通行主要是以"看"的形式来完成。诺曼梅勒一度也说过："我们必须从父母、朋友、伙伴、爱人、敌人和向我们报道的记者身上接受到我们经历的大部分。"（转引自 Frus，1994：ix）因此，我们没有选择进入两位伯爵的内心世界（叙述者没有向我们交代两位老人的内心世界），我们选择了其他人物对他们的反思来观察。换言之，"看的行为"——更有分析价值。第二点原因在于，虽然两位伯爵在两本书中都有大量的参与对话的机会，但作为"次级角色"或"扁平角色"，他们的文本叙事功能还主要是通过"丰满角色"的主角的一系列变化来最终体现。因此对这两个角色的分析就必须借助于其他主角，来看他们之间个人空间的重合，更重要的，看他们空间如何互动作用。他们帮助提出了"爱"、"虔诚"与"死亡"等这些属于认知空间的概念。在下一章，我们将会进一步看到海明威笔下另外两个老年角色，一个来自《桥边的老人》，另一个来自《丧钟为谁而鸣》。我们将从另外一个角度来看老年人在认知空间里是如何被影响、又是怎样选择作出反应的。

第 三 章

战时认知空间里的老人

　　在本章中我们将看到海明威笔下处于战争时期的两位老人。对于在桥边徘徊的那位无名老人，我们感兴趣的是他为什么会在即将过桥的时刻产生犹豫，想起自己在家中照料的动物的安危来，在这个关键时刻，"桥"有些什么样的意义，类似地，《丧钟为谁而鸣》里的安塞尔莫也面对着一座桥，且这座桥必须被摧毁。在不同的特定文本里，桥分别有着怎样的文本意义？《桥边老人》里的鸽子（pigeons）为什么到了叙述者的嘴里就变成了"和平鸽"（dove），老人为什么会宣称自己"没有政治"，并且把这一立场与自己的年龄紧密联系起来？他那满身的"尘土"又具有怎样的空间意义？而安塞尔莫为什么总是被无边的孤独包裹着？为什么他会有着深重的罪孽感，而且必须以自己的死来赎回这种罪孽？他的非宗教式祈祷具有怎样的空间认知意义？他一方面讨厌杀人，而另一方面却又主动勇敢地承担杀死敌人哨兵的任务，并祈祷有一种外在的宗教力量来帮他完成自己的杀戮，我们该如何解读他的矛盾困境？为什么一个"外国人"会对他产生如此强烈的影响？

一　乌托邦式认知空间

个人空间是一个产品，毫无疑问是个人努力的结果——包括他的刻意所为，也包括他的生理与精神上的自然增长。然而，我们必须时刻牢记的是，个人空间同时也是外部空间能量的共同作用物。就像作为环境产物的一棵树那样，其与日月星辰、风、水、土壤的肥沃程度之间的关系，都会直接作用于其空间产品的最后结果。类似地，人的空间也是一个包括生态环境在内的"社会环境"的结果。主体碰巧生活在其中，这种社会环境通常会形成一种"共同语言、共识和符码"（Lefebvre，1991：40），可以向社会中的个体施加向心力来迫使社会成员朝着同一个目标共同努力。大部分个体往往也会主动地选择听取、接受这种共识，以便自己能够更好地融入更大的空间产品即"社会自我"之中。这种社会共识，虽然可以通过社会希望的方式来迅速地灌输给个人，但通常需要个体用大量的时间来吸收这种社会共识中的强大的压缩能量，否则就会导致个体的失落甚至反抗，产生新的"离心力"。老年是个体长期接收社会能量的结果，他会默认自己融入了一个大的"连贯整体"（Lefebvre，1991：40）之中。

这种"共识"、"共同语言"与"符码"并不一定要以社会"意识形态"的形式君临天下，它同时可以与个体的离心驱力一起来保护个体发展的完整性，为"激情、行为和历验场合都留下了场所，因此同时包含着时间"（Lefebvre，1991：42）。这可以帮助我们理解为什么有的时候个体明明选择了自己的目标、方向，可是到具体行事的时候又突然会产生犹豫。这就是人这一司芬克斯之谜的含义所在，我们心里想着一件事，说出来的可以是另一件事，而到做的时候可以又是一个完全不同的事情。因为共识的向心思维并不会考虑个体的离心思维，而时间又会经常性地把两种力量的对比进行相应的调整。于是人的空间行为结果才表现为仅仅极少的人能够"如愿以偿"。

在文学分析中，我们当然更加频繁地要面对人物的这种行为犹豫。有的时候，由于选择观察参数的单一性或减约性，我们往往会对人物的这种犹豫感到困惑，因为我们只选择看到事件的直接因果。如今风头甚健的"控制学"理论也开始在文学分析中得到应用，强调看到飓风起于青萍之末的因果变化。在控制学的著名"蝴蝶效应"那里，亚马逊森林里一只蝴蝶的振翅可以引发北美得克萨斯州的一场规模巨大的龙卷风。然而，理论虽然浪漫，但对这种蝴蝶效应的夸大分析同样不现实。与控制论这种对起因夸大完全相反，在很多时候，个体是完全地受控于社会"飓风"。社会期待个体所必须具有的"社会形象"，要求个体行动一致，而不会去顾及个体的区别性要求。而社会整体要求所具有的威力是如此之巨，以至于可以随时阻碍甚至停止个人空间的生产。在这种社会飓风式的战争与革命的时刻，个人空间就成了高空中一粒独立的、微不足道的灰尘，永远不知道自己将会飞向何方。正常的空间生产日程会被彻底打破。如果个体选择融入社会能量的主潮中，其空间还有延续的机会，不然，降临的只能是灾难。

海明威的《丧钟为谁而鸣》中的安塞尔莫与《桥边的老人》中的无名老人，这两位是不幸置身于战争期间的老年空间的人物，都曾引起评论界的广泛兴趣。从空间分析的角度来看，战争这种特殊的异托邦危机空间给两人都带来了维系个人空间发展与生存的困惑。

　　宏观空间批评的本质决定了列斐伏尔不会选择讨论在空间生产中的个人心理状况。这也可以说是马克思主义文学批评传统中一个致命的不足。然而，对该理论在文学批评中的微观应用就必须考虑到社会的个体成员，必须分析他们个人困境背后的成因。

　　诺地亚（1991：42）从微观空间批评的角度总结说："问题不是个人在社会上可以或必须有什么样的地方，问题是在社会有某个地方，也就是，一个独立、自由人可以做出自由选择并为之奋斗的地方。"（原文着重）因此，对于个体的人来说，如果失去了他的地方，他就会因为来自异托邦空间危机的威胁而丧失他的主体性。

　　一个社会会很自然地要求同性、同文化、同人种或相近阶级、相近年龄群体的人创立一个属于他们小群体的共同身份，从而"可以形成一种包含迥异个人生活经历的原型"（Peace et al.，2005：2—3）。但是，应用"社会身份"的不足在于，如皮思所言，这种经历"对于这一代人中的所有人都会是类似的"，社会身份主体无法区别这种原型整体。换句话说，缺少了"个体身份"与"社会身份"的并立，会导致个体空间生产的不完整。

　　个人空间由一个（身体）的物理内核与"栖息地、居所、食宿、个人近身包围圈与抽象环境"（Peace et al.，2005：8）这样的微观环境组成。在诺地亚看来，"我们的'地方'"在这个社会上非常重要。人"必须在里面而不完全能够出离潮流之外：'在里面'而不是'在外面'，因为'在外'就是'不存在'"（Nodia，1991：33）。毫无疑问，战争，自然地"被认为是为了维系'正确'"，是"被看作个体服务于国家，不像太平时期人都可以追求自己的利益"（Seligman & Johnson，1937：448），战争也正是最容易让一个人感觉到失去自己"地方"的异托邦危机。《丧钟为谁而鸣》里的安塞尔莫与他的游击队同伴一起被撺到了一个山洞，还在担心着被排除"在外"，而且他也一直在被一种"孤独"的情绪纠缠着。他的农民式救赎简单而浪漫：一个共和国——即信念中的"社会身份"——人们可以在其中幸福地生活着。而那位桥边的老人已经置身于一座对他来说是异域的桥头，他不知道是该跨过桥去，还是该回去将他的动物从炮火中救出来。

二　老人在桥边空间里的犹豫

在危难时刻想着去救赎动物的生命，评论家们从老人的行为中读出的是崇高、尊严、"人性、爱以及对低等生命的尊重"（Lambadaridou，1990）。作为海明威作品中"被频繁提及的"（Frus，1994：81）一篇短篇小说，我们不奇怪小说为什么会受到反差很大的解读。兰巴达里多把桥边老人解读为"一种清楚的爱、和平、丰饶、创造性与人类友爱的信息"（Lambadaridou，1990）。华森（Watson，1988）指出了老人的"无私、他对动物的担忧，不愿意把动物留在身后，以及他那不怨天尤人的心态，这些都赋予了他高贵。他不再仅仅是战争的牺牲品：他是那被打败的勇敢的人，挣扎着生存下去，心中保留着一份希望"。华森还进一步地讨论了他"那份非常不合时宜的忧虑，与要消灭他的那种摧毁性力量相比起来那么微不足道，那么无效"，"为他的单纯思维增加了一份悲情。老人的这种悲情与尊严使该小说有了现在的风貌"。然而，我们却不能因此而把老人减约性地读作一个单面的英雄形象，因为我们必须承认的是，一直到小说的结束老人毕竟什么都没有做。他面对巨大危险的不作为尤其值得我们分析。

该小说并不是旨在刻画一个牺牲自己生命来拯救低等动物生命的老年英雄人物，或者是表现战争中一个过桥求生的难民——即使桥代表着"不安全的、不稳定的、暂时性"（Lambadaridou，1990）救援。老人两者都不是，就像他在表述自己的政治立场时所说：

> "你的政治态度怎样？"我问。
>
> "政治跟我不相干，"他说，"我七十六岁了。"（1946：85）

他自然地把自己与政治的不相干与他的 76 岁高龄联系起来，似乎想向一个并不相干的路人表示一个 76 岁的老人不应该被无辜地卷入这样的一场战争中来。对他而言，以一种宁静生活终了此生或许是他的最大愿望，他无所谓"在内"与"在外"的问题。然而，即使是这样一位年事已高的老人，在面对强大的"认知空间"时，空间所代表的巨大能量使得空间意义上的"在内"与"在外"这一表面个性化的问题在更多的时候并不是一个自己可以决定、可以选择的问题。为了加强这种年龄与外界的对比反差，海明威对人物年龄的处理花了很大工夫。

海明威虽然厌恶战争与杀戮，但对于战争中为了争取自由与和平的受压迫民族有着深深的同情，并尽可能地给予一份关注与支持。他到过战争中的西班牙、中国，并且称赞战争中的中国共产党是"优秀的中国人"（杨仁敬，2006：7）。从 1937年到 1938 年的两年间，他更是先后四次来到西班牙（张禹九，2004：13）。而在 1938 年，海明威第三次来到西班牙报道西班牙内战的时候正是 4 月 17 日，复活节的星期天，他碰巧在一座浮桥边遇到了一位老人。老人在那里坐了足足两个小时，而且没有任何打算离开的意思。看到战争马上就要打响，海明威停下来劝说老人不要逗留太长时间。该作品典型地代表着海明威"新闻式写作风格"："将新闻报道中的真实事例融入小说成为生动的插曲，这成了海明威独特的艺术风格。"（杨仁敬，2009）海明威在笔记中记下了自己对老人年龄的处理过程：

> "……——他 68 岁［划掉］——72——必须要离开他们……"（Watson，1988）

等他有了足够的时间来对自己收集的生活素材进行艺术加工，展现在我们面前的是一个完美的短篇小说《桥边的老人》时，我们读到的最终作品中老人就变成了 76 岁。诚如华森所总结的那样，"对事件、观点，或者某些经历从生活到艺术品的加工是一个复杂而神秘的过程。我们很少有机会能够目睹其中的细节，更少有机会从头到尾地观察到其成型与生出意义"（Watson，1988）。很明显，把人物的年龄从 68 岁增加到了 76 岁不过是为了增加老人的老年特征，但却并不能非常好地解释其对政治的冷漠。在战争期间——即使是在和平年代——"与政治不相干"本身就是一种政治立场。人这一特殊的"类存在物"从本质上来说就是一种政治动物，在感知空间以外同时必须生活在一个政治意识形态的认知空间里，在这种认知空间里人类个体共同地构成社会关系的总和。

老人在那座象征着认知空间联结纽带的桥边驻足不前，错误地认定与政治不相干就会让他远离政治的烦扰。然而，他或许应该知道，就像他照料的那些无辜小动物一样，正是这些无辜的生命才构成战争的重要基石，也正是这些无辜的生命最容易受到伤害。人类总是在"杀与被杀"的境地里作出通常并不情愿的两难选择。是谁在逼着人们走入这种必须作出这种选择的困境？老人甚至从来没有听说过桥那边将要通向的巴萨罗那，但他会很清楚地知道巴萨罗那不会是一个纯洁的、能给他庇护的天堂。对一个未知空间的畏惧与他对动物的顾虑让他无法前行。事实上，他不可能去救他的动物。同样地，也没有人能够救他，因为谁也不能够平息这场战争。他或许甚至不知道自己是怎么就走完了 12 英里来到这座桥边的。

要是没有这场战争，他或许可以与政治不相干地在自己的家乡与他照料的那些动物一起安享晚年。然而，战争已经打响，他与他的动物都被动地卷入了这场战争。如果他不能主动地选择"去杀"与"征服"，他就会成为"被杀"与"被征服"的目标，成为别人天平上随便哪一边的一个砝码。

在弗拉斯看来，老人可以选择"既不偏向共和国也不偏向法西斯西班牙"（Frus，1994：83），但他却不能选择与政治"不相干"，就像他现在在面对的这座桥：一面是生命的逃亡，一面是英勇的牺牲。他可以选择其一，但不能在桥上停留。因为很快地，那里将没有桥，只有河两岸的对立。

老人自以为与政治不相干，只有一个对生活平凡而朴素的梦想，即人也好、动物也好，都可以尽享天年——任凭他 76 年人生积累下来的属于认知空间里的熵能带着他完成生命的最后历程。然而，与任何空间一样，认知空间也同样地有其时间与空间的界限，这一界限在本故事中由那座浮桥所承载的象征意义体现出来。走过这座桥，他就必须进入一个不同的认知空间，一个他害怕因而希望不进入的空间。他知道在新的空间里将会失去他最后完成这一没有政治的白日梦的机会。在桥的这一边逗留，尽管他不能做什么，但至少还有着精神上可赖以寄托的空间。

兰巴达里多（1990）通过分析老人身上所代表的代际年龄时间，把浮桥读作一种时间意义上的"经过"与"连续体"："死去的几代人之间的距离意识"。他因此继续列出与桥相关的"一系列的对立"，对本研究有一定的借鉴意义：

> ——一个"代表年轻与城镇"的战士，而老年人代表的是"老年与乡村"
> ——"两种不同的生活方式，旧与新"，"当代技术与人类文明中遥远的农业社会"
> ——"两种生活财富的态度，一种保护……另一种摧毁"之间的对立（把年轻的战士联系成战争中杀戮方）
> ——"有生育能力的河水与无生育能力的'没过脚踝的尘土'"之间的对立
> ……

我们承认其中所列对立都是仔细观察分析的结果，如年龄之间的对比；但有些对立性在文本中则显得有些牵强，例如以水的象征意义来作为富饶的代理则没有充分的文本依据。整篇小说中都不曾提及"水"（water）这个词，这样我们似乎就必须依赖于"浮桥"与"河"关联出"水"的意象来。而且"河"在文中也仅仅出现一次："河上搭着一座浮桥，大车、卡车、男人、女人和孩子们在涌过桥去。"这样一来，从"桥"与"河"而引申出来的水以及水所代表的丰饶性就很容易陷入"过度阐释"的陷阱。

意大利符号学家昂勃托·艾柯一方面在倡导发挥"阐释

者在解读充满美学价值文本时的积极作用"（Eco，1992：143），另一方面也坚持认为我们在阐释文本时必须坚守文本阐释的特定标准——"我们必须尊重文本"（Eco，1992：182）。因此，"阐释文本就是要解释为什么这些词可以通过这种阐释方式做这些事（而不是其他的事）"（Eco，1992：144），因为"很明显地，由于……字母表中字母构成的数量是有限的……我们在任何文本中找到我们需要的陈述"（Eco，1992：173），这样就很容易导致过度阐释。即使是在"被窃的字母意义上来说"，我们需要的是字母的被抹去的行为——而非那被抹去的字母——这种缺失会产生意义。

在《桥边的老人》里，按兰巴达里多的解读方式，对"水"的兴趣，"水"的缺席（未被提及）作为"富饶"的"缺失"——这种"水"可以表达的含义。由于"水"在整个文本中处于一种普遍意义的缺失状态（所有不曾出现的词都是一种缺失），这种关系必须通过与"尘土"的意象结合起来进行强化，因为"尘土"（dust）在短短的文本中出现了多次，而在西方文化中，"尘土"与"死亡"又有着很深的宗教文化关系——即兰巴达里多所指出的"来自尘土回归尘土"的《圣经》关联。在这层意义上，我们也许能看出海明威所刻意追求的对该词的重复：

　　　　一个戴钢丝边眼镜的老人坐在路旁，衣服上尽是尘土。
　　　　而农夫们还在齐到脚踝的尘土中踯躅着。
　　　　我瞧着他满是灰尘的黑衣服、尽是尘土的灰色面孔。
　　　　他说着撑起来，摇晃了几步，向后一仰，终于又在路旁的尘土中坐了下去。（我的着重）

　　如同一位细腻的画家，海明威在这样一篇超短小说里刻意地通过重复自己的艺术笔触，反复推出"尘土"这样一个"自由母题"（相对于"桥"这类"绑定母题"而言）。如蒙特所观察到的，"海明威在他大多数作品里都会涉及尘土。好像他在世界上走过的每一条路上都满是尘土"（Mount，2006：75）。

　　尘土的意象同样地传导着马上就要到来的战争将会带来的无情的死亡。"来自尘土回归尘土"的生态循环："这些空气传播的粒子——土壤、有机质、花粉，以及冰——都以差不多可以感受得到的方式被应用于海明威的作品中"（Mount，2006：87），其中传导的是一种极小的生命载体所能传导的信息，即所有的生命、形式与循环都是绝对平等的。

　　这位意识单纯的生态老人受困于一种不作为的窘境里难以脱身。他走过 12 英里的路程来到桥边，他停了下来，不愿意再迈一步走过桥去以求得自己的生存，也不愿意走回去救他负责照料的那些动物。这一被动的不作为让一些评论家附加在他身上的一切可能的英雄般的光环都消失殆尽，尽管同样地不会有人从他身上找出任何可以指责的地方。继续探寻他不愿前进的理由，基本上会说是由于他年纪大了，身体不行走不动了，包括对桥对岸的怀疑，以及他对动物的担忧。

　　现在我们就对海明威把人物年龄从 68 岁增加到 72 岁再到 76 岁的意图有了一个较深的理解，即通过增加老人的老年衰老特征就使得读者很容易判断老人步行了 12 英里之后在体力上已经是"筋疲力尽"了（Frus，1994：83）。

　　即使是那位年轻的叙述者告诉了老人他可以去巴萨罗那，一个比老人家乡要大要安全的地方，但老人的年龄与他对自己动物的爱把他绑定在他刚刚走过的那片土地上了（Lambadari-dou，1990），于是面对一个陌生的地名他难免会感到一种失落："那边我没有熟人。"而对于老人自己的故乡"圣卡洛斯"，他却自然地将其与一种美好的情愫联系在一起——年轻的叙述者清晰地注意到了这一点，在描述老人提到自己家乡时是"他说着，露出笑容"的基础上还特意强调老人的这种美好记忆："那是他的故乡，提到它，老人便高兴起来，微笑了。"如今老人离开家乡已经是 12 英里远了——对这样一个老人来说，12 英里可能是一个很远的距离，然而在他的 12 英里之外的失落无助里，一提到自己家园的名字还能给他带来温馨的微笑。这种记忆空间里的能量，如同那种不可利用的熵能，一种不经意的触发反而产生了其特定作用。现在这座桥成了分割他拥有美好梦想、拥有甜美回忆家园的空间界线。这种梦通常只有在离开家的时候才会有，也才更加显得甜美。当一种美好与我们每天相伴时我们不一定有所察觉，但当我们深深体会到这种美好的时候却往往是我们要失去这一美好的时刻。米勒说"他不能过桥，桥是与他过去的最后分别"（Miller，1970），一种空间的器物，如今成了时间的界线，这也就让我们从另一角度加深了对时空一体性的理解。

老人对桥另一端陌生环境里未来人生的不确定性让他无法前行，只好逗留在桥边。但问题是，桥的特殊"暂时性"让他也无法在那里作太长时间的停留。更何况这不是一座固定的桥，是一座"浮桥"，很可能马上就要被炸毁以阻挠敌军的前进。桥的"不安全、不稳固与暂时性"所起的作用不过是"难民们从死逃向生、安全与自由的唯一希望"（Lambadarid-ou，1990），老人的犹豫会使他失去自己的生命——一种他自己非常清楚的情形。当然，除了他体力的消耗殆尽以及对未卜前途的恐惧以外，他当然更担心的是他所照料的动物会有怎样的命运。

这里我们又能看到一个大的反讽。动物本能地知道如何去保护它们自己的生命。如果它们做不到，它们也会死去——这也是宇宙法则之一。在本案例中，动物或许接受了很多人性化的东西，被放进了动物园，被给予了一份人性的关爱。它们因此丧失了自己的求生本能。动物无辜且无知地成了人类"爱"（饲养）与"战争"的牺牲品。因此，我们甚至会产生怀疑，是老人还是动物更需要对方：

> "你没家？"我问，边注视着浮桥的另一头，那儿最后几辆大车正匆忙地驶下河边的斜坡。
>
> "没家，"老人说，"只有刚才讲过的那些动物。"

从对话中我们能够明显地感觉出来老人很自然地把"家"与他的动物联系在一起。评论家会因此而得出结论说老人是在把他的"人性、爱以及尊重"延伸到低等生命的动物身上（Lambadaridou，1990）。我们或许可以说，人是唯一的可以在自己体内培养这种高贵感情的物种，培养出一种把自己的关爱延伸到其他生命身上的特殊感情，它固然成就了人性的高贵，然而，我们同时却不得不思考在何种程度上这种多情的呵护是出于动物的本质利益，假如动物有知有言，他们会对人类的这种关爱作何思何言？我们甚至以自己的价值倾向对动物作出了各种价值分类，诺思罗普·弗莱以"鸽子"为例观察说：

> 在鸟类中，鸽子在传统上向来表示宇宙的和谐，或表示维纳斯和基督圣灵之爱。构成图腾象征之基础的，则是

把神灵与动、植物等同起来，并将动、植物与人类社会视为同一。(2006：204)

我们先是把动物变成象征性符号，接着又按照符号的价值含义来选择性地饲养、关爱动物。在我们眼前的这位老人身上，他的感知空间里的行为包括对动物的喂养与关爱，老人与这些动物在这个层面上组成一个"家庭"，一种建立在"爱"与"依恋"基础上的认知空间。老人已经养成了一种对这些动物的精神依恋。他离不开这些动物。在世人眼里，如同一些评论家们指出的那样，这就是爱，甚至在一定意义上讲是"政治"。对老人而言，山羊、猫与鸽子都是平等的动物（他甚至不必去为"平等"而烦心）。对叙述者来说，鸽子（pigeons）可以变成"和平鸽"（dove）——他在问老人"鸽笼没锁上吧"时就在不经意间把老人嘴里所说的 pigeons 换成了自己希望的 dove，由于英汉文化上的差异，这种区别我们甚至在汉语译文里都无法准确表达出来。"和平"鸽是和平的祈盼，代表着"宇宙的和谐"与"圣灵之爱"。或许此时深深体会到战争本质的年轻军人记者更希望听到这个词。在老人那里，鸽子就是生命，无所谓高低贵贱之分，如果实在有人想给 pigeon 加上"人性"的内容的话，或许就是他们希望看到的"打猎或烹饪用的动物食材"这样的借口吧，或许两种鸟类没有太大的本质上的区别，至少在大类上它们都属于"动物"，属于"鸟"类，属于"鸽子"，但凭着一点人类赋予其区别性名称的差异，它的命运与象征意义便迥然不同了。

当然，现在不是老人该考虑这些问题的时候。可以明确的是，在人类的呵护之下，被圈养的大多数动物如今都必须仰仗人类的帮助以求得生存。而且，这种微不足道的帮助在无情的炮火面前可能会无济于事："可是在炮火下它们怎么办呢？人家叫我走，就是因为要开炮了。"事实上，作为一个高等动物的老人此时自己都不知道在炮火下该怎么办，更何况他的动物？当然更不会有人去告诉动物该离开，就像不会有人真正在乎老人是不是会过桥一样。战争就是死亡，这就是战争的本质。或许会有人来统计战争中人员损失情况——更多的时候也不会有所谓的统计，充其量不过是一种估计——但哪里还会有人来统计动物的损失情况？许多动物通常不是自然地死去，它们更加经常地死于人类行为。离开了人类的干扰，它们会幸福地生活，享受天年，或听从于大自然的天然进化法则。

似乎我们一直在反驳说老人配不上"高贵"、"英雄"这样的词汇，或者说他是因为自己走不动了才开始思考他的动物，或者说他对他动物的需要胜过了动物对他的需要。情况并不完全是这样。我们应该考虑到老人是一个中性的生态空间，我们不应该在其中附加上我们所需要的人类认知空间里的价值，诚如梅希拉姆（Meshram，2002：59）所言，老人"就像山羊象征着无助的人性，无法逃向安全之所"。弗拉斯讲到老人是"一个没有政治立场的形象，却有其自身价值"（Frus，1994：83）。

老人宣称自己"没有政治"，自己"只是照看动物"，天真地幻想着因此而免于战火。但是如前所论，没有政治立场本身就是一种政治，共和国也好法西斯也好，要么杀他，要么疏散他，要么他去杀，就像我们接下来在《丧钟为谁而鸣》里看到的那样。因此，我们无法"抛开故事特定的政治语境"，把这篇小说读作海明威是在努力"对《桥边的老人》的美学化"（Frus，1994：88）。

战争让个体进入一种特殊的危机状态，不然的话，他的能量还会继续用于他个人空间建构的自然过程。如今能量被转化成一种熵能，让个体自己无法操控。他自己的空间再现，作为他76年人生的一种历时性认知，无法与战争时期的熵能合理同化。具有反讽意味的是，他的动物，如同年轻叙述者所提示的那样，是"大概挨得过的"，而老人却很可能做不到。因为对于动物来说，它们不存在一个所谓的"认知空间"，没有强加价值与焦虑。它们只需要一个栖息地来维系它们的生存，只要它们不在战争中不幸地被炮火击中的话，它们都会活下去。与老人一样，它们或许更喜欢生存在自己熟悉的栖息地里，但如果迫不得已，它们会更容易在一个新的栖息地里存活下来。

三　安塞尔莫的空间孤独

相比而言，《丧钟为谁而鸣》里的安塞尔莫就是一个有自己政治立场的人，他支持共和国。这两个老人的共同之处就在于他们同处于战争年代，虽然自身的生命在受到战火的威胁，却仍然希望有一个美好的空间能让所有的人甚至动物过上宁静平和的生活。在《丧钟为谁而鸣》里，安塞尔莫被公认为是所有人物中刻画得"最好"的："这个健壮的、自食其力的、文静的自耕农，在他身上体现了海明威最钦佩的品质"（森德逊，1980：271），他是一个"道德温度计，一个基督徒"（Moynihan，1959），是"最忠诚的共和者"（Allen，1972），是"巴勃罗气息、战争气息以及死亡气息的反作用力"（Oldsey，1963），他"以及他对于严肃的生与死问题的思考"都是"完全真实的"生活写照（巴雷亚，1980：282）。而共和国是安塞尔莫的认知空间——他幻想着有一个乌托邦式的共和国，这不仅仅是他68年人生的历时认知空间，也是与他同时代处于战火中的人的共时性梦想。

乌托邦是指"在实际中并不存在的社会理想模式"（Diana，2002：14），是"在本质上不真实的空间"（Foucault，1986：24），代表着马克思所表述的人类作为"类存在物"最希望的一种共存方式。如恩格斯所表述的那样：

> 社会所表现出来的只是弊病；消除这些弊病是思维着的理性的任务。于是，就需要发明一套新的更完善的社会制度，并且通过宣传，可能时通过典型示范，从外面强加于社会。这种新的社会制度是一开始就注定要成为空想的，它越是制定得详尽周密，就越是要陷入纯粹的幻想。（1997：41）

在原型思维里，乌托邦或许属于"未来"的一种虚幻寄托："古代存在过一个黄金时代、未来会出现一个太平盛世、社会事态由命运之轮支配、'如今在何方'式的挽歌、面对废墟的深思、缅怀业已失去的纯朴的田园生活、对王朝崩溃的痛惜或欢腾……"（弗莱，2006：228）在安塞尔莫的心中，共和国是一个需要他为之努力、为之奋斗的乌托邦，一个如同那美丽梦想一样的空间，用列斐伏尔的话来说，就是这样的空间"奇特而异化，而同时又是离我们那么的近"（Lefebvre，1991：209）。安塞尔莫清楚地知道这种梦不可能自然而然地到来，而是需要付出代价的。他所要做的就是"详尽周密"地实现自己梦幻一般的空间，使之不至于流落成"纯粹的幻想"，尽管阻力更多地来自他的外部而不仅仅是来自他的内部世界。实现梦想空间需要艰苦奋斗、纪律甚至是牺牲。岁月教会了他对生命的热爱，让他同样地将所有的生命——包括他在战争中的

"敌人"——看作平等的生命。战争使他进入了异托邦的危机境地，他知道自己必须去杀戮———种让他自己很难接受的意识。

现在，更详细的真实"细节"等着他去面对："桥关系到共和国的命运"（海明威，1982：64）。在通常意义上，桥的意义是"联通"，代表从一地通向另一地的穿越。与《桥边的老人》里老人所需要跨越的生死意义的桥不同的是，安塞尔莫的桥联结着过去———种公民居住着的邪恶空间。在这层意义上，炸掉桥就象征着切断新旧两个空间之间的联系。

在《丧钟为谁而鸣》中，"桥"成了"一个中心象征符号"（Rao，2007b：66），卡洛斯·贝克尔则特别探讨了桥在这部小说中特殊的篇章结构性功能：

> 《丧钟为谁而鸣》的结构形式被认为是精心设计而且处理得异常精致的。该形式就是以那座无比重要的桥为圆心的同心圆系列。这一巨大聚集的成功部分有赖于海明威高超地把注意的中心放在桥上，而凭想象把读者推到远离该行动中心的地方。第一章很快地确立了接下来即将进行的军事行动中桥的战略重要性，在整个第二章中桥被频繁地提及，使得它始终清晰可见。而在第三章中，乔丹与安塞尔莫一起到桥边做前期侦察工作。此后一直到高潮部分桥被炸毁，桥继续地以无法遗忘的方式处在一个不断扩大的圆圈系列的核心位置。（Baker，1956：245—246）

我们应该进一步看到，桥在这种叙事结构上的"伏线"串联功能之外，还存在着其他的空间隐喻作用。桥的外在性在于连接了两个本来无法连接、无法沟通的断裂空间，让人产生两种空间是"一体"的错觉，桥也就因而被默认为这种一体空间的一个有机部分，甚至是其自然属性。但从本质上讲，桥有着一种人为的空间附加属性（如同所有的人类建筑与自然的对立），不同的人可以从不同的群体利益出发进行不同的空间解读。对于法西斯分子来说，这是消灭旨在反抗的共和国分子的必由之路，因此他们会努力维护桥的一体性，让桥的空间附属性得以维系，所以才会安置哨兵把守。而对于戈尔兹的共和国政府军与国际纵队来说，则是借以阻挠法西斯进攻的屏障；对游击队长来说，桥是他和他的队伍平安生活不受惊扰的符号；对罗伯特来说，这是任务与命令的符号。在罗伯特·乔丹的心中，"这座桥可以成为人类未来命运的转折点"（52—53）。然而，他"赋予"了这座桥如此高的行为价值，却并不代表他对于此行炸桥任务的真实认识，或者说，他的实际认识或许正好相反；事实上，他清晰地认识到了此行的荒诞性。他接受命令时被告知"应该做到的是根据发动进攻的时间，在指定的时刻炸桥"（5），可是，包括给他布置任务的戈尔兹将军竟然也说不准进攻的具体时间到底会是在什么时候：

> 戈尔兹气愤地说："经历过好多次进攻，还问我为什么？有什么能保证我的命令不被变动？有什么能保证这次进攻不被取消？有什么能保证这次进攻不被推迟？有什么能保证实际发动进攻的时间和预定时间超过六小时？有过一次按计划进行的进攻吗？"（6，原文着重）

或许就是凭着自己"执行"的天命、自己牺牲奉献的决心，罗伯特才义无反顾地接受了这样一件他"不十分喜欢的"任务。在这样的悖论荒诞中，他不但要献出自己的生命，还要搭上很多的游击队员的，尤其是他非常喜欢的老头安塞尔莫的性命。而更加具有悖论性质的是，对罗伯特信任有加的老人安塞尔莫对于（炸）桥、对于罗伯特的认识差不多是完全的无知。安塞尔莫完全被动地卷入其中；而对于这样一个即将因为这座桥而失去自己性命的老人来说（他本人、罗伯特都清晰地预知了这一点），他接受炸桥的任务完全出于他认知空间里的一种需要。他需要纪律，需要精神支撑，需要一个人人平等的共和国空间。就在这种迷信般的需要中，也就在他自己原来的宗教信仰受到最大挑战，他此时正处于一种宗教与信仰缺失的真空时刻，罗伯特，这样一个年轻的外国人，带着一丝神秘的"共和国的光环"出现在他身边，"共和国"这一宏大任务的不可实现性使得他迷信般地将其减约为这种相对简单的、一次性的炸桥任务。于是罗伯特成了他所需要的纪律的化身，是帮助他驱除孤独的使者；他不假思索地接受了罗伯特，接受了炸桥的任务。他对这座桥的意义以及为什么要炸这座桥一无所知，他甚至没能想起来去问一下罗伯特为什么要去炸这座桥。凭着一份盲从、一份信仰失去后对精神信仰的渴望，他接受了这样一次艰难的、也可以说是他 68 岁人生中最大的挑战，他将不惜为此付出自己的生命。他不但抱定了必死的信念，而且希望自己能够"死"得理想化一点。

然而，对于以队长巴勃罗所代表的大多数游击队员来说，炸桥是一个灾难性的消息，因为，这会让游击队暴露在法西斯的注视与攻击之下，用巴勃罗的话来说："你不能在紧挨你住的地方炸桥。你住在一个地方，就只能到另一个地方干这种事。"（14）炸桥之后，小分队就会被法西斯部队撵进深山。

巴勃罗作为游击队长反对炸桥再自然不过了。虽然他同样地不了解罗伯特，但是，似乎只有他，凭着他对整个西班牙现状、对整个战争走势的认识，对罗伯特此次的炸桥行动及其可能带来的后果有着非常清醒的认识。对他来说，在战争时期难得有这样一个山洞来作为临时栖身之地，山洞就是他的家。巴勃罗这种随遇而安、只顾眼前个人利益而不顾长远的国家安危的做法遭到了安塞尔莫的鄙视。安塞尔莫把巴勃罗的这种山洞称为"怕死鬼的宫殿"（240），他希望能够激起自己的领导采取行动，为共和国而战，为此，他甚至不惜与巴勃罗翻脸。老人也因此为自己所做的努力而感到自豪：

> 不过，我有一桩事是无论谁还是天主都没法夺走的，那就是我给共和国好好出力。我一直在为争取以后我们大家可以分享的好处而出大力。革命一开始，我就尽力而为，我干的事没一桩是问心有愧的。（237—238）

安塞尔莫对于自己为他心目中的共和国所做的一切而感到欣慰。他相信自己融入了自己的梦想——他的认知空间——这样他就不会与之分离。他为之自豪，因为他认为他不是在为自己一个人的目标而奋斗，他为的是"全体"。在他的梦想中他与"全体"的人类整合在一起了。然而，在他的现实生活里，他所看到的却是相反的一幕：人们乐于互相屠杀。"在西班牙，杀人太随便啦，而且常常没有真正的必要。草菅人命的事多得很，事后无法补救。"（238）巴勃罗杀了很多人，就像霍乱一样："他杀的人比霍乱还多。……革命开始时，巴勃罗杀人比伤寒还多。"（32）人们对"现时现报正义"与"杀戮"的沉迷好像变成了战争的本质，这让安塞尔莫感到极度的"孤独"。安塞尔莫希望共和国能够帮助他驱赶内心永远也挥之不去的"孤独"，如同匹拉用她的信仰来驱赶她的"悲凉"

一样:"我对共和国有很大的幻想,我有信心。我像那些有宗教信仰的人相信奇迹一样,狂热地相信共和国。"(109)

如前章所讨论的那样,"夜晚"与"黑暗"是文学作品中死亡的载体。在死亡中,包括对死亡的意识中,人们都会感到一种无法与人分享的"孤独":"黑夜来临,他总觉得孤寂。今夜他更感到孤单,心里有种像饥饿似的空虚。"(257)这里,我们没有看到弗莱所讲的夜的"黑暗"催生的仅仅是"力比多"(弗莱,2006:227),而是似乎与他的本能联结起来,这种原型式感觉在他体内变成了好像"饥饿"这样的生理自然反应而不是一种后天文化强制,这种生理式的强能使得他逐渐地为自己的信仰、一种精神的自我而活着——就像一个"无器官之躯"(BwO)。他的内心孤独首先源自他当前所处的行为环境:他一个人置身于冰天雪地、黑暗降临的冷寂大自然中,感受不到大自然的任何温暖。触目所及也无任何可以交流的同类,孤寂感油然而生。

黑暗之所以能够产生孤独感可以归因于人类对太阳作为最主要能量来源的依赖。在空间里,(差不多所有生命的)躯体都会从来到这个世界的第一天起就从太阳那里直接或间接地接受能量。到了太阳下山后的夜晚,没有了(或极少)能量来源(不计月亮与星辰那微弱的能量来源的话),躯体就应该躺下睡觉——一种半死的无意识状态。这时候机体通过关闭主观意识性来减少能量消耗就成了对付外面能量供应缺乏的一种应策。

因此,差不多在所有文化中,至少在其文化的早期,都曾经有过对太阳的崇拜。如今,随着现代科学技术的去神秘化本质,人们开始清晰地了解到他们离开太阳一样能够生存得很好,就像他们可以不要任何其他的精神源泉一样。然而,在他们内心的精神世界里，无意识却滞后于这种文明的进步。出于习惯性的依赖，他们会时不时地受到孤独的折磨。这就是为什么许多习惯思索的现代人会走向夜间的咖啡屋。他们成群结伴，把那里微弱的灯光作为太阳的替代品。卢卡契指出孤独是对"一个注定要孤独、却又渴望群体生活的生物的折磨"（Lukács，1971：45）。在咖啡屋里，他们或许以只言片语简单地对话来作为能量转换的主要形式；他们也同样会选择用酒精带来的迷糊来寻求一份对孤独的失忆。

　　类似地，家庭可以在一定程度上作为这种孤独的疗方。但是安塞尔莫一无所有。"我没老婆了……我没儿女，再不会有儿女啦。白天没事干的时候我感到孤单，可是黑夜来到了感到更孤单。"（237）安塞尔莫没有可供逗留的咖啡屋，没有需要他劳神的家庭。他对付"孤独"的药方就是祈祷："往日里，他孤单的时候可以靠祷告来帮忙，他经常在打猎回家的路上反反复复地念着同一段祷文，这使他觉得好受一点。"（237）然而，祈祷是自我通过语言与一个外在的上帝或佛祖的对话。尽管所有语言的本质中都包含着欺诈的不实成分，祈祷和祈祷的语言却必须是诚实的。它不在乎祈祷者说了些什么，却在乎祈祷者是否有着一颗诚实的祈祷之心——如果个体不是被迫祈祷，就没有人会在祈祷中不诚实。其次，他祈祷的对象并不是一个通常意义上的外在的超自然的天帝。他祈祷的对象是一个打着上帝旗帜的"自我"——他在祈求自我的帮助、给予自我的帮助，希望得到救赎。除非祈祷者是在以语言游戏的形式来戏拟祈祷——例如前面讨论到的杰克在大教堂里的行为——个体的祈祷动机往往是由于遇到极大的心理危机，害怕灵魂与自我堕落，他才开始祈祷。

　　如今安塞尔莫的情形是在一种祈祷的精神困境里，他希望通过祈祷能够把他从孤独中解救出来，同时他又清醒地意识到他当前是处在一种亵渎的情境里，他根本不应该祈祷。我们可以回顾一下《太阳照常升起》里杰克的祈祷，从中我们可以看出一种有趣的明显对比。杰克从来就不具备祈祷的冲动。然而大教堂这样一个绝对空间却有着这样的符号力量让他不由自主地、机械地进行祈祷——当自我并没有祈祷的精神需要时，外在的、客观上的刺激却可以让他不由自主地完成这一行为。安塞尔莫在本质上是虔诚的，只是在一个充满罪恶的空间里他不可能开始他虔诚的祈祷。他身边缺少圣洁的教堂，多了嗜杀成性的战场，外部绝对空间里的认知信念至少部分地对个体空间产生关联。于是安塞尔莫回忆起他对那种作为认知空间的教堂的记忆："也许像是在教堂里做礼拜时的捐献，他想，不禁微笑了。教会为赎罪安排得好好的。"（238）简单地说，此时的安塞尔莫不可能一边祈祷着自己的得救，一边计划着即近的杀戮，在两害相权中他选择先解决当前的困境，然后把精神的困惑交由一种教会式的"组织"来安排。如阿伦所说，"海明威的英雄，在一种意义上说，都是在外的流亡者，也就是说，他们跑到了另外的国度，一个特定的地方，一个特定的布景来达到必需的、戏剧性的孤独效果"（Allen，1972）。因此，当这个远离他家乡的陌生环境给他带来孤独感时，他感觉一种精神上与宗教上的孤独，因为"在这里我们不再信天主，不再信圣子和圣灵"（49）来指导他，来陪伴他，而使得"人必须为自己负责"了（50）。安塞尔莫在孤独面前表现出勇气来。他习惯了孤独就像习惯了饥饿之类的生理反应一样。他的祈祷变成了一种自然的、即时性的反应，一种不容易在别人身上或人生其他阶段所能够流露出来的属于个人认知空间里的反应。这与以前那种完全地依赖语言祷词式祈祷不同的是，他形成了自己独特的以自己生命进程、生命代价为形式的救赎性祈祷方式。孔夫子讲"吾未见好德如好色者也"(《论语·子罕》)。人的好色与饥饿都是自然生理反应,与人的感知空间直接相关,而好德与祈祷则是认知空间的要求,需要人的痛苦的高层精神发展。

在这部小说里,这种精神上的孤独、虔诚的祈祷却又充满悖论地与"杀戮"紧密地相关:"安塞尔莫是个十分善良的人,每当他一个人待着的时间一长——而他是经常一个人待着的——这个杀人的问题就在他心里浮起。"(236—237)对他而言,他无法把那些战场上的"敌人"与"仇恨"、"法西斯"或"必杀"这些概念联系起来,"他们跟我们一样是人。……我们之间只隔着一道命令。那些人不是法西斯分子。虽说我叫他们法西斯分子,其实不是。他们是穷光蛋,和我们一样"(231)。所有的人都是"兄弟",人不该杀死他的兄弟。杀戮对他来说是最大的罪恶,然而,他又不得不去屠杀,来完成他的使命——一个为全体人的共和国。他杀过人,也下定决心会接受命令去杀人。

作为一个老人——就像那位桥边的老人可以把自己的关爱延伸到非人的动物身上一样——安塞尔莫有着把自己的情感延伸到他的游击队员与他们家庭成员身上的胸怀:"所有那些当兵的,当兵的老婆,那些失去家人或爹娘的人都是如此。"(178)所以,他并没有去努力阻止自己的杀戮,他终于可以为自己所从事的事业而必须去杀戮找到些理由。

但与游击队长巴勃罗的嗜杀不同的是,安塞尔莫毕竟在本质上讨厌杀戮,因为他还有着深深的宗教情结,时刻把杀戮与罪恶联系在一起——尽管他不主动选择回避杀戮:"我们非杀他们不可,所以就杀了。"(512)他的杀戮不是出于本性,不是为了快乐，而是为了一个所有人民（包括他敌人）的认知空间。

面对这种宗教信仰的困境，他甚至知道祈祷没有任何意义了："革命开始以来，他一次也没祈祷过。他感到若有所失，但是他认为现在再祷告是不适当的，是言行不一致的，他不愿祈求任何恩宠，或接受与众不同的待遇。"（237）

然而，他似乎除了精神"赎罪"外，就没有更好的走出这种杀戮的矛盾困境的办法了："不过依我看，即使杀人是必要的，它仍然是桩大罪过，事后我们要花极大的力气才能赎罪。"（237）他不清楚他或他的共和国——如果有一天会有这么个空间的话——将选择什么形式来"赎罪"："以后，一定会有机会来赎罪，因为这么多人共同犯下的罪行，总得有一些赎罪形式。"生命的失去，不同于其他形式的丧失，它不可恢复："杀人这种事肯定是罪大恶极，我希望能弥补这件事。也许在以后的日子里，一个人可以为国家做些什么工作或者力所能及的事去涤除杀人的罪孽。"（238）

他赎罪不仅仅是为了自己得到"宽恕"，而且是为了人类对杀戮的罪恶兴趣："他对自己说，你可以设法赎这个罪孽，就像为杀死其他人赎罪一样。但是你现在已经得到了昨天夜晚翻山回来时所希望的了。你参加战斗，没什么可感到内疚的。即使我今天早晨就死，也没有关系。"（520）我们可以清晰地看出安塞尔莫下了必死的决心，把自己的死作为对耽于互相杀戮的人类的赎罪。这种"以命赎命"的宗教形式表现出他对普遍意义上人类生命的尊重，因此，对他来说"杀戮是罪过"，而人"得由自己负责"（50）。这种理解是一种真正的宗教——如评论家从海明威心仪的宗教观中所观察到的那样：宗教"不是传统的、有组织的各种形式。他有宗教，他时刻都有自己的宗教，人的宗教"（Waldmeir，1962：145、149）。这就是说，人需要在自己身上有一种为了全体人类的信仰——而不是信仰一个外在的超自然的上帝——这样就有了一个理想的"认知空间"来供灵魂栖息，来消除孤独的感觉。

事实上，在感知空间的空间行为里，安塞尔莫却是有过职业性杀戮——猎杀野生动物来谋生。然而他从不觉得那是"罪过"。多猎杀动物与对人类的杀戮作为母题在该小说中多次重现。以一种隐喻的方式，大多数的游击队员都感到像猎物在被追赶着，作为游击队长的巴勃罗就直接说：

> 我们住在这里，就到塞哥维亚以外活动。你要是在这一带山里搞什么名堂，我们就会被敌人从这里赶出去。我们只有在这一带山里按兵不动，才待得下去。这是狐狸的原则。（14）

巴勃罗把他们比作"狐狸"的生态生存，而不是通常意义上的人类社会空间追求，他们的形式被其他的有着不同的矛盾社会空间的人类所"猎赶"（hunt），因此，游击队的生存受到严重威胁。要么他们被法西斯部队驱赶，要么他们去杀死他们的敌人，就像"打猎"一样——或者"被猎杀"。打猎在这种降解了的意义上把人降低为动物，完全不同于安塞尔莫把打猎作为自己人生的生活习惯。

安塞尔莫告诉乔丹他也喜欢打猎，而且全村都打猎（47）。猎杀动物是他们生活的一部分。打猎需要的是勇气与技术。在他猎杀的动物中有熊、狼、野羊……在他打猎的过程中，在他猎杀的猎物上，他得到了一种"乐趣"与"骄傲"，他认为，"杀一个与我们一样的人，什么好处也得不到"，即使说"人手很像熊掌"而且"人的胸部也很像熊的胸部"（48）。但打猎就不一样了，他对他的猎物与保留下来的纪念品有着永远的骄傲：

> 在我家里藏着我在山下树林里打来的野猪牙齿。还有我打到的狼的皮。那是在冬天在雪地里打的。……我提到这些东西心里非常高兴。（47—48）

　　这是小说中我们能够看到的老人少有的快乐表现。海明威很明显无意于动物权利问题，但他还是把有着不同的、更加原始的生态文明的民族文化的不同观点尽量地表现出来：吉卜赛人与美洲印第安人认为熊是人类的兄弟（48）。考虑到这是在一个大家都为杀戮而疯狂的语境下的对话，老年的安塞尔莫对自己的打猎还是有着一丝不便明言的、通过反思吉卜赛人文明态度而产生的迟疑。然而，对他也好，对海明威也好，一种对动物保护的期待，对动物普遍权利的期待未免过于苛刻，更何况安塞尔莫的打猎还更多的是作为人的一种生存方式。
　　即便是这样，虽然从打猎的勇气与收获中得到许多乐趣，但看得出来，安塞尔莫还是在内心隐隐有着与吉卜赛人或印第安人类似的对动物杀戮的罪恶感，因为"他经常在打猎回家的路上反反复复地念着同一段祷文，这使他觉得好受一点"（237）。简而言之，我们基本上可以说，他并不是非常喜欢打猎中杀戮的血腥。他的打猎是一个猎人的"谋生"手段（Cheney, 1985），也是一个男人成熟的表达方式——历验空间的表达需求。因此，他在努力清晰地区别猎杀兄弟人类与猎杀动物的行为："凡是杀人我都反对"（49）。他无法接受吉卜赛人在伦理观点中一方面把动物看作"兄弟"，另一方面又认为

"部落之外的杀戮即不是罪恶"。除了认为杀人是一种罪恶外，安塞尔莫认为杀人"并不能给他们教训……你没法把他们斩尽杀绝，因为他们会播下更深的仇恨的种子"（50）。这种仇恨的种子会产生新的杀戮的恶性循环。

处在这种对立的矛盾困境之中，安塞尔莫无法走出这种"杀与非杀"的犹豫徘徊。要走出这种内在困惑，他就必须再一次求助于自己的祈祷，这次是祈祷能得到去杀戮的勇气——自己一直反对的道德悖论，而这也是"从运动开始以来他第一次祈祷"：

> 我要听英国人的，完全照他说的去做。可得让我跟他在一起，主啊，愿他的指示讲明确，因为在飞机的轰炸下，我觉得自己是难以控制住自己的。保佑我，主啊，明天让我像个男子汉在他生命最后的时刻那样干吧。保佑我，主啊，让我弄清楚那一天该怎么干。保佑我，主啊，让我两条腿听我使唤，免得在危急的时候逃跑。保佑我，主啊，明天打仗的时候让我像个男子汉那样行动，既然我祈求您帮助，就请您答应吧，因为您知道，不是万不得已我是不会求您的，我也不再有别的请求了。（389）

在他的祈祷中，我们可以非常清晰地看到，他忧虑的是能否做一个人，一个男人，一个男子汉——在最紧要关头他配不配作一个真正意义上的人——一个他心目中的"男子汉"。"飞机的轰炸"是死亡的威胁，可以把任何人吓得手足无措，失去行为能力。他需要从万能的主那里得到一种精神上的支持让他别到时候像个懦夫一样仓皇脱逃。因为他知道身体的行为并不总是完全听从于认知空间的指令。腿的运动，控制在正常时间里不是个问题，但在战时巨大危险的关键时刻，器官或许会听从一种胆小的本能呼唤。他需要绝对认知空间里上帝的能量支持。而且，他还需要罗伯特的命令能够清晰、准确，这样他才不至于被误导而做出会损害他们事业的事情。从中我们也能看出，他并不是真正了解他所要做的事。岁月的经验告诉他，在恐惧面前，他很可能会被本能的器官要求所征服，他会成为一副"无躯器官"，两条只知道逃跑的"大腿"。

一个为全体人民（而不仅仅是为革命者）的理想共和国，也是作者希望表达的整体生态观的体现。在开篇的扉页上，海明威借用了唐恩的诗，"没有人是一个岛屿只包含他自己，每一个都是欧洲大陆的一块土，整体的一部分"。弗莱从人类神话原型的角度指出：

> 至于人类社会，关于你我均系一个群体成员的隐喻，构成了从柏拉图直到今天的大多数政治理论。弥尔顿有言道："共和政体应当是像基督这样一个巨人，一种强有力的生长，一个诚实人的躯体"……霍布斯在其著作《利维坦》初版的扉页上，画有一个巨人的体内有好几个侏儒，该书与上述那种认同方式具有一定的联系。在柏拉图的《理想国》中，个人的理智、意志及欲望都以国家的贤明君主、卫士及艺匠面目出现，该书同样建立在这一隐喻的基础上；其实，每当我们谈起一群人或其群体是个"整体"时，我们至今仍在运用这一隐喻。（弗莱，2006：202）

共和国，在安塞尔莫的希望里，是一个可以给他的人民提供一块让人能够明白"人生在世该干些啥"（50）的地方。在那里，他或许会选择通过劳动来改造这些人：叫他们"天天在地里干活"（50）。安塞尔莫天真的农民式梦想里回响着马克思式的共产主义基本概念，即不让任何有特权的个人或阶级离开劳动像寄生虫一样不劳而获，甚至去剥削欺压别人。安塞尔莫的共和国是一个人人平等的乌托邦空间。追求平等与他的本性似乎紧密相连。他本人甚至在他的天主面前都不希望得到与别人不同的恩赐："他不愿祈求任何恩宠，或接受与众不同的待遇"（237）。他看不惯别人的不公平，也只是希望别人像自己一样体会一下做普通人的感受，在他的心中没有仇恨、嫉妒，他不想杀那些所谓的坏人、人民的"敌人"："我连主教也不想杀。我也不想杀哪个财主老板。"（50）这并不是说他觉得那些人做得对，不该受到惩罚，而是"把他们杀了并不能给他们教训……你没法把他们斩尽杀绝，因为他们会播下更深的仇恨的种子"，而且监牢也没有用，"监牢只会制造仇恨"。在他的内心，他只希望给这些人以"教训"，让这些人也懂得做人的意义："我要叫他们后半辈子像我们一样，天天在地里干活，像我们一样在山里砍树。他们这样才会明白，人生在世该干些啥。让他们睡我们睡的地方。让他们吃我们吃的东西。不过，顶要紧的是让他们干活。这样他们就会得到教训了。"（50）这是一种多么崇高的乌托邦式完美社会的境界，一种追求人人平等的未来空间！翻开世界革命史，农民革命哪一次不是打着"均贫富"的旗帜，却最终上演着让"我们"睡"他们"睡的地方，吃"他们"吃的东西，让"他们"劳动，然后进入新的仇恨与冤冤相报的轮回？可是安塞尔莫追求的却是另外一种平等，即不是享乐上的平等，而是"人"的层面的平等。

而现在，既然共和国被简化为（炸）桥，他所要做的事就是听从一个这方面有权威的人——这位年轻英国人的指令，因为安塞尔莫对自己的西班牙同胞在这次运动中的做法已经感到深深的失望："我每逢打仗没有一次不逃跑的"（51），还有那肆意的屠杀与被杀，就像打猎一样以杀死猎物为乐。

那位堕落的游击队长巴勃罗对这位"外国人"罗伯特有着一种天然的不喜欢甚至是仇视，因为他相信罗伯特的炸桥任务会让他们游击队最终失去他们在山林里的"家园"，而且在炸桥任务完成之后将会像野兽一样被追杀到其他地方去生存。安塞尔莫却与之相反，完全地信赖罗伯特的指令与帮助。

在认知空间里，每一个个体空间都与其他的空间个体紧密联系。他们走到一起可以共享能量并有助于营造一个属于大家的公共空间。安塞尔莫从罗伯特那里得到的能量通过在雪地里罗伯特在他肩膀上的那一拍可以得到象征性的显示："安塞尔莫这时不觉得孤单了。英国人刚才在他背上拍拍之后，他就不再觉得孤单了。"（241）在不同个人空间里的能量就通过这象征性的一拍而实现了对接，完成了转换。从中我们也可以看出，孤单并不是因为"一个人"的单独相处，即使在有陪伴的时候，人有的时候也难免觉得孤独。在这里，安塞尔莫不仅仅有了一个伙伴，更主要的，他有了方向、有了共同的理解，所以，罗伯特的那一拍，不过是一种象征性的空间符号手势，属于感知空间里的空间行为，是身体器官的动作，却通过认知空间而作用于历验空间里心的感受。这种空间对接在第二章米比波普勒斯伯爵与巴恩斯的接触中也有过类似的行为，只不过没有被这么直接地表述为类似于安塞尔莫的内心感受与认同。

安塞尔莫对罗伯特坦率地说出了自己心里的怀疑与焦虑——说他是一个老人，很难跟得上（战争的）时期，而他仍然希望能够在这种特殊的时刻里"表现"自己。于是他在罗伯特面前坦陈心声："我不知道自己该怎么做。我是老头子啦，可我一直闹不清。"（51）幸运的是从罗伯特那里他找到了自己想要的——对帮助的确认与承诺："我来帮衬你"（51）。从这个小细节里我们可以看到老人一种开放的学习胸怀，能够虚心地向一个年轻人求助。

从他对革命的经历与观察中，他成功地把他们事业的失败归结为缺少"纪律"，因此，他决定要从自己开始吸取教训，在冰天雪地里，面对严寒的考验时，他仍能够用纪律来提醒自己要坚守岗位，尽管他心里也希望自己能够"不管一切指令"地逃离这种艰苦的岗位："我们这次打仗老是因为缺乏纪律、不听命令而吃苦头，我要再等一等英国人。"（231）他对战争失败的正确归因让他在雪地里中战胜了严寒，也战胜了想离开岗位的念头，一直等到"英国人"的到来。

在安塞尔莫的眼里，这个外来的"英国人""既敏感又善良"（237）；然而，不管是由于罗伯特的"年轻"还是因为他是"外国人"，还是因为他属于那种不同的"宗教"，安塞尔莫始终觉得无法接受罗伯特对于杀戮的态度："人家年轻，不一定能理解。"（238）

在安塞尔莫奉命杀了敌人的岗哨后，罗伯特"看到眼泪从安塞尔莫脸颊上挂到花白的胡子茬上，直朝下淌"（512）。而老人也开始思考罗伯特对他说的那些话。有了这次亲身体验的杀人经历，他完全无法接受罗伯特对他所说的杀人时的感觉：

> 英国人怎么能说枪杀一个人和枪杀野兽差不多？打猎的时候我总是兴高采烈，不觉得有什么不对头。可是开枪杀人使我觉得好像是在兄弟们长大成人后打自己的兄弟。为了杀死他，还得打上好几枪呢。不，别想这个了。（520）

安塞尔莫的思考对应的是唐恩的诗："任何人的死亡使我受到损失，因为我包孕在人类之中。"杀死了哨兵，他得到的只有悔恨，没有任何的兴奋，因为他感觉到自己杀死了兄弟，伤害的是自己。除了在杀人这一点的理解上的分歧，安塞尔莫与罗伯特彼此互含敬意。安塞尔莫崇拜罗伯特所做的一切。他总是尽量站在罗伯特一边为他说话，尽管更多的时候他并不是真正懂得罗伯特所做的事。当巴勃罗认为罗伯特的到来是"灾难"（Allen，1972），不愿意帮助罗伯特炸桥的时候，安塞尔莫马上用他们的家乡方言来攻击巴勃罗："老头儿突然转过身，用一种罗伯特·乔丹勉强能听懂的方言，迅速而愤怒地对巴勃罗说话。仿佛是在朗诵克维多的诗篇。"（14）安塞尔莫的突然改变语言表明他心中有着明显的"内"、"外"之别，也正是这种语言的转换，一方面分隔开他们西班牙人与外面的来给予无私帮助的人之间的空间距离，另一方面也表明了作为一个老人，对外来的、人性的帮助的迅速领悟与感激，当然其中更有对自家人不争气、不领情而表现出的愤怒。罗伯特虽然不能完全听懂全部的语言，但他却听懂了老人的意思，于是对他来说，这种陌生的方言竟然就像一首诗：克维多的诗篇。

面对巴勃罗自私地说"对我来说，我现在要对我手下的那些人和我自己负责"，安塞尔莫不无嘲讽地指出巴勃罗也"成了一个资本家"（20）。比拉尔不满于罗伯特炸桥的速度而大发牢骚时，安塞尔莫竟然是大喊着回敬她："这是细活！……这事很有学问。"（522）

在他的理解中，他实际上根本无法知道罗伯特工作的细节，更不要说能作出判断说其中有多少"学问"，他的判断明显地源于他对罗伯特迷信般的崇拜。安塞尔莫希望在罗伯特的身上能够体现出自己所期盼的矛盾信念，一种"打赢这场战争，一个人也不枪毙"（341）的矛盾信念，希望"我们公正地治理国家，出一分力量的得一分好处，大家有福同享，让反对过我们的人受教育、认识错误"（341）。在安塞尔莫的心中，似乎只有罗伯特的无私援助才能让他们取得战争的胜利，而也正是这个罗伯特下令让安塞尔莫去开枪杀戮。

出于对罗伯特这样一个外国人的精神需要与崇拜，安塞尔莫实际上把罗伯特等同为那座连接两个物理空间的桥了。拉奥总结说，"爱人者与被爱者合而为一的悖论，处在小说的核心，就像那座位于山谷两边并将它们合而为一桥"（Rao，2007b：36）。罗伯特就是那座桥，桥的一端是年老而对未来美好世界充满渴望的安塞尔莫，桥的另一端是虚无缥缈中的共和国。然而，随着一声巨大的爆炸声，桥、安塞尔莫与共和国一起化为原来的虚无。无论是罗伯特的信仰，还是安塞尔莫的渴望，"在战争的语境下被递减得毫无意义"，因为炸桥任务而卷入的"所有努力与牺牲都是徒劳"（Rao，2007b：36；2008：13）。罗伯特深知这种现代意义的悖论，他知道任务的无意义（包括他预知任务可能无法完成），知道自己会死，知道自己会带来老人安塞尔莫的死，海明威似乎也在让读者提前预知了这种悲剧性反讽，弗洛克因此而总结罗伯特的这种反讽意识说："在结尾，他对故事的理解变成了读者的一种理解，因此，悲剧性反讽——英雄人物对不幸的理解与观众的理解的误差——得到了解决。读者毫无问题地从人性的角度心满意足地与乔丹认同为一体；读者会承认，事实上，这个人的死消灭了他；怜悯与恐惧得到合法化。"（Frohock，1964：189—190）

罗伯特·乔丹是该地区这次炸桥行动中唯一的外国人，他不可能希望自己的工作能够得到本地人的广泛认同——何况他本人对自己的任务也抱有怀疑。因此安塞尔莫的崇拜与帮助对罗伯特来说就显得弥足珍贵。罗伯特也发自内心深深认同这一份上天赐予的"厚礼"：自认为"能遇到老头儿很幸运"（52）。安塞尔莫为了捍卫罗伯特的任务而批评巴勃罗的那一番话，对罗伯特来说就仿佛诗一般优美。罗伯特也无法接受对他如此重要的一位好朋友、这样一位可爱的老人将因为他带来的这一任务而丧生。有评论家因此而观察说，"乔丹凭着勇气与冷峻给了可敬的安塞尔莫一次死得勇敢、不是一开打就跑的机会"（Moynihan，1959）。而安塞尔莫的最后愿望或许就是"好死"（Allen，1972；Cheney，1985）——至少不必像一个懦夫那样死去。

罗伯特怎么看待、珍惜安塞尔莫都不为过，毕竟这个老人愿意在罗伯特的面前按照罗伯特的安排不惜献出自己的生命。可是，让老安塞尔莫崇拜无限的这位罗伯特在内心深处的所思所想、他内心所了解到的真实战争状况却是"无处话悲凉"。除了那无法确定的执行任务的时间，除了没人能够担保战争机密是否会泄露以外，他们眼前所面对的战争场景与指挥战争的将军们所了解的实际情况完全相反。也就是说，这是一场没有任何意义的战争，因此，服务于这次战争的炸桥任务当然也就失去了其预期意义。面对残酷的战争现实，罗伯特的信心也开始动摇（396），他因此要写信给上司戈尔兹将军，希望上面能够取消这次毫无意义的军事行动；然而，他无法接到任何反馈，于是他只能继续他明知无意义的炸桥行动，而且透过他的内心活动，我们可以清晰地看到，在他带来的背包里的引爆器、雷管和火帽等物都被巴勃罗偷去扔掉后，他十分了解继续坚持炸桥的决定将会给他本人以及他身边的这些游击队朋友带来什么：

如果你没有比现在更好的条件，你会使他们全都牺牲，甚至桥也炸不成。你会使他们全都牺牲：比拉尔、安塞尔莫、奥古斯丁、普里米蒂伏、这个神经质的埃拉迪奥、废物吉卜赛人以及费尔南多，而你的桥还是炸不掉。你以为将出现奇迹，戈尔兹会收到安德烈斯的信件，停止进攻？如果不出现奇迹的话，你这些命令将叫他们全都送命，玛丽亚也在内。(455)

最终是戈尔兹收到了罗伯特派人送来的情报，但是戈尔兹一个人却也无法阻止一场已经布置好了的战争行动，于是大家都继续荒诞地进行着这种无用的战争行为。这时的罗伯特又让我们想起了《永别了，武器》里弗雷德里克所扮演的"天地不仁"的上帝角色。弗雷德里克曾用一杯热水泼向那些在燃烧着的木柴上仓皇逃生的蚂蚁，而不是以一个救世主的身份来拯救那些蚂蚁。弗雷德里克那像童话寓言一样的"人神上帝"在罗伯特这里变成了血腥的死亡叙事。只要弗雷德里克从火堆里抽掉那根燃烧着的木柴，或者只要他不泼下那一杯水，那群仓皇中的蚂蚁至少可以苟延残喘；类似地，"只要"罗伯特不再进行他那荒诞的炸桥任务，他那一批游击队员朋友就都可以不必无谓去牺牲。可是，像弗雷德里克一样，罗伯特继续残酷地导演并主演了这一幕正反两立的、充满宇宙反讽的命运悖论。且不论他会如何看待人类的终极命运、会如何考虑西班牙的革命前景，单是对他的这一次炸桥任务的清晰认知，我们就有充分理由说他是在玩弄一种先知式的自虐与自残。在他的身上我们可以清醒地读出他从他爷爷身上继承下来的自杀式死亡情结。这里，我们又一次看到"悖论"与"隐喻"之间的本质性区别，如有人所论：

> 关键的是，悖论不是像隐喻那样要我们从语言的层面来解决冲突，而是要我们看到历史真实的本身，从而看到悖论命题的两面皆为真。（Ankersmit, 1995）

在罗伯特那里，"去死"这种思维与语言层面的反讽竟然成了一种悖论的"真"（也就是说，他不是希望为了一种有意义的生，哪怕是有意义的死、一种美好的语言层面或意图层面的理想的"真"而去"追求"死的结局）。他明显地感觉到是他在"害死"他身边的朋友、所爱的人，甚至他自己。他不具备害人的邪恶意图，却对自己"害人"的必然结果一目了然。他无法跟任何人分享他的内心世界。安塞尔莫当然无法知道罗伯特的内心活动，似乎也不像乔丹那样明确地知道自己行为的荒诞性。但他有了必死的决心，以死赎罪的心情则是这种空间悖论的另一表现形式。他应该知道，作为一个老人，他本来将会在不久之后自然地老死，但他却不愿意接受那种死法，他需要用自己的死来赎"人类之罪"。这是一种基督精神。但在另一方面，他又明知自己的空间行为本能地受制于自己的器官，他于是祈祷自己的牺牲精神能够胜过自己的器官需要，祈祷自己有一种干净的死法。这也正是海明威所一直希望表达的"基督的精神"与"人的怯懦"相结合的"人的宗教"。在这里，"死亡"不是悖论，"追求"死亡、"设计"死亡才是终极悖论。

在约翰·伍兹（John Woods, 2003：196）看来，小说是，或者说显得是，一种"如何制造真实的范式"，也就是说，是一种以语言为媒质，对"真实"意义的虚构追求。但是，在罗伯特身上，我们在如何定义这种"真实意义"时遇到了麻烦。我们不但看不到意义追求，甚至发现了一种"反意义"的追求。最终罗伯特坐在桥上思绪万千，心境难以平复的时候，我们就禁不住想问：是什么在扰得他心神不宁？——他不会担心自己的死亡，因为久历战争的他对死亡有着十分清醒的意识，必死的决心绝对不是他此刻才临时建立起来的情绪；而且，在他身上我们甚至可以看到，他期待自己死亡的心情胜过了他对自己生命的期待。他同样也不会因为自己带来了别人的死亡而心绪凌乱。身处战乱中的这些游击队员随时都可能因任何原因而死去。他也不会是因为战争可能失败，因为失败是必然的、先天注定的。因此，我们只能说，他的心绪是为面对这一系列的无意义，他却还要用自己的以及自己朋友那本该值得珍惜的生命进行这种无意义的游戏，而且是必须认真地、煞有介事地进行游戏这一事实所搅乱的。他不希望能够思考出一个意义来，当他与桥这根故事的主线在小说的结尾部分重叠在一起时，各种可能的"意义"以桥为一个空中汇集点，在他脑子里集合到了一起，形成了互相冲突的强大张力：

> 人是枪杀的，不是你杀的。把这个问题留到别的时候去想吧。你和你的脑袋啊。你有一颗不错的会思想的脑袋，老乔丹啊。冲啊，乔丹，冲啊！以前打橄榄球，你抱着球飞奔的时候，他们老是这么喊。你知道吗，那条该死的约旦河实际上并不比下面那条小河大多少。你指的是约旦河起源的地方。任何事物的起源都是这样的。在这儿桥下面有块小地方。这是远离家乡的家。得了，乔丹，振作起来吧。这是严肃的事儿，乔丹。你难道不明白？严肃的。可实际上总是欠严肃。瞧瞧河对面。干嘛呀？现在无

论她怎么样，我都行。缅因州完了，国家也就完了。约旦河完了，该死的以色列人也就完了。我指的是桥啊。那么乔丹完了，该死的桥也就完了，其实应该倒过来说。（514—515）

罗伯特想从叙事空间的倒置中寻找因果，即：桥＝乔丹＝以色列人＝约旦河＝国家＝缅因州……所以，他身边的这座桥马上就要被炸掉，而与之相连的其他空间概念也将随之一起消亡。他也就不必再为是"人杀人"还是"枪杀人"的问题来居中狡辩。不管是哪一种叙事，结果都是一样，即对国家、地区、家乡、橄榄球、种族、信仰、杀戮等一系列语言概念的集中颠覆，似乎是"一了百了"，终于可以随着那一声爆炸而彻底解决"多思善想"的大脑的负担。

学者认为："小说的意义就在于人物如何在恶化了的生态环境中生存，其生存的目的是改善生态环境，即改善他与他的周围世界的关系，可是他的改善过程与改善结果之间存在着差异，他越是改善环境，他的环境越是恶化。"（廖昌胤，2009：5）如果我们就此打住不进行更进一步的分析的话，我们就仍然只得到了悖论的前提——反讽，一种与自身意图相反的结局。而在悖论思维中，当主体明明知道自己的努力结果会事与愿违而不加制止时，这种以"知道"、"意识"作为起因的悖论模式才是真实的悖论本质。如果主体仅仅是因无法与命运抗争，而被动地走向自己行为或意图的对立面，那充其量只能算得上悖论的"近亲"——命运反讽（宇宙反讽）。在悖论叙事中的人物只有两种选择——自杀或放弃思考。罗伯特先后选择了两者：先是不思考，然后是自杀式死亡。

由于桥是整个故事的结构性主线，所以如果桥被炸之后，罗伯特同安塞尔莫一样与桥一起化为灰烬，小说就此以传统的高潮方式结束，其悖论性将大打折扣。但海明威没有采取这种形式，而是在最危险的炸桥行为结束之后，在他们要转移离开的时候，附加性地缀上一个飞来的弹片，一个主题事件之外的弹片，置罗伯特于死地。所以，我们不能因此而将罗伯特等同为堂吉珂德式的反讽，因为堂吉珂德并不知道自己进攻的对象是风车而非丑陋的恶魔。罗伯特清楚地知道自己是在无意义地做什么，而且非常成功地完成了自己的设计任务，由于任务的无意义，从小说叙事的角度看，当任务完成之后，他也就失去了存在的意义，于是不得不死去。这容易给我们一种错觉，好像海明威是在颠覆马克·吐温所说的"小说必须要有意义"的命题，而事实并非如此，只不过在海明威的笔下，意义变成了一种悖论的"真实"，悖论并非不去追求理想的解决方法，而是其本身不存在解决方法。

　　罗伯特死在安塞尔莫之后，也让我们有了一个更加清晰的机会来反思老人的空间性。在罗伯特的帮助与他自己的努力之下，安塞尔莫如愿以偿了。他按照命令去杀人，按照自己的希望像一个勇敢的男子汉那样"干净"地死去。叙述者让安塞尔莫死得非常干净利落，没有任何拖泥带水的煽情性叙述：

　　　　安塞尔莫脸向下，伏在白色的石路标后面。他的左臂曲在脑袋下面，右臂向前直伸。他右手腕上仍然挽着那圈电线。罗伯特·乔丹站起身来，跨过公路，跪在他身旁，看到他确实已经死了。他没有翻过尸体来看什么地方被铁片击中了。他死了，没法可想了。(524)

读者也好，罗伯特·乔丹也好，在心中都给这样一位老人留下了很大的空间——一个大于他本人真实拥有的物理空间，直到他死的那一刻，叙述者让读者跟着罗伯特的视角一起看到安塞尔莫的尸体的时候，大家才发现原来陪伴大家这么长时间的竟然是那么渺小的一个干瘪老头：

> 罗伯特·乔丹想：他死了，个子显得真小啊。他个子显得很小，头发灰白，罗伯特·乔丹不禁想：他个子真是这么小，我就弄不明白他怎么扛得动那么大的背包。他接着看到安塞尔莫灰色紧身牧人裤里的大腿和小腿肚的轮廓，绳底鞋的破鞋底。(524)

　　直到安塞尔莫死后躺在那里，我们才通过罗伯特的眼睛观察到安塞尔莫身体的物理尺寸之小与他在人们心中所占据的个人空间之大的鲜明对比。安塞尔莫是一个非常简单的人，没有家庭，他的一切财产都在他身上："灰色紧身牧人裤"、"绳底鞋的破鞋底"，再也看不到其他物件。他就这样简简单单地死去。让罗伯特怦然心动的扛动"那么大的背包"的不是安塞尔莫那瘦小的身段，而是安塞尔莫心中一直惦念着的为全西班牙、为全体人类努力营建共和国这样一个认知空间。这种空间里回荡着的钟声为全体人类所鸣响。通过罗伯特的眼睛我们看出了安塞尔莫物理身体空间之小与个体实际空间之大这二者之间的反差，以至于他身边的人们都会产生错觉，认为这样的空间只能是属于一个更大的"身躯"。从中我们基本上可以得出这样一个结论：在人们的习惯思维里，总是把个体的空间与其身体空间等同，而实际上，人们可以通过自身的努力来营造一个比自己身体空间大出许多的个人空间来。而且，这种个人空间往往并不依赖于他的庞大豪华居所或其他财产，而是更多地与他的使命感与胸襟相关联。

在认知空间里，安塞尔莫也和那位桥边的老人一样，他们都有着一个共同的美好梦想，一个不仅仅是为了他们自己感知空间的生存与发展的梦想，而是为了全体人类甚至包括动物，让全体的生命共同地各尽本性、各尽天年。我们可以因此而得出结论说，在认知空间里有着感知空间无法比拟的巨大能量。这种能量来自对个人空间的再现性表述需要，既从外部已存认知空间里接受能量，例如社会主流意识灌输的对共和国的向往，也包括个体主动地从外部空间里寻找到的自己的能量来源，如桥、动物园、山洞等的象征意义——即可能产生恐惧（如果走过那座桥就意味着死亡与损失）、爱与束缚（在动物园里生态的动物被人为地"呵护"）、安全感（不去炸桥而待在山洞里游击队员就不会被撵得四处逃窜）。两位老人被置身于战争与老年的双重异托邦危机空间，这样一种特殊的行为环境会严重影响他们在空间再现时的作为。他们不知道该做些什么，只得听命于外部的声音以得到指引。这种指导有时可能有一定的作用，有时则完全于事无补，甚至存在一定的误导危险。就连《桥边的老人》中的年轻叙述者也不得不感到绝望——"对他什么也做不了"。在《丧钟为谁而鸣》中，安塞尔莫在一定意义上说是死于罗伯特的指令，尽管这也是安塞尔莫的请求。在异托邦的空间里，主体很少能有自己的选择；而且，他们受到了一种来自认知空间里的认知绑架，感受到一种（通常是误导性质的）信念的压力。在安塞尔莫的案例中，被安塞尔莫寄托了全部信赖与希望的罗伯特也并不清楚自己炸掉这座桥的真正意义，甚至可以说他看到了炸掉这座桥的荒诞性，但"执行命令"的"纪律"让他必须把这种荒诞行为进行到底。或许这是他们异托邦空间里一丝微弱的希望之光，在不得已中他们会勉强赖以维系最后的思考。

四　以"虚"受人的泽山"咸"

在战争的人类危机异托邦里，海明威发现了"战争无理性"——尽管他也曾希望从中可以找到某种意义（Miller, 1970）。然而人类从自身的感知与认知的需要，又必须为自己找到一个可资安身立命的意义。于是，寻找意义的重任就交给了我们无辜的大脑，来为毫无意义的混沌注入一点有意义的亮色与秩序。中国的古典哲学往普遍的无理性中注入情感，希望看到万事万物之间有着一种普遍交感联系，于是给所有的生命都安上了一颗可供感应的"心"来完成这种"情"与"理"的结合，相信是"心"把人与其他生命形式区别开来，包括把人类彼此区别开来，使得各种生命形式、生命行为之间的层次高下立判；但同时也正是"心"，特别是一颗经过修炼的仁心才能够包容一切高低贵贱，走向普遍意义上的生命大同。

从生态意义上讲，一切生命形式都是由原子分子构成，不存在空间意义上的区别；但从社会意义上讲，人类的文明介入，对一切空间形式都从物理性质到精神品质进行区分鉴别，高低贵贱、吉凶悔吝等各种价值标尺应运而生，空间之间的层次在文明价值尺度之下等级森严，彼此难以逾越交换，一些跨人界空间的沟通交往或婚姻形式都被敏感的艺术捕捉而尽情渲染讴歌，这都无不从另一角度折射出空间之间的隔阂是多么巨大。然而，在同样的人里面，还是有着一种特殊的高贵人性，以其绝对之崇高包容着一切差异，就像一座高山，虽然高耸入云，却在山峰之巅蓄着一个虚位以待的火山口一般的沼泽，这种上泽（☱）下山（☶）的意象在《周易》里对应的是

"咸"卦（☲），可以说是一个需要一定人生智慧才可以理解并接受的卦象。

从卦象上观察，"山"上有"泽"，给人以"山体虚而气通"的意象，上面的"泽"象征着开口向上的"言说"，"兑"又是"愉悦"之卦；下面的"艮"是"人"的符号，又含有"停止"的意义。结合起来理解就是人在向上天诉求与言说，并从中得到快乐，却不纵容自己的快乐，知道适可而止。"咸"卦中又互"乾"（☰）、互"巽"（☴），"乾"是"天"，隐喻"健"的意义，表现了一种不放弃的顽强，"巽"是"风"，暗示着"顺"，是对"顽强"付出的积极肯定。

自孔子以降，大家都遵从他的解释，把"咸"卦理解为"感"卦，"夫妻之卦"，但是对于孔子从"咸"到"感"的逻辑跳跃过程却较少有人愿意叩问。程颐给出的逻辑推理是"天地——万物——男女——夫妇"这样一个由纯生态而到伦理文明的进化阶段。把咸卦理解为"男女交合"（因为其中阳爻与阴爻正好相等而且阴爻包着阳爻）"而成夫妇"，固然有一定的道理，但却显而易见地减少了咸卦的象征意义。"咸"并不是"感"的意思，《说文解字》解释"咸"为"皆"，即今天的"共同享有（某种特征）"，千差万别的"万物"之所以能够具有这些共通性，按照清人倪象占在其《周易索诂》中的解释，就是事物之间"以气不以形"的一种交感作用，按照今天的空间理论来解释就是事物之间有着一种能量传递转换的"交感"作用。在大自然的物理空间，按照牛顿的万有引力理论，这种物体之间力与能量的相互作用本来是一种再正常不过的相互存在形式，能量的转换使物体从一种存在转变为另外的存在形式，但在本质上并没有发生变化，变化的不过是外形。而"圣人以众人之心为心"，而不是以一己之私念来理解世界，也就是在"咸"的上面加上了一颗难得的"心"。或许是人们在阐释"咸"卦时看到了"兑"卦与"少女"和"艮"卦与"少男"的这种"女上男下"的卦象特征，而将其隐喻功能局限于"夫妇"之卦，这种理解固然集中地突出了"咸"卦的主要特征，但容易让我们忽视该卦的其他指涉功能。何况"少阴""少阳"远不止于男女性别上的对比，我们应该知道，即使同一个体，在不同的时刻、不同的情境事件中都会表现出或阴或阳的气质特征来，而阴阳之间在内部能量不是很明显地形成对冲之时，就需要靠那神奇的、敏感的如"圣人"一般的"心"走出自身束缚，走向自己的结构对立面，形成众生等同的普"咸"之卦。这种"圣人之心"有圣人先天的生理结构性因素，但更多的是后天历练的结果。安塞尔莫以他将近七十年的人生能量积聚，以他有限的渺小身躯为核心建立了一个无限的乌托邦空间，以无疆大爱，直到临死前的那一刻，他竟然没有再感到寂寞与孤单，而是"和手里的电线成为一体，和桥成为一体，和英国人放的炸药包成为一体。他和那个仍在桥下操作的英国人成为一体，和整个战斗以及共和国成为一体了"（521）。切尼从中读出的是"人性中的牵涉"着的基督牺牲精神（Cheney, 1985），不但包容自己，而且包容自己的朋友，更加难能可贵的是包容他们的敌人，而那位桥边无名老人则更把一颗朴素的心以无限的感应能力延伸到他所呵护的小动物身上。尽管他被困于桥、困于年龄，更困于战争，自身的生命也在受到威胁，他所能做的事情已经微乎其微，然而，他在桥头的悲情一念之间，却闪烁着佛性、基督般的光辉，虽然微弱，但也足以让整个战场硝烟尽散、炮火失音。

　　我们因此可以得出结论说，在战争的异托邦里，当危机的能量堆积到足以威胁无辜个体生命的时候，他们的逃生就成为一种再自然不过的反应。然而，由于一颗悲情仁心的介入，他们开始意识到在这种危机空间里受到威胁的不仅仅是他们自己，还有更弱小的无辜小动物，也有他们有辜或无辜的同类，他们犹豫痛苦彷徨，从他们认知空间里释放出来的能量有时竟然会强大到像安塞尔莫那样不惜以自己的生命为代价，在各自的"心"间构建一个能够随时虚位以待，容纳所有人，包括他们的闪光人性，甚至于他们身上的污垢的乌托邦空间。丰子恺先生有言："不杀蚂蚁非为爱惜蚂蚁之命，乃为爱护自己的心，使勿养成残忍。"（2007：114，我的着重）"心"的空间世界，既是器官的空间，更是主体的空间，是成就人的"向上性"的关键之所在，就是佛家所谓的"心外无佛"。

在下一章里，另外一个依赖一间干净、明亮的咖啡屋的无名老人将进入我们的讨论范围，我们将看到咖啡屋这样一个现代都市化结果的空间有着怎样的空间能量。

第 四 章

困于城市空间的老人

　　本章要重点探讨《一个干净明亮的地方》里的无名酒客为什么偏爱这间咖啡屋？以城市为背景的咖啡屋与"家"有着怎样的区别？为什么那位年长的侍者甚至会刻意地去探寻一间咖啡屋与酒吧的区别？叙述者有时似乎在刻意追求模糊两位侍者在对话时的身份，有时又在努力精确区别二人身份，他这样做有着怎样的文本用意？老人的社会"无用性"甚至"负作用"该如何解读？老人身上那份"神气"给人们怎样的信息？那位年轻的侍者真的就如文本中表现的那样不近人情吗？在篇幅极短的这样一个短篇小说里，叙述者反复地强调"阴影"一词，又有着怎样的特殊文本意义？

一　城市背景下的咖啡屋特性

　　人类在离开自然以后，一方面以一种本能式的空间贪婪在极力扩大自己的个人空间以享受空间自由；另一方面又在以一种群体向心力的形式不由自主地走到一起，最大密度地求得空间共存，其结果就是我们有了人口高度密集的都市化生存模式。虽然在都市化模式下，人们仍然在彼此竭力扩张自己的个人空间，彼此排斥甚至于互相倾轧，但这种空间排斥竟然会建立在相互依存、互为存在的条件下。试设想一个极端自私、极端仇视人类的独夫，一旦某一天当他在回首时发现自己独自站在一个昨日人流如织的繁华闹市，如今却寂静虚空无人可戮的荒凉都市的时候，他心中一样会充满失落。类似场景在各种科幻作品中我们时有所见，其中所力图表现的也就是人在潜意识里的这种空间层面上的相互需要的心理。对此我们的结论是，个人空间是以社会空间为存在背景，是一种多孔渗透式的互存形式。这种空间在扩张过程中是以被渗透、被侵占为前提条件的。没有人会喜欢这种空间被侵犯的过程，却又不得不接受这种空间共存，这就是我们经常听到人们一边在抱怨城市交通拥挤、人满为患，一边却仍然有越来越多的人选择挤进城市中来的原因；只要有常识的人都知道，即便是仇视人类的独夫也离不开别人的空间。本章所选的海明威短篇小说《一个干净明亮的地方》中的咖啡屋可以被看作这种都市化的一个缩影，集中地表现了这种空间的渗透互补性。

在贝克尔的研究中（Baker, 1956：123），《一个干净明亮的地方》是"一篇非常优秀的短篇小说"，而且"也极有可能是海明威的最爱"。比格尔（Beegel, 1992：3）也发现，"一个干净、明亮的地方"业已成为"英语语言的一个成分，就像之前的许多莎士比亚词语一样"。贝克尔指出海明威的这篇小说"再一次表现了自然主义与象征主义的了不起的结合，这也很可能是他（海明威）在实用美学中的中心胜利"。对于老年酒客来说，咖啡屋基本上是"非时间性"（timeless）的，仿佛永远都是晚上，一个对于白天生命来说需要休息的时间，对于这位老人来说却是一个开始，或许是他唯一的生命体征活动的时间——让他在树的阴影里、在这个特殊的干净而明亮的咖啡屋空间里喝到酩酊为止的时间。这种扭曲的、颠倒的节奏与日程表现了他颠倒了的生活。在如今的时代里，关于现代城市的文献以及公共空间里都"充斥着林荫大道与咖啡屋的描述，还有那飘忽匆匆的眼神以及人群那被呵护着的匿名性"（Massey，1994：233），或许会有人偶尔停下来反躬自问，人们为什么不选择待在自己的家里，就像咖啡屋的那位年轻侍者所问的那样，"可以买啤酒回家去喝"？小说中全部角色在某种程度上都会认同咖啡屋与家是有区别的，我们相应地，也应该有选择地先来观察一下这种差异到底是如何体现出来的。

一般来说，人需要有个"家"，一个可以容纳其物理身体与自我的空间，这种需要具体地体现在三个层次，即：第一，他的物理之家，他的家人与一切能给他带来幸福幻觉的财产。之所以说是幻觉，因为所谓的幸福总是那么脆弱与稍纵即逝。不管拥有多少物质财富，他永远也无法真实地把握这种幸福感，因为他似乎时时刻刻都在失去他的所有：配偶、子女、房屋……然而，对于那无法永生的血肉之躯而言，他们眼前的这种感官都是在被一种永远也无法实现的幸福幻觉所迷惑，幸福没有到来，却因此而得到了无尽的烦扰与痛苦。

第二，对于那些已经走出这种时空幻觉困扰的人们来说，他们很有可能会去寻找一个宗教意义上的精神家园，或者教堂或者庙宇，修炼成为一个菩萨、基督、艺术家、演员，等等，来找到一个自我可以安身立命的寄托，来寻求自我的再现表述。在此空间里，他会把生命表现为一种抽象的智慧、概念。

第三，由于众生的血肉之躯并不总是"心甘情愿"地听从理性的晦涩与枯燥，他会更愿意放纵于声色犬马的感官之乐，因此一个理想的家园，虽然有时候仍难免借助于他业已修炼的宗教智慧，就成了荷尔德林的"人像诗人一样栖居"的诗意栖居之所，对应于孔子所描述的"从心所欲不逾矩"的人生七十年的睿智磨炼，对应于基督的三位一体，佛陀的极乐世界，无器官之躯的纯内在能量的流动（德勒兹），列斐伏尔的历验空间，等等，不一而足——因观察人的出发点、观察点的不同而表述各异。事实上，人很难真正进入这种理想的空间，有所成者基本上还在通往这种空间的路上，即德勒兹所描述的"变化过程"。

本短篇小说里的老年酒客年岁已高，其中的年长侍者猜他"准有八十岁"。也正是因为他年岁已高，所有的人——那两位似乎对他有所了解的侍者（如知道他的自杀企图、他的经济状况等），包括叙述者——都懒得去提及他叫什么名字。给人的感觉是人到了老年名字就没有什么意义了，一个"老人"或"老头"就足以指称当事人了，叙述者甚至不在乎这种缺少专有名词的叙述带来的语用表达上的麻烦。

这种"无名化"的行为是一种社会文化的强加后果，暗示着老年人主体性在社会上的一种无意识的被剥夺与丧失。当然，老年人丧失的不仅仅是他们的姓名，他们更直接、更明显地丧失了他们的身体器官机能。这位老人是个聋子——他是否丧失了其他器官机能我们则不得而知。从年轻侍者说他"有老婆对他可没好处"我们可以得到两点信息：首先，老人被认为丧失了性的机能，其次，他在逐渐失去其家人——他的妻子死了，他现在与侄女生活在一起，而且也正是这位侄女在老人试图上吊自杀时把他从绳子上解下来，而解救的原因主要是"怕他的鬼魂"，并非一般意义上出于亲情的考虑。

老年是一种人生阶段，更多地依赖于生活的质而不是量——不是主体所经历的时间在决定老年的生活。除了上述的丧失，我们还可以感觉到他在失去他的记忆——酒醉之时他会忘记付账单，所以两位侍者必须紧紧地盯着他；类似地，他同时也在丧失他的语言机能——他很少开口说话，或许不屑于开口，或者是由于他听不见别人说些什么而无法交流。总之，他基本上没说什么有意义的话。当年轻的侍者没好气地对老人说"你应该在上星期就自杀了"时，老人回应的那句"再加一点"（酒）已算不上一种对话式的语用回复了。

老人就像一个巨大的"黑洞"，能够吸收他附近的一切能量形式并因此而给周围的人带来恐惧，部分地或许是由于在夜晚这样的时间本身就少有人迹而使得他自然而然地成为一种关注的焦点。"黑洞"的空间概念不同于我们在第二章中讨论的"镜子"概念，而是相反，因为"黑洞"完全不具备任何意义上的反射功能。洛奇把老人的行为理解为"一个疑团，一个谜，一个挑衅"（Lodge，1971：197），很容易引起别人好奇式的注意，但注视的结果却并不能带来任何确定的答案，只能是让注视者在注视的能量消耗完了之后产生莫名虚空的恐惧与焦虑。

我们会很自然地把一个咖啡屋与城市生活联系在一起。咖啡屋，人们可以买到饮料与食品，通常会比其他商店关得更晚些。根据美国韦氏词典解释，咖啡屋（café）一词最早可追溯到 1802 年，比"城市"（urban）一词晚出现两百年左右。从词典的这种释义中我们可以得出一些基本结论，即咖啡屋的概念晚于城市概念，或者说是"都市化"的产物，其次，人们通常是在一天之中较晚的时间去咖啡屋，因为它关门较晚。

城市化作为一种空间发展过程，逐渐把人与其自然栖息地分隔开来，甚至把人与他们的"家"分隔开来。这就能够帮助我们了解为什么如今会有人类学家，如列斐伏尔所观察到的那样，认为"法国人总是（！）更喜欢咖啡屋胜过他们的家"

(Lefebvre，1991：123)，对此非常可能的解释就是法国作为一个高度城市化的地方，那里的人们比世界其他任何地方的人都更依赖于咖啡屋里的生活。

咖啡屋不仅仅是一个空间地点，尽管它首先也必须表现为欧几里得的三维抽象空间形式。它更主要的是一种积极的公共空间，有着特殊的咖啡屋"时间"来作为附加属性，不同于一般的空间生产时间。这是一种片段式时间。最重要的是，在咖啡屋里不同个体空间之间的能量交换，即侍者的个人空间、顾客的个人空间之间的能量互动。一旦咖啡屋打烊了（即咖啡屋那在普通建筑物上"附加值"的时间性被切断了），咖啡屋就不再成为一个被城市化了的空间，而是一种物理地点的抽象空间。这种活跃的公共空间"包含不直接地指向智力而是指向身体的意义，那种通过威胁、制裁持续被置于考验的情感等所传导的意义"（Lefebvre，1991：235）。因此，该空间是被"历验的而不是被认知的，是一种再现性空间"（Lefebvre，1991：236）。现代咖啡屋代表着一种特别的"咖啡屋性"（caféness）特征，单单属于城市生活。而且非常重要的是，在本例中，咖啡屋里的三位人物不可或缺地构成了互补性的咖啡屋性，既有契合点也有不可调和的冲突。从列斐伏尔意义上的绝对空间来看这种"咖啡屋性"，即"不管是空还是满……因此是高度活跃的空间，是一种容器，刺激着社会能量与自然力量"（Lefebvre，1991：236）。

我们选择把这种咖啡屋性作为一个现代城市的绝对空间来看，是把它作为城市（尤其是夜间）中一种无法被利用却又实实在在地存在的特殊能量形式——城市之熵。它通常要求一套成熟的"礼节仪式"的完成来获得"自然若干特征，尽管在形式上被仪式化的要求修饰了许多：年龄、性、生殖性——

所有一切都在其中起着作用"（Lefebvre，1991：48）。如我们将在下面分析中所看到的那样，死亡、生命、宗教、性与家等这些绝对空间概念的威力都将在这小小的咖啡屋里得到充分体现。

在《一个干净明亮的地方》的环境设定里，周围没有大自然的痕迹，也基本上没有了大自然中其他生命的迹象，只有勉强提及的那挡住灯光的"树叶"。然而，就是这样被简单提及的，却仍然不是大自然里的"树"或"树叶"，而是树叶的"影子"：电灯光照下来的树叶的影子。故事的这种设定本身就在暗示我们"大自然"被城市化文明"谋杀"了。

洛奇指出"夜的黑暗"是"海明威作品中反复出现的原型性母题"（Lodge，1971：200），在这里充当了大自然杀手的角色。"树叶的阴影"与"树叶"是两个完全不同的文学母题。树叶往往带着其本身的自然绿色，代表着生命，也是大自然的能量载体。而在夜晚的灯光下，树叶变成了"阴影"，没有了生命本身的颜色，传导的是一种生命的丧失。现在老人正好坐在这种阴影里，也就是坐在一种死亡的自然隐喻里，连那城市文明象征的电灯之光也没有照到他的身上，当然，或许是他在主动地选择回避这种城市文明的生命强光强能，而愿意选择那死亡的柔和。这种死亡的意象也被"尘土"意象加以强化："白天里，街上尽是尘埃，到了晚上，露水压住了尘埃。这个老人喜欢坐得很晚。"如前面所讨论的，在英语文化里，"尘"与"死"自然关联，我们看到的是老人本能地而不完全是故意地坐在那里回避与"白昼尘土"——也就是死亡——的直接接触。然而这种努力却几乎没有什么意义，因为尘土（死亡）还是包围着他，在他坐的阴影里，在他试图自杀的时候，甚至在他自杀不成的时候，这种死亡的尘土始终如影随形地不离他左右。

现在，这个独特的咖啡屋，如小说的标题所示，"干净"而"明亮"。然而我们需要记住的是，这种明亮却并不是自然之光，它不是来自太阳、月亮、星星这些自然天体。它来自工业文明的电灯之光；所以，这种光的设定本身也就非常清晰地把咖啡屋与自然明显地对立起来。自然之光是能量源泉，也是一切生命的意义。它给我们以希望和启"明"。而在现代生活中，人被关在各种"技术之盒"里了，如居室、办公室、汽车、火车车厢和飞机机舱，其中的人造光顽强地驱赶着这些"技术之盒"的阻隔所带来的人造黑暗与阴影。现代人鲜有机会暴露于自然之光里面，更很少有机会被暴露于自然的黑暗里——人类文明印迹冲淡了自然的天体之光，也冲淡了自然的黑暗，如今连真正的纯自然"黑暗"也成了一种奢华——不知道在那极度偏远的乡村夜晚是否能看到满天星光的自然黑暗？相反，人类需要随时面对的是自身文明所带来的黑暗与阴影。

在这里，需要指出的是，同样的母题，在不同的语境下面会有着不同的含义与指涉。当人生处于高歌猛进的成年时期，"黑暗"或许可以如弗莱从原型批评的角度理解的那样，是另一番景象：

> 当夕阳西沉后，人内心的"力比多"却似巨人般醒来，而白昼时光天化日，常常是人们欲望的黑暗。（弗莱，2006：227）

常态下夜晚的黑暗会催发成人体内的"力比多"，就像那位年轻侍者，困扰他的恰恰是在夜晚黑暗的笼罩之下，他却无法与在床上等着自己的娇妻厮守。他必须与另外两个对"黑暗"有着不同理解的同类解读"黑暗"的另外一种意义。杰赫德把这篇短篇小说里的阴影理解为"虚无的最可怕的体现"（Gerhard，2008：3），并把它与老人妻子的死亡以及老人自己的自杀意图相关联。他总结说死亡"可以随时发生在任何一个人身上，因而是一种人类偶然无常性与局限性的证据"。他认为，"黑暗与光"的符号"表现恐惧与安全感之间的对立，因此，代表着不同人物的特定恐惧"，象征"对世界虚无的恐惧"。因此，咖啡屋里"人造"光不过是一种"假定的安全"，并且，他因此而推理说，"具有象征意义地，这间明亮的咖啡屋就是黑暗海洋里一座闪光的岛屿"。我们可以因此说，这种暂时性的安全不过是现代文明提供的一种即逝幻觉，无论是在时间意义上，还是在空间意义上都有着极大的局限性。

毫无疑问，现代的"电灯光"与"咖啡屋"一起都是人类现代性的体现，从一开始就与大自然格格不入，甚至于连大自然的一点影子都难以保留。如今在本小说里，留下来的自然迹象竟然只剩下自然中树叶的一点阴影。现代人用各种掩体来驱赶大自然，使得自己不受到自然中各种无情力量的侵扰，因为大自然总是"野蛮"而有"威胁"的。只有不断加剧的城市化是文明的，大自然在其中变成了"乡土"，成了远逝的怀旧。可是在这种文明中人们却又在失去自己，只能把咖啡屋作为居家。

在第二章讨论咖啡屋特征的时候，我们就谈到了当"夜晚"与"咖啡屋"结合在一起时，这一对概念就共同构成了一种独特的异托邦空间与异时性空间。这种空间可以被看作是睡眠的空间替代物——也是死亡的活的隐喻。换言之，如果一个人形成了夜晚意识，也就是当他知道夜晚的存在时，那就意味着他无法入睡。当按照生物钟或日程安排中的睡眠无法实现时，在主体那里就会引起焦虑。个体为了消灭或回避这种焦虑，为了忽视那种他知道无法忽视的煎熬的、审判的死亡过程的时间，他就只能求助于咖啡屋或药物。在咖啡屋那里他或许能够找到像他一样害怕夜晚与死亡的人们。他们会团坐在一起，分享孤独与寂寞，互相帮助着来回避夜晚直到入睡。

同咖啡屋对立的一面是"家"。需要指出的是，"家"的概念自产生之日起就意味着人类告别自然的开始。先民们把家建在树上、岩洞里，因为：

> 外面寒冷、风大；在地面太过危险难以生存，于是人们掘洞为寓/为家/为范围？这样一来，岩洞好像就成了最早的居家模式，一个安全的孤立居所——营造自己的岩洞使我们与动物区别开来；这是文明的最早行为……最后才有了标准的后现代变体：真实的神话是这样一种观念：在阴影的舞台之外，有着某种"真正的现实"或者一个中心的太阳——所存在的一切是阴影的不同舞台以及这些阴影之间无休止的相互作用。（Žižek，2006：162，原文省略）

我们的文明、我们的家的每一次进步，都让我们更进一步地远离自然，直到现在我们进入了我们文明的最高发展阶段，而在我们身边却似乎看不到真正意义上大自然的痕迹了。大自然被人类文明变成了"符号"、"象征"，而人类的这种符号象征的过程也正是一个从自己的身体向外面空间不断延伸的过程：先是"近取诸身"，接着"远取诸物"。相信在所有的人类语言中都会存在着身体隐喻的空间语言印记，而且这些语言中必然同时记录着人类从树上走下来，来到洞穴，再到宫室的

空间栖居过程："上古穴居而野处，后世圣人易之以宫室，上栋下宇……"（《系辞下》）

如今"上栋下宇"的居室里早已是灯光明亮。在这篇小说里，电灯光，还有那间干净明亮的咖啡屋，照亮了老人在现代环境下那唯一的、却又是无法真正栖身的空间。现代咖啡屋，在列斐伏尔看来（Lefebvre，1991：56），与电影院、商场一样，作用在于通过"空间经济"来稳定人们之间的相互关系。人们业已形成了一套关于"空间关系学"（proxemics）的共识以在像咖啡屋这样的"共同或共享的空间里""维护'充满敬意'的空间距离"。列斐伏尔总结说，这种共识"构成了文明的标准"（Lefebvre，1991：56—56）。

二　海明威笔下咖啡屋性的"三位一体"

在本小说里，通篇的叙述中，差不多每个人、每件物品所代表的东西都最终象征性地指向了一个叙事核心，即虚无（nada）是生命的名字与本质。就像一个三棱柱的人性三位一体，每一面都分别地被小说中的三个人物占据着、代表着。没有谁在他们各自的能量聚积到裂变的关键期之前可以选择穿越到另一层面，用统计学术语来表示就是他们的年龄积累都有着各自的临界点。

咖啡屋是都市化文明进程的结果，其代价是以牺牲居家性和人性为前提，以悖论的虚无形式包容了人性的三位一体。年轻的侍者过着无忧无虑的幸福快乐生活，由于他的生活很少经过"大脑"的追问思索，他因而也被评论界普遍批评为是最可怜——即使不是应该受指责——的角色，因为他对人类生活困境的现状似乎毫无知觉，而这种生活似乎在他不远的将来就必然地降临到他的身上，就像他的同行那位年长的侍者一样。在他身上，叙述者或许想营造出一种让读者参与的戏剧性反讽效果（dramatic irony），认为年轻侍者应该多拥有一点儿对老人的同情，多拥有一些现实感。这位"自私的年轻侍者还没有抓住虚无的现实——还没有清楚地看到——因此也就不能处理（虚无）"（Hoffman，1979），或许因为他还有一个可以称之为"家"的地方可以去。贝克尔认为无家可归（Not-Home）是虚无的另一代名词，他借用了卡莱尔的修辞来表述一种属于"夜与虚无的广袤无边的领域"（Baker，1956：132）。因此，评论家会得出结论说，海明威是在把"年轻侍者的一无是处的虚无发展为年长侍者的'有'，一种被叫做'虚无'的'有'，非常巨大、可怖、傲慢，不可避免又无处不在，一旦经历过，则永远无法忘记"（Baker，1956：124）。这其中我们可以看出非空间批评的一些不足，即试图把虚无作为人生中某阶段来经历的一种过程。事实是，当生活不曾发展到一定阶段时，是没有必要来"强说愁"的，如同树的年轮，我们尽管可以通过一定的如生物化学手段来加速或延缓树的生长，但我们无法随意增加或减少树的年轮。空间是时间的结果，在相应的时间阶段到来之前，谈论一个"应该"的空间形态只能是于事无补。

进一步来说，对于"咖啡屋性"也好，人性三位一体也好，年轻侍者在这种绝对空间的构建过程中却起着不可或缺的作用。年轻侍者之所以受到广泛的批评，主要是因为他的言语而不是他的行为。例如他在老年酒客面前所说的"你应该在上星期就自杀了"这句话，对于现代人性来说是无论如何也让人们从理性的角度难以接受的。再如他拒绝继续卖给老人更多的白兰地，而且非常冷漠地说"我才不想瞧他。我希望他回家去。他并不关心那些非干活不可的人"，尤其是他那一句

"我才不要活得那么老。老人邋里邋遢"。

最后那一句引语或许会给他招来一致的指责声："得啦，孩子！你说的正是老人心里想说的话。没有人想活到那么老。所以他才想自杀！（但是你不该那样无情地说这种话。）"凡此种种。一方面我们无法用这样的说辞灌输给这样一个年龄阶段的人——或许我们都是这样从人性中走过来的；另一方面，或许生活离不开这样的人性表达。时间与能量会给他足够的空间让他认识到这一点。但此时此刻的他，正处在人生的白昼，家中有娇妻在床，心中有"信心"满胸，他有权利、有理由享受他的"不思"时光。

然而，我们不得不承认的是，年轻侍者在构建"咖啡屋性"的方面与另一位年长侍者有着非常大的共性，尽管大多数的评论家会把批评的焦点放在年轻侍者给大家带来的那种人性的冒犯性上面。在众多的评论家中，洛奇是为数不多成功地看到两位侍者身上共性的评论家之一。洛奇指出，两位侍者"行动完全一致，以一种职业的联合来与老人对立"，尽管小说"在不断地表达两位侍者之间不断扩大的（对待老人的）感情差异"（Lodge，1971：198）。洛奇注意到，在两位侍者身上存在着"意识的同一性"（Lodge，1971：197）："待在餐馆里的两个侍者知道这老人有点儿醉了，他虽然是个好主顾，可是，他们知道，如果他喝得太醉了，他会不付账就走，所以他们一直在留神他。"在其本义上，咖啡屋就是靠卖咖啡、靠服务来做生意赢利的。因此，两位侍者的责任就是盯着自己的顾客不至于酒醉而不付款离去。

除了洛奇在两位侍者身上看到的这一相同点之外，我们还可以进一步地发现，至少是在年轻侍者看来，他们两人是相同的："我有什么，你也都有了"，尽管年长侍者并不同意这种说法，认为自己比起年轻同事来少了一份生活的"信心"，而且很可能是少了一个妻子。年轻侍者比较典型地代表了海明威所一直萦怀的一种生活模式，即生活的"不思"之维，如同《永别了，武器》中弗雷德里克的反思一样："我生来不会多思想。我只会吃。我的上帝啊，我只会吃。吃，喝，同凯瑟琳睡觉。"（351）这样一种被马库斯总结为"简单的感官愉悦"（Marcus，1962）式生活。对年轻的侍者而言，他觉得他本人也好，他的年长同事也好，都可以努力地满足身体的感官需要，至少是一种满足感，如果不说一种强化的放大到如马斯洛意义上的"巅峰体验"的高度的话。他与他年长同事在这种层面上是同质的。与之相反，年长侍者在自己思辨的空间里却一直努力找到二人之间在生活模式上的区别。他甚至极有可能是在以自己生活中的经历来说事，以一种性指涉的暧昧方式来拿自己的年轻同事打趣："你不怕不到你通常的时间就回家吗？"换言之，他在自己的生活中可能有类似的夫妻生活的经历，下文还将进一步讨论。

最后，他们两人的共性还表现在两人共同地代表着、共同地贡献于"咖啡屋性"，这种空间特性不能简单地理解为仅仅是年长侍者对这样一个"干净明亮地方的喜爱"。值得特别注意的是，每次在有需要的时候，都是年轻侍者而不是那位年长侍者积极地去为老人的需要提供服务。有时候，老人仅仅是暗示一下，还没有直接叫到他们，仅仅是"用杯子敲敲茶托"，然后"那个年纪比较轻的侍者上他那儿去"。当老人第二次喊道"再来杯白兰地"时，当然仍然还是这位年轻的侍者走了过去。这次虽然可以解读为他想早点回家而先把老人打发走，因此他拒绝卖酒给老人，但同时也可以理解为他出于某种服务责任的一种关心：

"没啦，"他不顾什么句法地说，蠢汉在对醉汉或外国人说话时就这么说，"今晚上没啦。打烊啦。"

到此，连一贯平静超然的叙述者似乎也在流露出自己的愤怒与不满。他把年轻贴上标签刻意地归类为那种"蠢汉"（stupid people），因为年轻人在一个酒醉者面前表现出来的那种愚蠢的貌似高人一等的理性让人觉得无法接受。然而侍者说话的方式在这里似乎不应该受到太多的批评。两位侍者都清楚地知道老人是个聋子，听不见别人说话。带着这种意识对一个听不见自己讲话的人所讲的任何内容就失去了全部的语用功能。对于这种没有语用意义的话他为什么还要说出来？原因很简单，他不是在对老人说话，他不过是借老人这个"工具"对他的年长同事说话。包括他前面对老人说的那句非常过分的话"你应该在上星期就自杀了"，而且，叙述者正是在此时不忘巧妙地加上一句很值得玩味的叙述："他对那个聋子说"（我的着重）。这也是叙述者唯一一次向读者交代清楚老人听不见，是个"聋子"，宣布了对老人所说的一切话语内容的无效性。无效的话还有人在说，其意图就很清楚了，他不过是并无太大恶意地想取悦自己的同事，在沉闷的夜间生活中来增加一点点不那么高雅的玩笑乐趣。他的"蠢"来自他的年轻。我们作为旁观的理性读者当然会受不了这种无聊的以别人作为取乐工具的做法。但对他的批评不能停留在他的恶毒上。他的心里只有他自己。他的言辞在离开他的感知空间以后就没有了分析价值。

就在老人得不到更多的服务而不得不离开的时候，我们可以看得出来，他确实很老了，而且走起路来"脚步不太稳"——其中有衰老的原因，也有酒醉的原因。这也就在告诉我们，在一天中这样的一个时间里，再多喝下去，一直到酩酊，又有什么样的意义呢？当年轻侍者拒绝卖酒时，心里不可能装着这样细致的对老人的一份爱心，但同样地在这位侍者身上也看不出太大的恶意。然而，我们不得不承认，他的拒绝服务却又在客观上起到了这种服务提示的关爱效果。

明显地，年轻侍者并没有真正地理解一间咖啡屋的特殊空间意义，尽管他也部分地感觉到了"咖啡屋"与"家"的空间意义上的区别。然而，他却是咖啡屋空间意义的重要载体。他与他年长同事之间存在着很大的距离，就像身体与大脑思维之间的距离，如吉尔兹所言：

> 我们生活……在一种"信息距离"里。在我们身体告诉我们的信息与我们为了行事必须要了解的信息之间，存在着一个我们必须靠自己去填平的真空，我们被文化为我们提供的信息（或错误信息）来填平。人类行为中内控的信息与文化控制的信息之间的界线被定义得很糟很模糊。（Geertz, 1973：50，我的省略）

年轻侍者接收的是身体告诉他的行为信息，而年长侍者却接收到了更多的文化信息、社会信息。凭着对生活、对人性更深入的了解，他对老人就多了一分纵容与悲悯。因此，小说中三位人物之间的区别主要存在于两个方面：第一，由于年龄因素而带来的身体差异；第二，精神与文化层面上的经历差异——一种吉尔兹所谓的"文化控制的信息"。三个角色的共同点在于他们都懂得并愿意接受咖啡屋空间，只不过这种空间特性被年长侍者清晰地表述出来了。当年轻侍者说"他可以买瓶酒回家去喝嘛"的时候，年长侍者马上说家与咖啡屋并不是一回事，而且立刻得到了那位年轻的"有老婆的侍者"的认同，这时，那位一度有些愤怒的叙述者也出来为年轻侍者辩护说"他不希望做得不公道，他只是有点儿着急"，暗示了年轻侍者在他内心里实际上是接受了咖啡屋的特殊空间意义，只不过对于他来说，他身体的呼声与生物节奏压倒了他对咖啡屋的理解与接受。

列斐伏尔指出，"社会行为先设性要求使用身体：对手的使用、组织与感官的使用、工作中的行为手势以及非工作中的行为手势。这是感知领域（用心理学词语就是对外部世界感知的实际基础）"（Lefebvre，1991：40，原文着重）。对年轻侍者而言，他需要一个工作，也是以减约的形式再现在都市化背景下"工人与工业之间的工资联系"（Morris，2000：142）。

相比较而言，年长侍者却似乎未主动地向老人提供任何实际的服务，只是对年轻同事拒绝服务表示出不满："你干嘛不让他待下来喝酒呢？"即他并没有径直走上前去提供他所希望看到的为老人倒酒、留下老人的服务。

洛奇在两位侍者身上看到了共同点，贝克尔看到的则是"对立"。对贝克尔而言，两位侍者"（在知识、性情、经历与远见都）并立于世界上区分好坏人界线的两边"（Baker，1956：124）。年长侍者感到他非常理解老人的情境，相信老人待在那里是因为"喜欢"。这当然不过是他一相情愿的一种主观推测，因为老人每天都来，而且来了又都待很长时间。但我们是否就真的因此而有充足的理由说老人"喜欢"呢？我们无法进入老人大脑这样一个现代心理学术语上的"黑箱"。"做一件事"是一回事，而"喜欢"是另一回事。贝克尔作出了一个大胆的猜测："这间干净明亮的咖啡屋比这位老西班牙人实际的家更像家，他（因此）每夜都来，待到很晚。"（Baker, 1956：132）我们没有办法真正知道老人此时在想些什么，也不知道在叙述之外老人家庭的真实情况。老人仿佛待在这个世界之外，在另外的一个绝对空间里携带着一种可怕的能量，使得年轻侍者本能地想回避与他的直接接触，哪怕是看上一眼："我不想看着他。"年长侍者则从看老人的空间里读出了一种叫做"虚无"的信息。年轻侍者的恐惧表明他也感觉得到这种"虚无"带来的恐惧，只不过没像他年长同事那样表述出来。而对于年长侍者来说，他不是在解读老人，他解读的是他自己。

从小说开头的两次对话中，我们可以看出年长侍者并不太了解老人的具体情况。这就是为什么他一直在问老人的自杀意图。正是因此，他说老人"从前也有过老婆"就是他的一种没有具体根据的常理推测。我们就相应地作出这样一个推测：年长侍者"从前也（应该）有过老婆"。那么，他的那句调侃年轻侍者的玩笑"你不怕不到你通常的时间就回家吗"就不完全是纯粹意义上的玩笑。叙述者在区别两位侍者时一般是用常见的年龄标签"年轻的"、"年长的"，而在中间他又改用"那个有老婆的侍者"来替代"年轻"的侍者，循此逻辑，另外那位年长侍者就必须被解读为"那个没有老婆的侍者"了，不然区别功能就会失效。而且，如果我们可以选择结合他的"失眠"一起来考虑就会发现，不是他不能睡觉，而是他无法在晚上睡觉："现在他不再想什么了，他要回家，到自己屋里去。他要躺在床上，最后，天亮了，他就要睡觉了。"这里传导的是一种颠倒的自然与生物节奏。他的家对他来说仅仅是一间"屋"（room），里面放着床。只存在着抽象的空间关系，完全不同于年轻侍者的"床"——上面有妻子在等着他。

三　城市空间下的言说与宗教

年长侍者生活在一个认知空间里，充满了知识、概念，他被这些东西驱赶着要去思考，要去区分，这些知识与概念的区分又极大地消耗着他生命的能量与活力。由于年轻侍者说"开通宵的酒店有的是"（bodega），他于是就真的想去体验一下彼此的"差异"，他感觉到了，或者说挑剔地找到了这种差异："灯很亮，也很愉快，只是这个酒吧没有擦得很光洁。"他的结论再明显不过：他不喜欢酒吧与通宵酒店。一间干净明亮的咖啡屋才是真正的好地方。

他要了一杯咖啡，一种会更加加剧他夜间失眠的饮料。我们应该还记得，那位老人要的是白兰地，这种饮料能够给人以醉意或许还有睡眠——以及与睡眠有特殊隐喻关系的死亡。失眠是一种折磨人的感觉：当机体的生理反应需要休息调整的时候，意识却在被咖啡因这类刺激物的作用控制着，一种虚无的力量无头绪、无理性地操控着机体，使之无法"不思"、无法入睡。在他看来，他不过是众多无法入睡的现代人中间的一位而已。在现代文明的黑夜里还散布着大量的像他这样难以入眠的现代人。失眠最大化了黑暗的力量，它把"虚无"（Nothingness）变成了一种"有"（Somethingness），这是一种"欲死不能"的感觉（因为睡着了反而就像死了一样因失去知觉而麻木），自我因而被这种虚无的"有"折磨到了极限，一直到光明来驱散这种黑暗的虚无。然后主体入睡，进入这种死亡的隐喻。因此，这间明亮的咖啡屋并不是贝克尔所指出的对主体的一种暂时出路：

> 有时在白天，或者在晚上的某个时间，在一个干净、明亮的地方，它［指虚无］可以暂时受到控制。把老人与年长侍者深深地联系在一起的是他们联手对付丛林魔兽的兄弟情怀。（Baker, 1956: 124—125）

面对无边的、比死亡更可怕的虚无，年长侍者只能希望求助于语言，希望语言能够以一种宗教的仪式帮助他对付虚无。遗憾的是上帝已经死去，人类该如何从悲剧性的宿命中得到救赎？困于这种精神悖论，意识尚清的主体无法维系其纯洁的宗教虔诚。海明威的人物似乎都无法真正实现宗教意义上的虔诚。杰克·巴恩斯尽管是跪在教堂里，却是在"要"钱（不是祈祷）；弗雷德里克·亨利只有在晚上才会拥有虔诚，这种片段性虔诚当然不能算得上宗教虔诚；安塞尔莫祈祷，祈祷的目的是为人类的罪孽求得宽恕，可祈祷的对象是谁他却不知道；老渔夫桑提亚哥的祈祷是建立在许多的条件式"如果"与"分期付款"的条款上……不是他们不想祈祷，是他们不知道该向谁祈祷。仪式与内容被并列在对立的两极。

在空间理论中，语言不再简单地是"交际工具"。它有着自己的空间自治，寄生地吞噬着它的主体。我们经常会发现，人们在用语言说话，但却没有交流。人类自身与语言像平行线一样并肩共行。

老人与侍者们的交流可以是用杯子"敲敲"茶托，也可以是喊一声"再来一杯白兰地"。我们可以很有把握地得出结论说，在这里语言的功能被减少到了最小的极致。"再加一点"、"谢谢你"、"再来杯白兰地"、"再来一杯"，寥寥数语，就是老人的全部台词，简得不能再简，根本不去顾及听众会有什么反应。就像他一开始用杯子敲茶托一样，年轻侍者也会应

声而去。而年轻侍者与老人之间的貌似对话，实质上算不得真
正意义上的对话。

> "你应该在上星期就自杀了。"他对那个聋子说。老
> 人把手指一晃。
> "再加一点。"

这种对话要从语言学的角度进行分析的话就失去了任何意
义。它既不是信息也不是情感的交流。各自的台词在语用上平
行而不相关。我们甚至可以这样理解：老人提醒侍者的不仅仅
是"再加一点"酒，而是某种调侃：再加一点侮辱（话语），
看看有没有人会在乎！这里他表现了一种外在世界与"我"
无以复加的超然态度。老人拒绝人类语言的行为可以被解读为
他在做走出语言自动化控制的努力，同时追求自我的内在自
由。而只有年轻侍者的语言才具有其自己的语用功能。对于年
长侍者而言，他完全受控于语言自动化。他出于语言意义上的
区别需要去寻找区别，却又找不到他真正需要的区别。其实区
别是存在的，却不能由语言来表述，而只能用历验的感官去体
验。就像他感觉到那家通宵夜店的区别的时候，他试图表述为
"这个酒吧没有擦得很光洁"，这种区别不是一家酒吧存在的
最关键因素。年长侍者试图营建一个自己的空间，用语言与概
念营建起来的绝对空间，但是事实证明他失败了。

他一直在解释老人的情境，或者更精确地说，是在用他想
象中的理解来解释老人的当前处境，即使在他面前没有人在听
的时候。这样我们就可以更加清楚地看到他是如何地受制于
语言：

他关了电灯，继续在自说自话。亮固然要很亮，但也必须是个干净愉快的地方。你不要听音乐。你一定不要听音乐。你也不会神气地站在酒吧前面，虽然这会儿那里应有尽有。他怕什么？他不是怕，也不是发慌。他心里很有数，这是虚无缥缈。全是虚无缥缈，人也是虚无缥缈的。人所需要的只是虚无缥缈和亮光以及干干净净和井井有条。有些人生活于其中却从来没有感觉到，可是，他知道一切都是虚无缥缈的，一切都是为了虚无缥缈，虚无缥缈，为了虚无缥缈。我们的虚无缥缈就在虚无缥缈中，虚无缥缈是你的名字，你的王国也叫虚无缥缈，你将是虚无缥缈中的虚无缥缈，因为原来就是虚无缥缈。给我们这个虚无缥缈吧，我们日常的虚无缥缈，虚无缥缈是我们的，我们的虚无缥缈，因为我们是虚无缥缈的，我们的虚无缥缈，我们无不在虚无缥缈中，可是，把我们打虚无缥缈中拯救出来吧；为了虚无缥缈。欢呼全是虚无缥缈的虚无缥缈，虚无缥缈与汝同在。

赫礼德（Halliday，1956）观察说，海明威"最虔诚的人物也仅仅是被宇宙虔诚地神秘化了：安塞尔莫，《丧钟为谁而鸣》里的老人，与《老人与海里》的桑提亚哥，都宣布放弃他们的宗教虔诚，他们的《万福玛利亚》也被说得机械得不能再机械了，足以让人们想起《一个干净明亮的地方》里那位无眠的祈祷侍者的祷文"。紧接着，这位侍者那一象征性的把咖啡屋里的"电灯"关掉的行为也就结束了咖啡屋的属性，彻底改变了咖啡屋的空间意义，咖啡屋不存在了，代之而起的是一间绝对意义上的空间建筑物，与其他的建筑物没有任何区别。而结束这种咖啡屋属性的不是别人，正是这位在整个叙述中自始至终没有为他所钟爱的空间做出任何实际努力的侍者。他在认知空间里的清晰意识是对咖啡屋属性的历验的真正妨碍。不管是什么样的读者，读到这里，都恐怕忍不住会从自己的心底涌起一股无边无序的悲凉。这位侍者深陷在这种悲凉中，就像一个瘾君子一样，已经不能自主了，只有当他充分让语言的自动威力得以释放之后，他才会感到一种释放的舒适："他含笑站在一个酒吧前，那儿有架闪光的蒸气咖啡机"——他如此感兴趣于寻找区别，甚至忘记了咖啡与含酒精的白兰地饮料之间在夜间作用上的区别。语言无法反映生活的全貌，一个很有可能的理由大概应该在于语言必须要求一个自动的、寄生的领域来自我发展，而不会关注全部的生活现实。

　　人立于天地之间，幻想着与其他的生命形式区别开来，需要在天地之间安上一颗"心"，让混沌走向有序。他还需要与自我的对话，反思自己的高傲与无知，理性地面对自己的渺小与恐惧。在这层意义上，年长侍者的那长长的"虚无悲悼调"，不是一次宗教意义上的祷告，而是一个尚怀宗教情结的现代人对宗教仪式与祈祷的世俗模拟。它在形式上是祈祷，因为侍者用到了第一人称与第二人称式的反思，仿佛是他在对一位无所不在的上帝祈求。在结束时，他知道没有一个上帝在听，他就自嘲地一笑了之。就在他验证了咖啡屋与通宵酒吧的区别之后，在他否定了在家喝酒的意义之后，他还是需要回到自己的家里。叙述者仿佛努力在用一个空中长焦镜头，先是聚焦于他的卧室，然后是他的床。对这位侍者来说，家已经没有什么剩下来了，仅仅是一张原始意义上的"床"。在他的理解中，家与咖啡屋不一样。然而他在被虚无的感觉折磨的时候，家仍然是他最后的归宿，尽管那里除了一张床可能已经一无所剩了。

尽管是"家"让我们一步步地远离了大自然，也让我们"区别于野兽"（Žižek，2006：162），托格维尼克观察发现，"回家"竟然就是"回归蛮荒"，一种走向起源的隐喻（转引自 Gizzo，2009：488）。个人认为，正是因为他那游弋不定的"旅游式存在方式"（Strong，2008：124）与写作方式让海明威几乎没有在他的作品中成功表述过一种"家"的温馨。如有人所论，他或许选择"通过精确地表述异域地点的独特品质来传导一种家（的概念）"（Strong，2008：125），但正是这种异域性颠覆了家的特征。因为家不仅仅是房子，也不仅仅是一种"如归"的感觉。家要求有同享共同核心价值的家庭成员，更重要的是，一家人在情感上相互依恋共存，共同以怀旧的甜蜜来相濡以沫。在他的《非洲绿色群山》里，海明威写道："我有家的感觉，而一个男人在出生地以外有家的感觉的地方，那就是他该去的地方。"（转引自 Baker，1956：167）这种游牧式的生活方式与四海为家的感觉无疑给了海明威大量的写作养料与视野，但毫无疑问也给他带来了足够的麻烦，甚至于一定程度上导致了他后来的自杀。

斯腾格尔在讨论海明威的《士兵之家》的时候提出了类似的观点，说海明威通常"以一种美学的感觉来把战争仪式和美国式游戏规则与如何避免女性控制混为一谈"，借此来表达（被战争困扰的士兵）"回归到一种虚假的家庭宁静"（Stengel，1994）。社会的变革与战争给美国这片本来就没有太长家庭传统的大陆上那相当脆弱的家庭纽带来了更大的压力。兰姆因而说"美国的家庭……正在濒临坍塌的边缘"（Lamb，1995）。

在海明威的作品里，我们很容易就能看到男性主人公（本能地、无意识地）离开他们的另一半来避免一种组建"家"的可能。在《永别了，武器》中，女主人公凯瑟琳死于难产。在《丧钟为谁而鸣》中，罗伯特·乔丹似乎也是在当炸桥的任务已经完成而非常没有必要地死去，让罗伯特不至于落入玛丽亚这个他爱着的女人之手，从而达到了摆脱女性控制的效果。"如果家庭里有女人就是充满矛盾张力的话，没有了她们的家庭，在表面上就是一种颇具吸引力的选择。"（Haytock，2009：122）海明威很明显偏爱着这种外在"吸引力"的选择。本小说中有两位男性人物业已成功地摆脱了这种家庭内部的女性控制，但是遗憾的是，他们却又正是因为这种女性成员的缺失而受尽折磨。因此，对于那些没有家的人，他们"用酒吧来交换家庭"（Haytock，2009：122）。咖啡屋介于家庭与酒吧之间，没有了家庭的矛盾张力，有了一丝类似家庭的温馨——相对于本小说里的通宵酒店，年长侍者道出了心中的不悦："他不喜欢酒吧和酒店。一个干净明亮的咖啡屋又是另一回事。"

年轻侍者很愿意在他的感知空间里完成他的"不思"之维，他的服务，包括他的拒绝服务，都是他的空间行为。他话多，充满调侃，也充满抱怨，带着对生活的满心期待，构成了咖啡屋三维特性中不可或缺的一个维度。年长侍者想得多，做得少，迷失在他语言的空间里，受困于空间再现的概念、原则。叙述中并没有提及他的妻子。但联系到他对老人的反思时说的那一句"他有老婆也许会好些"，我们可以认为他内心渴望有妻子的生活——而他正在经历这种丧失的困惑。他失去他的妻子可能是因为他在一个比正常时间要早的时间点回到家而发现了妻子的意外情况，也可能是因为其他原因。由于缺少了女性的关爱与期待，他实际上是无家可归。

与之相反，老年酒客却是生活在自己的再现性空间里，每

天晚上固守同一家咖啡屋，如同完成一种虔诚的宗教仪式，不
在乎结果、不在乎形式。他感到了无边的黑暗所象征着的死亡
就在不远处候着他，却又不是马上到来。特别值得注意的是，
他是一个走出死亡的人，也就是走出了年长侍者所咏唱的
"虚无"。当他从绳子上被救下来，我们相信在真正的死神来
叩访他之前再也没有什么可以困扰他了。这就是他抱住"干
净"与生命"神气"的能量源泉。对于一个超越死亡的人来
说，生活中再无可以惧怕的东西。因此，要合理解读老人，我
们就不能仅仅聚焦于他曾经的自杀企图。相反，我们必须用新
的视野看到他离开咖啡屋时的那一丝"神气"（dignity），其
中传导的信息是他不害怕死亡，不害怕任何东西，更重要的
是，他可以接受生活给予他的一切，就像年轻侍者倒给他的
酒、洒出来的酒或者不倒给他的酒。

《周易》中乾卦"上九"讲"亢龙有悔"，对应于老年生
活，生命的精力尚存，不动不可能，但动辄得咎，他失去了在
社会上做事的合适的位置，就像一度高傲进取的龙，需要做的
是面对现实的黑暗与悲情，当生活脱去它那一丝温情的面纱、
露出它本来的无情狰狞的时候，主体难免会有所失落，甚至想
一死了之。这种境地也像"火"（☲离卦）与"地"（☷坤
卦）组成的"晋"（䷢）卦中上九所示的那样，"晋其角，维
用伐邑"，"上九"已经居于"晋"的顶点，好比钻进了牛角，
进无可进，甚至连退路也已经没有了。这里不存在一个"悔
不当初"的选择，因为人生之境，如同"火地晋"卦所示的
那样，当在广袤的像黑夜般的大地上（坤）有着一丝像那间
咖啡屋的光明（离）的时候，人生就必然地处于一种"晋"
的形势。年轻时候的我们，就如同九四卦辞所示的"晋如鼫
鼠"，贪而畏，一无所长，就像小说中的年轻侍者，"贞厉"

的警示也就意味着他一定会进入年长侍者的"厉"的境地；而在六五境地的年长侍者，虽然处境不佳，但已经无所谓得失，只要他能够走出自己的内心困惑，他会过渡到（"往吉"）老年的"无器官之躯"自然阶段。上九的老年酒客由于失去了做事的位置，这时候坚持做事就会招来不愉快（"贞吝"），在空间的再现里那无边的概念性虚无中会有着一种自动性的否定威力。生活会逐渐让他失去许多自然的、与外部世界沟通的生理功能，让他听不见，看不清楚，无法享受美食，对外部世界的变化失去应激能力。他也无法说话，他选择离开语言，或者说语言选择离开他。他没有家庭，缺少性、缺少爱，缺少一切的一切。

面对这许多的丧失，生活再不如曾经那样迷人。但这却是生活的本来面目。我们不可能像喝脱脂奶粉那样只汲取成年生活中的精华然后一死了之。老年酒客很明显有过这种想法，但毕竟他走出了这种虚无的阴影。很有可能即便是酒酣之时他仍能勉强维系的那一份神气是他人生的最后努力，可以相信，只要一息尚存，他将继续把这种神气维系下去，就像那无边黑暗中咖啡屋里那唯独的"电灯光"。要免于有悔的亢龙境地，他就必须选择什么都不做，而只是接受生活的本来现状，因为在他前面的时光里他已经做得"够"多了。因此，这位老人选择到咖啡屋里独酌，带着他的"神气"，而且喝起酒来"并不滴滴答答往外漏"，而与之对应的年轻侍者倒酒时却"溢了出来，顺着高脚杯的脚流进了一叠茶托的第一只茶托"。对于年轻侍者那刻薄的话语，他充耳不闻（老年失聪或者故意不听，有谁知道？），这些冒犯性话语也就因此而丧失了它本来的攻击与伤害的能量。对老年酒客而言，他已经没有了外部的世界，没有了年轻侍者的轻侮，也没有了年长侍者的同情，甚至连咖啡屋都不存在。存在的只有生命的剩余价值，生命那还将维系一段时间的能量熵。

　　本小说一个不得不提的解读热点就是关于小说对话的空间布局与说话的主体方面的讨论。由于海明威故意违反了对话换行的一般规则，使得说话人的身份变得扑朔迷离起来（Reinert，1959；Gabriel，1961；Hagopian，1964；Lodge，1971），这一直以来成为研究本小说的一个十分有趣的现象。一些在意义上听起来像同一个人说的话，海明威却另起一段，使得阅读起来像是两个不同身份的人说的话。但是结合主题细读起来，我们还是可以清晰地看到这种对话的基本脉络。然而我个人仍坚持认为，在洛奇看来海明威的做法有些让人困惑的地方，正是海明威的故意而为，他在努力混淆说话人的身份，并通过这种混淆传导某种文本文字之外的叙述意义。

　　当叙述者想故意改变或混淆说话人的身份时，他就选择用"一个侍者"来说话，这就使说话人是年轻或年长侍者的区分存在难度。其他情况下，如第二段对话，叙述者用了"（这位）侍者"（the waiter），读者就可以很轻松地与上文刚刚提到的年轻侍者联系起来。在第三次对话中叙述者用到了"他说"来接在前面的介绍文字后面，也让大家很容易地与年轻侍者对号入座，因为我们刚刚读到"（年轻）侍者把酒瓶拿回到餐馆去。他又同他的同事坐在桌旁"。

　　或许这种关联使得作者很难达到他希望的模糊效果，他因而采取了打破常规空间布局分段的方式来改变一般的对话分段方法。例如：

　　（1）"他这会儿喝醉了。"他说。

　　"他每天晚上都喝醉。"

（2）"他准有八十岁喽。"

"不管怎样，我算准他有八十岁。"

从文本的空间布局上看，所选两组对话都像是两个人在对话。由于在第一例中，"他说"我们理解为是"年轻侍者"所为，因为这句话是接着他"把酒瓶拿回到餐馆去"之后说的。这一组对话一直发展到"我真希望他回家去。我从来没有在三点钟以前睡觉过。那是个什么样的睡觉时间呀"之前，说话人的身份始终是扑朔迷离。但是我们知道想早点回家睡觉的是年轻侍者。而且此后的对话双方身份非常清楚，是一人一句，由此就可以找到接下来说"他侄女会照料他"这句话的是年轻侍者，而再下一句年长侍者说"我知道。你刚才说是她把他放下来的"，就决定了前面一组对话中"谁把他放下来的……他侄女"是年长侍者提问，年轻侍者在回答。

但如果我们按照常规的空间布局顺序，按照一人一句的对话排列来定位对话双方的身份，无论是自上而下，还是自下而上，结论都正好相反：

> "他这会儿喝醉了。"他说。（年轻侍者）
> （年长侍者）"他每天晚上都喝醉。"
> （年轻侍者）"他干吗要自杀呀？"
> （年长侍者）"我怎么知道。"
> （年轻侍者）"他上次是怎样自杀的？"
> （年长侍者）"他用绳子上吊。"
> （年轻侍者）"谁把他放下来的？"
> （年长侍者）"他侄女。"

可以说自从小说发表至今，关于对话人双方的身份争论就一直没停止过，有"作者疏忽"说，也有"作者故意"说。随着大家对海明威艺术表现手法、严谨的创作态度的逐步认同，也随着海明威对作品几种版本的修改行为的确认，评论界现在基本上趋同认为是作者"故意"而为。因此，上两例的对话实际上就是：

> （1）"他这会儿喝醉了。"他说。（年轻侍者说）
> （年轻侍者接着说）"他每天晚上都喝醉。"
> （2）（年长侍者说）"他准有八十岁喽。"
> （年长侍者接着说）"不管怎样，我算准他有八十岁。"

接下来，我们需要弄清作者的故意有着怎样的叙述目的。首先，他明显是在追求他所钟情的 1/8 对 7/8 的冰山理论，通过这表面的模糊制造一种深夜谈话人慵懒的兴趣，有一句没一句的没话找话的松散模糊效果，完全有悖于电影对白式或语言句型操练教科书式的 ABAB 式的呆板。通常的情形是，在一个对话不那么重要的时刻，说话人会找一些话题应景而聊，而当听话人一时找不到合适的应辞，或者根本不想应酬的时候，前面的说话人会自寻台阶接上自己的话茬继续说下去。

其次，通过模糊两位说话人的身份，叙述者也就让读者能够知道其实两位侍者除了年龄上的差异，他们并不存在本质区别，这种效果就使读者"心中无法分清两位侍者"（Lodge，1971：197），读者只需要了解老人当前的人生困境，而信息的来源并不显得重要。更方便于表达一种"人"的普遍性困境，而不是要指责某个具体的年轻人的冷漠与缺少关爱。这三个人物，在咖啡屋的特性方面体现为"三位一体"，年轻侍者代表着具体的咖啡屋所要求的服务，年长侍者随着自己年龄的增长可以把咖啡屋的特性归纳表达为概念，而咖啡屋特性的终极体现却必须通过老人的光顾来完成。没有老人的光顾，就不需要咖啡屋。因此，他离开后，那里的"电灯"就关掉了。即使是认同、心仪咖啡屋特征的年长侍者也无法再逗留其间，只能选择离开。

　　这就是为什么贝克尔会总结说年长侍者与老年酒客有着一种兄弟般的情怀，手挽手共同对付丛林野兽（Baker，1956：125）。他们本是互不相识、互相无法穿透的个人空间，几乎不会重叠。但是在咖啡屋这样一个特殊的小栖息空间里，他们片段性地对接兼容，空间的多孔性使得他们可以有条件地相互作用。一定程度上说，我们可以认为年长侍者理解了老年酒客的人生处境。但真正的危机却不在老人那里，而是在年长侍者那里，因为他选择了在无边黑夜里更长时间的逗留。他把老人看作了自己被阴影笼罩着的明天，那种故事一开头就设定的语境："坐在树叶挡住灯光的阴影里。"我们把"电灯"作为城市化工业文明的一个符号，树叶的阴影是大自然最后残存的一点印记。二者无法相容，因为原文里是"对抗"（against）一词在介绍老人与阴影的关系。阴影是那种可触摸的某种东西的黑暗的一面，在这里暗指已经失去的自然，或人与自然的关系。它带来的是年长侍者——注意，不是老年酒客——对一种有形的失去所残存的一丝美好回忆。

　　结合不长的篇幅来考虑，海明威明显地重复着"（树叶）阴影"。小说中第二次提到阴影时说"只有那个老人坐在随风轻轻飘拂的树叶的阴影里"。第三次是"那老人坐在阴影里，用杯子敲敲茶托"。"阴影"在本小说的情节结构中不算一个

"绑定母题"（bound motif），刻意地重复"自由母题"（free motif），是海明威惯用的手法之一，就像他在《老人与海》里让老人反复梦到狮子一样，是艺术家细微笔触的精雕细琢。在这篇小说里，我们无法走进老人的内心世界，我们不知道他在想些什么、意识到了什么。叙述者仅留露给我们的一点有关老人内心痕迹的地方在于描述"这个老人喜欢坐得很晚，因为他是个聋子，现在是夜里，十分寂静，他感觉得到跟白天的不同"（我的着重）。"喜欢"是一种内心行为，但叙述者却把这一行为归因为"他是个聋子"这样一个并不符合因果逻辑的生物性反应。对于一个"聋子"来说，"寂静"（quiet）的夜晚与白天是否有感觉上的区别？叙述者的语言在这里马上失去了其可信度。因此，叙述者接着就用老人的"触觉"器官作了进一步的注释：他的"喜欢"源自"感觉"的结果。

这都表明，他对世界、对虚无的生物性接受。他不会再计较世界是或应该是什么样子。不管什么理由，他将继续生存下去。他无法再为这个世界"贡献"些什么，他不再"有用"，他生活在一个完全属于自己的世界里，一个大环境是后工业文明的城市化的栖息地里。他成了一种德勒兹所谓的自我的"内在性"里。那里不再有树，也没有阴影、饮料或酒醉，没有家，甚至也没有"无家可归"的概念。

在他另一面的年长侍者正相反，他为生活与虚无的意义所困。当老人（故意？）坐在阴影里，年长侍者却在"喜欢"树影婆娑的地点。空间意义上的阴影是生命中那不可触摸的失去，人们会感觉到它的存在，却无法拥有或享受："你不懂。这儿是个干净愉快的餐馆。十分明亮。而且这会儿，灯光很亮，还有缥缈的树影。"杰赫德（Gerhard，2008：3）把其中的阴影读作"虚无那最可怕的体现"，死亡"可以随时降临在任何人身上，也因而是人类无常性与局限性的明显证据"。他用"黑暗与光明"的符号"表达恐惧与安全感的对立"，于是黑暗就是"压倒性虚无的符号，因此，代表不同人物的特定恐惧"，象征着"对世界虚无恐惧的载体"（Gerhard，2008：1)，并进一步说"只有年长侍者得出了令人满意的解决方案"。然而在文本中我们却读不出相关根据来证明年长侍者找到了这种答案。正相反，根据上述分析，年长侍者是最困惑的角色，他自己尚无法入睡，如何会有解决方案？

总结起来，在生活中，不同层面的空间很难被随意超越。需要我们遵循"时间换空间"（time for space）的黄金法则。我们没有必要去责备那位年轻侍者，而且我们需要看到的是他身上正好体现着老人所需要的咖啡屋的服务。他因而是咖啡屋物质性中最具体也是非常重要的一面。年长侍者正在经历着生活的压力。假如他能够平安地走出虚无的空间阴影，他也会像老人一样，有机会成为一个无器官之躯，外加一丝生活的"神气"，营造出自己的生活空间。老年酒客已经走出了生活所能够制造的各种有形束缚，他如今就像生活本身一样有着平静的无器官之躯的历程。他什么都不用做，甚至不用"坚持"，因为对于人生的老年阶段，已经是"进无可进"，即使是"贞"的"坚持"也会带来悔"吝"。

三个不同的角色从历时与共时的角度奇妙地聚集在这间明亮的咖啡屋，共同展示城市化语境下充满悖论的现代人的暂时性栖居之"家"。那里的黑暗是现代文明、现代人性与死亡的象征。个体要走出这种黑暗，靠的是忽视、遗忘与共存。

然而人毕竟是人，具有一种知其不可为而为之的选择性顽强，其中有人性的悲剧性一面，也有其崇高的一面。即使他知道前面是悔吝也会义无反顾地走过去，用一种积极的动能去融合那消极的晚年之熵，用一种寻梦的历程、用另一种语气述说着"这就是生活"。《老人与海》里的桑提亚哥就是这类老人。他接受了自己的命运，但又以一种更加积极的心态来享受自己的历验空间。下一章，我们将看到老年的桑提亚哥在他再现性空间里书写的身心历程。

第 五 章

寻找历验空间的老人

在上一章里，我们看到随着年长侍者关掉电灯，他，以及他周围的世界，又都进入无边的黑暗里，只留下对老年一种可怖的悲剧性恐惧。在本章里，我们将看到海明威如何努力走出这种悲剧性恐惧。我们要面对的是一位曾经被叫做"桑提亚哥"，如今被叫做"老人"的老年渔夫，从他姓名的叙述变更中我们可以看到老人主体性的改变，而不仅仅是年龄上的增加。这位"老人"不是一个选择退缩到自己老年世界里的老人，而是一个积极走向更加广阔的大海的老人。在他所到的地方，我们基本上看不到现代人类文明的踪迹，他全开放性地展现在大自然的面前。在茫茫海面上的黑夜里，他仅有星光为伴。面对黑暗，他寻求一种自身的被打倒、被毁灭（destroyed），因为他知道，不管他如何努力，这都将必然是人生的唯一归宿，他无法改变宿命；但他顽强地追求不被打垮击败（defeated）。他在努力用自己的行为与反思来求证二者之间的本质区别。他在人生空间三个层面的感知—认知—历验空间之间随意穿越，肆意书写自己人生的自由诗篇。在他身上，既有"乾"卦"亢龙有悔"因努力"过分"的悔意，又有愿为人师的"山水""蒙"卦中"匪我求童蒙，童蒙求我"的豁达，还有"地山""谦"卦的谦谦君子"劳谦"与"鸣谦"本质的并存。

引起我们解读兴趣的内容有他的姓名变化,他为什么会从有名的"桑提亚哥"变成无名"老人"?接着,作为特殊生态栖息地的大海对老人的空间意义为什么会区别于一般意义上的大海对于渔夫的意义?更进一步地,在现实生活中,老人刻意保存下来妻子的物件、照片有着怎样的意义?最后,由于年龄的原因他的身体器官出现了背叛,而且老人恰恰是顶着这种"背叛"完成自己的使命;他称马林鱼为兄弟,却要亲手杀死这位兄弟;在他身上同样地表现出奇特的语言特征,他对梦境的选择性,老人同样地处于厌杀与必杀的两难困境里,等等。这些都是我们要努力解读出来的文本差异与悖论。

一　年老的器官与能量

与海明威其他的老年角色一样,评论界在进行相关的分析评论时,并没有选择去特别关注老人的"老年"特征。而事实上,海明威却是花了大量的精力来表现老人的苍老:"他身上的每一部分都显得老迈,除了那一双眼睛。那双眼啊,跟海水一样蓝,是愉快的,毫不沮丧的。"(海明威,1979:2)

如上一章所讨论的空间三位一体所显示的那样,各种空间的对立模式无处不在。在这里,"年轻"渔夫总是同"成功"与"充满信心"相关联。对于年轻的他们来说,生活相对显得容易,就像在顺风顺水中捕鱼,一切都是手到擒来般轻松。带着轻松的成功喜悦,他们也就有心情拿老人开开玩笑,而"年龄稍长的渔夫"则对生活、对大海有着更深些的理解,他们就会选择回避这些尴尬的话题:

他俩坐在海滨酒店，很多打鱼的人拿老头儿开玩笑，老头儿一点也不生气。别的人，那些年老的渔人，都用眼睛望着他，心里替他难过。但是他们并没有把感情流露出来，只是轻轻地讲起海流，讲起他们把钓丝送进海水的深处，讲起久久不变的好天气，讲起他们看到的一切。(3)

对于这些年老的渔夫，就如同上一章讨论的年长的侍者一样，岁月教会了他们该如何表示对时间的尊重，同时也是对生命的尊重，他们把这种尊重变成了面对老人失败时的沉默，而不是调笑。

在本小说中，伴随着海明威对"老年"特征的强调，他让身体器官也参与到叙述中来。从空间角度来看，（人的）空间生产从身体与器官开始。人的身体，如同其他物件一样，"占据"了一定的空间容积，而且在整个生命历程中从不同的维度产生变化。身体是空间生产的加工场所、空间行为的发生场所。从身体开始，个人空间通过向外部空间不断伸展其与外界的关系来建造自己的领域。空间的生产，如列斐伏尔所言，"开始于身体的生产，延伸到'栖居'的生产分泌物，所以栖居也起到工具、方法的作用"（Lefebvre，1991：173）。

与米比波普勒斯伯爵经历的可能由于战争所造成的性功能丧失不同的是，桑提亚哥老人却似乎是因为年老而让"性器官"逐渐退出自己的空间叙事，在他身上我们看到了斯维曼所提及的由于岁月所带来的"阴茎与阳物的不可通约性"（Silverman，1992：63）：叙述者让我们看到这位老人"走到茅棚外面去小便"（15）。对于海明威这样一个对细枝末节都十分关注的作家，我们必须谨慎地提醒自己：他文本中对每一个细节的刻画都有可能带有一定的叙事意图。这里对老人生活习惯貌似不经意的提及所对应的是老人的生物性器官，似乎在回避其社会层面的性功能的指涉，叙述者在貌似不经意间暗示着"小便"时的老人所使用到的身体器官与他年轻时"阳物"兼"阴茎"的器官相比已经发生了质的变化。而老人已经学会接受这种历时性"阳物到阴茎"（Silverman，1992：47）的异位丧失事实：他已经从性的角度被转化为一个雌雄同体的中性老人。为了加强这种雌雄同体性与性功能的丧失，我们见到的老人正在把他视野所及的有关妻子的任何记忆的提示物抹除，把他妻子的遗物所代表的"性"与"关爱"符号象征性地从视野里移出实际上也是从他的记忆中"清零"："过去墙上曾经悬挂一幅他老婆的彩色照片，他看见了就觉得凄凉，因此他把它拿下了，放在屋角架子上他的一件干净衬衫下面。"（7）拿下的是妻子的相片，当然随之而去的也就是对妻子的印象，他甚至（有意识地）（选择）不去梦到他的妻子，或者女人（15）。不去梦到妻子是为了避免产生缺少关爱的凄凉感觉，不去梦到女性则是性机能使然的不感兴趣。总之，在他的空间里已经没有了可以容纳"性"的场所，甚至一个阳物性器官，只有一个具有生理功能的排泄小便器官"阴茎"了。

与人生黄金时期的身体不一样的是，到了老年，人身体的许多机能都开始衰退，或者拒绝继续为身体服务了。在《一个干净明亮的地方》里，老年酒客耳朵退化听不见了，在《老人与海》里，老年桑提亚哥则经历着他"左手"的明显退化与"背叛"。

一开始，他的左手还在努力完成其主人布置的常规任务，"老头儿灵巧地握着钓丝，同时用左手把它从竿子上轻轻地解下来。现在他可以让它从他的手指上滑动，不使鱼感到丝毫的拉力"（28）。

　　对此我们可以理解为在正常的工作条件下，左手是"正常"的。但是当老人开始他那自残式的工作历程，想完成自己的人生追求与使命这一艰难与宏大命题的时候，他的左手就开始了畏缩与逃避性的"痉挛"："他感觉到钓丝给拉得动也不能动弹，左手又忽然抽起筋来。"（42）这时的老人不是把左手当作身体的一个部分来对待，而是一种"朋友"或"联盟"关系："有三件东西是亲兄弟：鱼和我的两只手。"（47）老人对于像"朋友"一样的左手的这种背叛很瞧不起，他于是开始以一种"轻蔑"的神情与左手"对话"起来："想抽筋你就抽筋，变成一个鸟爪子吧。可是这对你不会有好处的。"（42）这种咒骂与威胁并不能激励他的左手积极地参与到他的工作中来，老人倒是必须很"大度"地作出些让步，开始了与左手的谈判与妥协："手，你别管钓丝啦，当你还在抽筋的时候，我会单独用右胳膊去对付它的。"（44）与这种连哄带骗的手段并行的还有他的祈祷："上帝帮助我，让我手上的抽筋好了吧。"（44）

　　他需要身体全体器官的共同参与来完成自己的任务，因而就把左手的这种不能按预期计划行事看作一种羞辱："他想：我恨抽筋。这是对自己身体的背叛。吃下腐败的菜得了痢疾或者因此呕吐起来，是在别人面前丢脸。但是抽筋呢……是自己丢自己的脸，特别是在孤单单的一个人的时候。"（45—46，我的省略）丢脸的羞辱感一般是指当某人感到在别人面前失去尊严时的自惭行为。但是老人是"在孤单单的一个人的时候"，他在与"自我"，与那条鱼以及背叛他的左手并立。左手的背叛让整体的身体感到耻辱，也让自我感到耻辱，特别是在那条让他充满敬意的鱼面前。然而，这时候"他想：要是孩子在这儿，他会替我揉一揉，从小胳膊揉松下去"（46）。

这表明他主动地接受孩子与自己的一体性，把孩子看作自己生命的新周期，或者一种外在整体生命的新阶段。他可以在背叛的左手面前感到"羞辱"，而接受孩子的出现——一个另外的人类自我——自己生命的再一次循环，反而没有了在他自己左手面前的那种"外在"羞辱感。

也正是从自己左手的这种背叛性退化中，他认为自己正在失去许多"人"身上的东西而逐渐变成一个原始的生态生命，所以看着自己左手的痉挛，他仿佛看到的是"鹰爪"（47）——爪子，是生命进化链上相对较低层次的生物存在形式，这是一种生物退化。当他的左手在经历这种自然生命周期性的退化之时，他的自我却正在寻求一种提升与超越。

他自己没有能够有效地唤起左手参与到当前工作中来，而小孩的帮助又远不可及；不过，他认为来自外界的太阳能量会起到一定的弥补作用："他想：现在太阳会把它晒好了。除非夜里太冷，它不会再让我抽筋的。我真不知道夜里会发生什么事情。"（53）在日夜的交替过程中，我们的身体，即使部分的身体，会在一定程度上受到来自太阳这类自然天体的能量影响。

他继而选择以一种残酷的方式来惩罚他的"叛徒"左手，就仿佛这不是他的左手，而是一些没有人类感觉的设备而已："他的左手已经麻木，于是他用右手拼命去扳，可是钓丝还是跑了出去。最后他用左手抓住了钓丝，仰着身子去撑住它，现在钓丝又勒着他的脊背和左手，左手承担了全部的重量，给钓丝勒得很痛。"（62）他虽然同情左手所受到的痛苦，认同左手所做出的工作，但是在关键时刻他甚至产生了要残酷地放弃、牺牲左手的想法："他想：为什么我没生出两只好手呢？也许只怪我没把那只手好好儿训练一下。可是，天知道它有的是学习的机会呀。话又说回来，它夜里干活干得还不错，不过只抽了一次筋。它要是再抽筋的话，就让钓丝把它割掉吧。"（64）事实上，他曾给过左手足够的训练机会："他曾经用左手试验过几次练习比赛。但是他的左手一向出卖他，不愿受他的支配，因此他也信不过它。"（53）这种自虐、自残式地对待自己的身体器官，正表现出他一种宗教式的虔诚，不惜牺牲肉体，或以肉体受难的形式来成就精神世界里的最高理想，这也或许说明为什么历来就有评论家很自然地把老人与耶稣受难形象联系起来。从中我们读出的是，当器官功能影响了主体的追求时，主体会考虑主动地选择放弃器官，这时候的"无器官之躯"既是生理退化的自然结果，更有主体不得已时的牺牲。这种放弃是一种痛苦的历程，但却成全了主体的神奇崇高性。

左手不过是他身体的一小部分，拒绝接受主体自我分配的额外任务而已。更过分的是，自我开始在努力摆脱肉体的控制，不给身体以表述的机会，而且把食物摄入减少到了极限——一杯咖啡，一些几乎无法下咽的生鱼。他吃东西不再是为了满足自己的食欲，而仅仅是为了肉体——自我的空间内核——能量的基本维护。

他的生命被减到可以想象的最简模式。他会光喝一杯咖啡而什么都不吃就对付过去午餐："很久以来，吃饭一直是教他厌烦的事情，他从来没有携带过吃食。"（16—17）而他喝咖啡则是以一种非常缓慢的、类似于宗教仪式的方式来完成的："老头儿慢慢地在喝他的咖啡。这是他今天一整天的饮食，他知道他应该把它喝下去。"（16，我的着重）给人的感觉是他那一杯咖啡喝得都很勉强，不是饥饿、品尝之类的需要，而是"应该"的义务型需要。相应地，他选择不带午餐也就非常明显成了他的一种宗教式的斋戒，借以帮助他完成走向深海的朝圣之行："他在船头上放了一瓶水，这就是他一整天需要的东西了。"（17）水可以维系肉体的最低存在，也是一种纯洁的符号，不会给他的朝圣带来亵渎。后来，当这种朝圣的历程超过他的期待与肉体所能承受的极限而使得他必须吃东西的时候，他就选择吃些正常人所无法进食的生鱼肉，不是为他的口感，而是为他的"器官"——右手："我要替你多吃一点儿。""我是为了你才吃东西的。"（43）由于他放弃了味觉标准，"吃"这一行为本身就是对他身体的一种折磨："'要是把海豚煮熟了吃，这鱼的味道该多美，'他说，'生鱼的味道又是多难吃。没有盐没有白柚子，我再不愿出海了。'"（60）他清楚地知道自己吃的是什么东西，他也知道肉体很有可能会拒绝听从他的安排，会把吃下去的吐掉。他的肉体还是本能地有着更高一些的感官"口味"期待：对盐、白柚等调味品的期待。

　　幸运的是，他尽管虐待了自己的身体，却还是有器官能始终对他很忠诚："他身上的每一部分都显得老迈，除了那一双眼睛。那双眼啊，跟海水一样蓝，是愉快的，毫不沮丧的。"（2）眼睛是通向外部世界的窗户。在他静止的时候，他眼睛的运动是他生命的唯一迹象——就像《一个干净明亮的地方》里的微弱电灯光一样，一旦电灯关掉，咖啡屋的生命就停止了；而对于老人来说，眼睛就是他生命不息的符号："老头儿的头也同样苍老了，眼睛一闭，脸就跟死人的一样。"（9）一旦他把眼睛合上，他就是一个"死人"，死生之间竟然就仅仅区别在这一双眼睛的开合。

　　有意思的是，老人引以为豪的眼睛竟然在马林鱼身上找到了共通之处。"老头儿想：我不知道它在那样深的水里看东西怎么样。它的眼睛很大。一匹马的眼睛比它的小得多，在黑暗里也看得见东西。以前我摸黑看东西也挺不错，可不是在漆黑的地方。那时候我看起东西来几乎像一只猫。"（50）老人为自己生命符号的眼睛而感到自豪，而现在他又在他兄弟般的鱼身上看到这种值得自豪的相似性。而在看到鲨鱼眼睛时则是完全不同的景象。老人用鲨鱼眼睛的位置来定位鲨鱼的生命之所在，来瞄准杀死鲨鱼——因为眼睛在所有动物那里差不多都是离大脑最近的器官，定位了可直接观察的眼睛就等于定位了鲨鱼身上那不容易直接判断的大脑位置，定位了可以置其于死地的要害："那儿正是脑子的所在，老头儿就朝那一个地方扎进去了。他鼓起全身的气力，用他染了血的手把一杆锋利无比的渔叉扎了进去。他向它扎去的时候并没有抱着什么希望，但他抱有坚决的意志和狠毒无比的心肠。"（78）接着，老人也是通过看鲨鱼的眼睛来判断鲨鱼"没有生命"了。

　　当他这场与马林鱼、鲨鱼充满战斗的历程快要接近尾声时，老人也几乎走到了自己生命的尽头，一切的疲乏信息也是通过眼睛的功能极限来表达的：

　　　　有一个钟头光景，老头儿都看见眼前有黑点儿在晃动，汗水渍痛了眼睛，渍痛了他眼皮上和脑门上的伤口。他不怕那些黑点儿。他在拉钓丝的时候用力过度，看见黑点儿原是很平常的。可是他已经有两次觉得头昏眼花，那倒是他担心的事。（66）

　　在这种极度的危险时刻，他生命最后的符号器官仿佛也要背叛他了——或者不能叫做背叛，而是器官功能的极限与无能为力，因为这对于他的眼睛来说毕竟同样是难以忍受的折磨。他的眼睛也就开始企图以产生欺骗性幻觉或者说功能失效来摆脱这种折磨。

他的眼睛是他的生命表达式。如今身在老年，即使是在睡眠中，他也在经历着这种以眼睛为代表的生命丧失："他不久就睡去，梦见了他儿童时代所看到的非洲：迤长的金黄色的海滩和白得刺眼的海滩，高耸的海岬和褐色的大山。"（14）他的生命正在象征性地受到潜在的危害，即使是在梦里，"眼睛"也有被刺痛的感觉。在白天，太阳可以帮助他的左手获得能量、得到恢复。然而同时，他也会感到眼睛会受到太阳的伤害。他就因此而只好低下头去"看着水面以下"来避免阳光直射，或者阳光通过海水反射给眼睛带来的更大痛苦。这里我们能够看到由于人在老年阶段能量的接受容量与贮存功能方面的变化而使得生命能量的供给会在特定的时刻受到威胁并带来对生命的伤害。

除透过眼睛表达出生命形式，他的眼睛也是他向小孩延伸爱的能量渠道："老头儿用他那双日晒风吹的、坚定的、慈爱的眼睛望着他。"（4）也正是通过这双眼睛，可能表达出"坚定""慈爱"的能量，仿佛他因而感觉到了自己的生命能量会以这种眼神传递给小孩，他新的生命周期将会在小孩身上体现出来。

桑提亚哥认为他自己很"奇怪"，也部分地是通过他与小孩曼诺林迫于父母之命而跟从的那位师傅二人之间眼睛器官的对比上看出来。对于小孩来说，他现在的师傅"眼睛差不多瞎啦"，甚至"看不见……像觅食的鸟儿……海豚"（5）。带着一份从岁月中积淀下来的谦逊，桑提亚哥善良地把他竞争对手的视力衰退归因于"捕龟"所造成的后果，而桑提亚哥却不曾受到这种生活的影响，我们可以从小孩对老人的崇拜中看到这一点："在摩斯基多海湾捉了好些年的海龟，你的眼睛还

是好好的。"（6）老人一样地经常捕龟，却没有让视力受到
影响。

　　老人虽在老年却视力依旧，是他奇特生命的一个表象。而
他努力想完成的任务却不能仅仅依赖于视力。他还主要仰仗于
自己的另一器官——右手。右手对他很忠贞，尽管受到了老人
的虐待。同样地，右手对他来说也好像不是身体的一部分，而
是一个忠实的外部朋友。他会看到右手在流血而感觉不到
（疼），也只能是推测说"它一定给什么东西弄伤啦"（40）。
然而，他却是通过右手感觉到钓线的运动。右手成了他自我在
外部空间的延伸，而不是与身体结合起来的整体，被当作一个
服务于自我的工具。他会用右手来感觉到鱼的拉力。

　　右手承担了大部分的工作：从刀鞘里拔出刀，再放回去、
杀鱼、拉紧线……叙述者在刻意地区分两只手之间的劳动分
工。在桑提亚哥年轻的时候，他的右手帮助他赢得了与"从
西恩菲哥斯来的一个力气最大的黑人码头脚夫"的比赛——
扳手（52），比赛扳手是一次超长耐力的较量，经过了"一天
一夜"。这场比赛给他赢得了信心，"他断定，只要他愿意，
什么人都会给他打得一败涂地，同时他也断定此后用右手钓鱼
会不方便的"（53）。于是赢得了这场胜利，他就开始训练自
己的左手试着参赛，但结果总是让他失望，因为他感觉得到
"他的左手一向出卖他，不愿受他的支配，因此他也信不过
它"（53）。

　　在"真正的工作"——鱼开始绕圈——之前，他把自己
的右手"放在海水里浸着"直到他感到满意为止，尽管他同
时也为这种艰难的准备工作忍受了很大的痛苦，但把受伤流血
的手"放在海水里浸着"是一种极限的机体折磨与痛苦，只
是"痛苦在一个男子汉不算一回事"（64）。在他经历了与马

林鱼与鲨鱼的歇斯底里式的拼搏后，他对生命的感觉竟然麻木到要靠身体器官的感觉来告诉他："他把脊背靠在船艄上，才知道自己没有死。这是他的肩膀告诉他的。"（90，我的着重）他的自我仿佛与他的生理肉体分离开来，尽管在事实上他们是无法分开的。自我却要依赖于肉体来实现他刻意追求的目标。

或许是由于海明威对《老人与海》设计得过于精巧，几乎耗尽了他的全部心血，他才不希望人们对他的作品有任何不公正的解读或者误读，因而公然说：

> 里面没有其他的秘密。没有什么象征主义的东西。大海就是大海，老人就是老人。孩子就是孩子，鱼就是鱼，鲨鱼就是鲨鱼。人们说什么象征主义，全是胡说。（转引自 Phillips, 1984：4）

通过对文本的细读，我们感到必须不去顾及海明威这番言辞，而且要相反地理解为"大海不仅仅是大海，老人不仅仅是老人"了。大海不是大海，是 la mar；老人不是老人，是曾经的桑提亚哥；孩子也叫做曼诺林。而马林鱼是老人的兄弟："兄弟，我从来没见过一件东西比你更大，更好看，更沉着，更崇高了。"同样，鲨鱼在老人眼里也成了"Dentuso"与"galanos"（星鲨）："吃吧，星鲨。做你们的梦去，梦见你们弄死了一个人吧。"（92）我们或许可以理解作家海明威对于评论家们肆意肢解他的作品的那种愤怒。然而，考虑到这部书的高度象征性，作者的呼声也只能以"作者死亡论"为借口而不得不置之一边了。其实，我们并不需要以作者来打压意义的可能性，而且我们绝对地坚信"作者对意义的制约是举足轻重的"（殷企平，1997），只是说，创作时的作者与事后像读者一样的作者，与利用某种公共媒体表态的作者并不能相提并论。

二　老年空间的命名

空间分析，与其他的批评理论一样，会把大量的批评精力用在身体的行为分析上。在感知空间里，一切空间行为总是首先依赖于身体的行为或与身体发生联系。然而，在认知空间里，对符号、语言、概念与推理思考的分析占据了更大分量，因为对于空间的符号性再现，能量的转换形式与过程不再像在感知空间里那么直接地利于观察。空间的命名，主体对语言的使用及其梦境等，都要求新的能量来发挥作用或者可能变化成不可利用的熵能。

空间通常需要一个名称。而当名称发生变化时，名字所指称的空间质量也往往相应地发生变化，这一点尤其是在神话与文学作品中表现得非常明显。在本小说里，老人的名字经历了显著意义上的变化。叙述者在大多数时候都是选择用"老人"来指称主人公。在原著英文里，"the old man"作为日常普通词汇，从语用指称的角度来看，使用起来非常别扭、不方便，也无法用来精确地指称一个具体的人物。如果我们说这是海明威的叙事习惯，喜欢使用类别名来代替专有名词的人名，那么我们就无法解释为什么他又会不嫌麻烦地告诉他的读者"当时他不是一个老头儿，而是优胜者桑提亚哥"（52）。而桑提亚哥赢得扳手比赛胜利"以后很久，人人都叫他优胜者"（53）。

李维屏总结了在英语小说里人物姓名的进化过程，指出了作者在处理人物姓名时对象征意义、生活意义的写作意图（李维屏，2003：398）。这就告诉我们在阅读文学作品时，对待人物姓名这类作者创造人物的第一标识物的特殊符号需要小心对待。人物的名字不是一个简单的词、符号，正相反，它可能就是人物的主体，如卡西尔所分析的那样："名字永远不仅仅是个符号，而是持有者的个人财产的重要部分，一种仔细保管的财产，财产的使用也令人嫉妒地、完全地归属于他。"（Cassirer，1953：50）他继续论述说，名字"通常被看作与人相同，包含整体的本质，以文字魔法的形式"（Cassirer，1957）。凭着对名字的这种理解，我们可以继续看到大多数现代作家都在充分地综合使用名字的各种指代与象征功能，其中海明威对作品人物名字的处理方式更具有典型意义。这也呼应了卡西尔所提到的命名功能，即"一个人的名字，有着人格的构成。因此一个新的存在就被生产出来了，并将以其自身法则而发展"（Cassirer，1953：21）。

但是海明威似乎并不满足于名字的这种静态象征功能。他更是以无名化、重命名的动态方式来丰富对自己笔下人物的处理方式。如我们在前面《桥边的老人》、《一个干净明亮的地方》中看到的那样，全知万能的叙述者却没有选择告诉我们人物具体的名字。所有的人物都被无名化了，被叫做"老人"、"年轻侍者"、"年长侍者"。他们被抽象化成了符号，与社会、实际生活和具体情境不存在明确的针对性指涉。

这明显地与我们日常生活中利用姓名的实际指称行为相违背。在实际生活中，我们希望通过具体的名字来把人们彼此分别开来，从而使信息的接受者能够准确地知道我们说话人的所指。因此，"老人"不可能成为非常普遍的人们所接纳的指代方式；这类名词往往被用来指代一群人，而不适合于指定一个具体人物。我们迄今为止阅读到的评论海明威《老人与海》这部小说的研究资料基本上都不会去顾及原作者的这份用心，差不多是所有的评论者都出于语用的方便选择用"桑提亚哥"而不是用"老人"这样一个不方便使用的类别名来讨论这部作品。

然而，我们可以理解海明威用这种"类别名"的抽象化做法来传导对特定的人群的普遍意象，而不是对个别特定人物的理解。但这样一种理解似乎又与海明威故意地提醒读者"老人"本来是有名字的、叫做"桑提亚哥"这一叙述行为相矛盾。也就是说，我们必须理解海明威使用"老人"这一特殊的名称的文本意义，又要理解他刻意交代这个人的曾经的名字叫"桑提亚哥"的含义。

我们还是必须转向对人类名字的神话理解。按卡西尔的话来说就是，"神话意识并不是将人类人格看作固定不变的，而是理解为每一个人生阶段都有一个新的人格，一个新的自我，而这种形变首先通过名字的变化表现出来的"（Cassirer，1953：51）。也就是说，根据原型思维，对应于孩童期、青春期、成人期与老年期我们都会有不同的名字来表现各自不同的、全新的主体身份。把一个人叫做"老人"以抹平具体名字可能传导的个体差异，有望建立一个属于整个群体的"群体身份"。"换言之，名字的统一性与独特性不仅仅是这个人的一体性与独特性的标记，但实际上是在构成这种特性：名字首先让这个人成为一个个体。在语言的差异性丧失的地方，正是他人格轮廓趋向于被抹杀的地方。"（Cassirer，1953：51）

桑提亚哥到了老年，成了"老人"，他还必须通过自己的努力来完成、来证明这一新命名的质量要求，来区别于优胜者桑提亚哥。这不是如其表面所显现的那样，是年龄的自然进阶，不是主体愿意接受老年的现实——年老、体弱，任凭生活摆布、静候死神的叩访，等等。相反，老年的桑提亚哥主动选择把老人作为新的个人理解，是一种空间的再现——他同时还需要在此基础上去经历、去"证明"。他公开地表述自己是"一个古怪的老头儿"（49），他并不需要表示他不同于曼诺林现在的师傅，那位区别于他、视力很差的渔夫；而是要表达他拥有可以继续证明的能力，而且证明给自己看。他先是以定义的方式（在认知空间里从概念上）界定自己的非同一般，接着他需要（在历验空间里）用行动再现这种抽象的区别："什么是一个人能够办得到的，什么是一个人忍受得住的"（49）。然而，在他的感知空间里，他并不总是能够如愿以偿地按照认知空间里的设计去完成既定的证明工作："他证明了一千次都落了空。现在他又要去证明了。每一次都是一个新的开端，他也决不去回想过去他这样做的时候。"（49）在一个人的成年黄金时间里，这种证明是一个了不起的行为，就像他能打败黑人赢得比赛。如今在他的老年，没有了曾经的孔武体力，他还是一个人，一个"奇怪"的、不同于别人的老年人。这种奇特性正是一种高贵的人性之光，如同安塞尔莫为了建立一个共和国而追求的纪律与救赎，如同桥边老人所表现出来的延伸向动物的那一份关爱，还有夜间咖啡屋里老人酒醉之后尚在努力维护的那一份神气。"老人"作为一个名字，有着其特殊的人文主义含义，表现为人可以选择否定一切人类价值的束缚，以孤独的形式面对死亡，在无边的人生黑暗里维系人性的最后一丝亮光。这就是我们从海明威对自己笔下人物改名行为中所应该读到的信息，一如卡西尔所指出的那样，"名字与本质相互承担着内在且很必要的关系，名字不仅仅表示而且实际就是客体的本质，真实事情的威力就藏在名字里"（Cassirer, 1953：3，原文着重）。老人是从桑提亚哥中进化而来，虽然已经衰老，但仍然是个男人，只不过拥有了一个新的名字。新的名字意味着一个新的空间本质，而不仅仅是旧的空间换了一个新的姓名标签。

老年桑提亚哥，为了证明自己的奇特性——不是向社会、向别人证明，而是向自己证明——他摆脱了一切可能的帮助：孩子没有跟在他身边；他的左手背叛了他，在与鲨鱼的搏斗中他甚至失去了渔叉，甚至在整个行程的后半程想片刻休息都成为不可能。在当代充斥着"技术成就"与工业文明的王国里，人们很容易在自己的成就面前、在工具代表性面前迷失："观察可以看到，人一拿起工具，他就不仅仅是将其看作自己是其制造者的人造物件了，而是一个有着自身权利的存在，拥有了自己的能量威力。没有被自己的意志所左右，即工具成了一个天神或魔鬼，他必须依赖它的意志，他感觉得到自己的臣服，他用一种宗教仪式来膜拜。"（Cassirer，1953：59）而在我们眼前的这位老人身上，我们看到他在完全摆脱这种对外在工具的膜拜。他被剥夺一切可以给他一点儿有形帮助的外在工具，甚至包括一个健康的、像年轻时候那样可以坚持的肌体。如今他在这个世界上一无所有，只有自我意志。

他的奇特性还表现在他对大海的理解。"他一向把海叫做la mar，那是人们爱海的时候用西班牙话叫她的一个字眼儿。爱海的人们有时候也说些对海不满的话，但是他们的口气里总是把海当做一个女性。"（18）这种理解也是老人年龄增长的习得结果。鲜明对比直接表现在年轻人对大海的态度上："一些年轻的渔人，用浮标当做支持钓丝的浮子，并且在鲨鱼肝卖了很多钱以后买了小汽艇的，都把海洋叫做男性的el mar。他们把海当做一个竞争者，或者当做一个地方，甚至当做一个敌人。"（18）在年轻人中，大海被物化为可供挣钱的客体，成了地点甚至敌人，没有感情可言。老人爱大海，把大海看作自己的恋人，却没有进一步去"占为己有"的想法。正相反，老年的性机能衰退在这里也被隐含地表达为他对这个心目中的恋人与别人做爱的"窥淫"："天快黑的时候，船从好大的一丛马尾藻旁边经过，马尾藻在轻柔的海波中忽上忽下地摇曳着，仿佛海洋正在一条黄色的绒毯下面爱抚着什么东西。"（54）与自己心仪的女性钻到黄色毯子下做爱的应该是老人，没有比看着自己心上人与别人做爱更难堪与痛苦的事情，这种"去性化"情约的痛苦如人所论也是死亡的一种换述：

> 情欲是幸福的源泉，也是死亡的催命鬼，两者互相陪伴，又互相推动。通过情欲，人们更深刻地看到幸福与死亡的辩证法，而两者的辩证只有通过情欲作为其中介才能展现出来。（高宣扬，2005：520）

海洋是孕育生命的地方，但对于渔夫们来说，大海又更直接地是他们的衣食来源。大海赋予他们生存的机会——即间接地给他们以生命。自然地他们会对大海有更多一份依赖与亲情甚至（性）幻想。然而如今这份亲情与幻想却只能是属于那些生命力和性欲都旺盛的青年，对于处在人生生理功能不断丧失期间的老人而言，大海却注定不会再给他带来性幻想的满足。我们从中能够读到的是老人看到的海洋与别人的爱抚，却读不出一丝不满。伴随着自己生理机能丧失的并不是爱的丧失。这里见证的是一种无条件的柏拉图式的精神恋爱，与性的力比多并不关联。老人心中的爱被看作忠诚，可以被历验而不是可以或有必要用语言表述成概念，是心的交流与接受，而不是区分、挑剔与占有。

三　老年空间的家园、梦与罪孽感

从文本中我们可以自然地推理出，当老人还是桑提亚哥时，他有个妻子。妻子死后，他一段时间里也曾梦到妻子，也曾保存过妻子的"遗物"。许多有成就的作家都善于写出一种"有"，然而海明威却是一个了不起的作家，不但能够写出有，更能写出对于"无"的"否定叙述"。对"无"的理解与表述则需要对生活更深刻的体会与总结。对"无"的刻画，实际上就是对"有"的另类换述，因为任何被表述出来的内容就是一种"有"。用存在的"有"来表述不存在的"无"，需要的是对"无"的意识再加上在细致领会基础上的妥善处理。这里需要"反者，道之动"的"反其道而行之"的道家智慧，"天下之物生于有，有生于无"（《道德经》第40章）。对于"虚无"的描写是海明威文学艺术创作的主要尝试之一。与《一个干净明亮的地方》里年长侍者以宗教祈祷形式在深夜唱出的虚无不同，在《老人与海》里，海明威以老人"不再梦到"的方式来表达这种缺乏。人们在梦里会梦到许多东西。但他们会"梦不到"更多的东西——更多的无法尽数的内容。不奇怪会有许多的作家选择描写梦境内容，因为梦境是"有"，可以用来代表、象征某种希望，或者哪怕是虚幻的现实。但有意思的是，当叙述者在《老人与海》里选择列出老人没有梦到的内容时，他暗含的意义就在于老人曾经梦到过，或者一个正常人"应该"会梦到的内容，很明显，叙述者不会把老人没有梦到的内容全部列出，也没有人能做到这一点，因为"没有梦到"的东西实在太多了。而此时的老人由于失去了许多属于年轻时代的东西，如生命的活力、年轻的肾上腺分泌等差不多是生活的方方面面，他自然而然就进入了人生的"斋戒"期，退缩到无欲状态。

老人这些没有梦到的内容包括："他不再梦见风涛，不再梦见女人，不再梦见惊人的遭遇，不再梦见大鱼、搏斗、角力，也不再梦见他的老婆。"（15）相应地，我们可以自然地把这些内容分别抽象地表述为：风涛——自然威力；女人——性；惊人的遭遇——生命难得的挑战与成就；大鱼——渔夫的追求，搏斗——毅力与体力，角力——器官（手）功能；老婆——家庭与女性关爱。梦境是他潜意识里认知的空间，是浓缩或扭曲的符号体系——如同他现在所拥有的那一份谦逊，是连他自己也说不上来在什么时候、什么地点就获得了的一份品质。梦又是感知空间与认知空间的居中调停者。梦的认知调停并不总是能为主体的历验空间提供有益帮助。更多的时候，它还会让其主体误入歧途。卡西尔指出："在一开始，感官冲动后面立即就是满足，但是渐渐地会有越来越多的调停条件介入到意志与主体之间来。"（Cassirer, 1953：58）老人如今正在通过（有意地）摆脱许多误导性的人生之梦，进入他的无梦老年——严格来说，并非完全无梦，而是更单一的梦——梦到狮子与地方，那是他生命与灵魂的归宿。所以那也不是真正的梦，而是他在半睡半醒之间的意识控制的结果。"他等着瞧一瞧有没有更多的狮子，这会儿他非常快乐。"（62）他在梦里会知道"等"，利用意识控制自己的行为来求得最佳梦境。年幼如猫一般的狮子，一如评论家们所指出的那样，代表着老人对"猫"的渴望，而小猫般的狮子则代表的是小孩（Curnutt, 2000：89）。孩子，这里面的曼诺林，是新的生命周期，是精确的捕鱼技术与对人生的理解、对海洋的理解的具体体现。

老人在岸上住的那间棚屋是他的"家"，也是他在陆地上做梦的地方。这是一间真正意义上的"超验穿越之家"，因为它连扇门都没有，仅有"敞开的门口"供老人进出。老人在自己的人生中并不需要一个固定的居所来安"家"。在陆地上，简陋的棚屋就是他的家，在海上"他在自己的小船上就是'如归至家'的感觉"（Beegel，2009：527），身处其中，即使是在大海上，他也可以做梦。比格尔相应地把小船看作"非时间性""建筑物"，是"用桨、桨架，凭着他自身的力气，或是用面粉袋补丁帆和桅杆凭着风力驱动的船"（Beegel，2009：519）。

因两处做梦地点的区别，做梦的内容也小有区别。在船上，他同样地希望还能梦到狮子，但是一开始未能如愿："他没有梦见狮子，他只梦见伸展到八英里、十英里外的一大群海豚，这正是它们交配的日子，它们一跳跳到半空去，然后又掉回到它们跳上去时搅成的那个水涡里。"（61）梦体现的是象征繁殖能力的如同精子一般的海豚群，而且又梦到正处在"交配"的季节，所寄予的希望就是在原始的生命中新一轮生命周期的开始。有评论家循着弗洛伊德的精神分析理论认为，这种朝向深海的旅程是回归原始的努力，在那种状态里，处处都是"家园"，"渴望海洋"是"对'永恒'的安慰性感觉"（Gizzo，2009：488）。家的这种持续性发展首先要求的就是高产的繁殖能力，正是海豚群的梦所体现的意义。

紧接着这个梦，才是老人一直希望梦到的狮子。但首先，他还得梦到"家"的场所——"他又梦见他躺在村子里的他的床上，北风刮得正紧，他觉得冷透了骨髓"（61），在一个海上的感知空间里对认知空间里一个温馨的家的渴望被海上冷酷的北风所击破，这种家给不了他对安慰的渴求。于是他从家中走出，走向那遥远的非洲，是他像曼诺林那么大的时候去的地方，在那里可能是他人生第一次，甚至可能是唯一的一次真正看到"在黄昏中走上海滩来的第一头狮子"（61）。他实际上与狮子并没有直接的亲近接触，仅仅是"他的船在吹向海面的晚风里停泊在那儿"（62），他远远地望到过狮子。这一特殊异域的非洲空间在老人梦的空间生产中起着极为重要的作用。仔细分析这一空间的构成我们会看到其中有狮子、非洲海滩以及在自己一生中从未真正见过狮子的小男孩。这一带着特殊能量的时间片段在老人漫长的人生岁月里竟然深深影响老人的一生。到了老人的老年，这成了他单一的梦境，不断地给他注入新的生命能量。

家的物理地点，那种代表所有牵挂的具体建筑物，有时会起到对主体的空间发展的制约闭塞作用。当主体寻求"超越"的时候，从这种"超验家"到一种超验的"四海为家"（transcendental homelessness），主体必须像桑提亚哥那样能够分割时间与"超验之家"之间的界限，把时间处理成卢卡契所谓的"具有建构能力"（Lukács，1971：121）。老人所摒弃掉的那些梦，是岁月的结果，如今只剩下梦境里的狮子，成了生命的固有内在性而不是灵魂渴望的结果。

桑提亚哥离开他当作"家"的棚屋，一个简陋的休息场所："屋子里有一张床，一张饭桌，一把椅子，泥地上还有一块用木炭烧饭的地方。在用带有硬纤维质的'海鸟粪'的叶子按平了交叠着砌成的褐色的墙上，有一幅彩色的圣心节图，还有一幅柯布雷圣母图。这都是他老婆的遗物。"（6—7）如同他藏起妻子的照片以回避自己的孤独，他并没有真正地把这间棚屋当成自己的"家"。他的家在海的另一边，这种空间大跨度对应的是卢卡契"超验之家"的"四海为家"、随遇而安的空间栖居概念。或许离开了其中任何一个要素他都无法生活下去。这间简陋的棚屋，尽管门是敞开着，仍然是一间房子，在巴士拉看来：

> 房子可以让人在里面平静地做梦。思想与经历不是仅有的限制人类价值的东西。属于白日梦的价值在深层次标注着人性。白日梦有其自动提升价值的专利。它从其自身存在中获得快乐。因此，我们经历白日梦的地方又在新的白日梦中构成自己，由于我们对以前居所的记忆都是像白日梦一样被我们经历，这些过去的居所会永远停留在我们心中。（1964：6，原文着重）

这就帮助我们理解了老人虽然把大海看作他的家与恋人，却还念着他在岸上放了一张床的家："现在他在轻松地驶着船了，他的脑子里不再去想什么，也没有感觉到什么。什么事都已过去，现在只要把船尽可能好好地、灵巧地开往他自己的港口去。……他知道他现在走到什么地方，到家不算一回事儿了。"（92—93）不管大海充满了怎样的浪漫诱惑，也不管他已经是怎样的身心疲乏，他心中下意识的最后归宿却仍然是他岸上的那间破棚屋，因为那里才是他的家。尽管这一生他在这个家里或许什么都没有攒下。但只要有一丝家的概念和永远的对家的回忆，就像一只候鸟一样，可以迁徙得很远，可是到了特定的时间还得凭着大脑中的磁力线定位归来。也不管他的各种器官是如何失效——失效到什么事情都做不了，而且给人的感觉是他已濒临死亡的边缘——他还是能以"家"作为终极坐标来判断自己能不能最终实现自己的回归，而且现在有了模糊的信心，"到家不算一回事儿了"（93）。巴士拉总结说，"如果我们把家当作巢穴一样回归，那是因为记忆是梦，是因为往日的家已经变成了失去的亲情的意象"（Bachelard，1964：100）。棚屋里的那一张床因而并不是老人最想要的，尽管他筋疲力尽非常需要一张床来休息。他需要这张床不过是冲着他久藏的梦想，他需要一个地方来维系他的梦，一半是白日梦式的幻想，一半是下意识中对久违的人类亲情的温习，在那里他可以选择梦到他心中的"狮子"。

在大海里，有他的"朋友"与"兄弟"马林鱼。他并不太喜欢去"杀"——必须去"杀"而不喜欢"杀"，也是海明威在各种语境里一直希望表达的一种内心矛盾，这种悖论叙事贯穿于他大多数作品。在这里，老人甚至仇恨杀戮。然而他认为自己到这个世界却带着一种自己无法抗拒的"必杀令"，这是他的生存使命，他不应该、也无法去违抗。他表现出了"对这种先天律的憎恨"，他"不明白""上帝为什么要把杀戮的任务交给人"（Beegel，2009：536）。在《永别了，武器》中，弗雷德里克把凯瑟琳的死归结为这种"先天律"，而那一时刻他联想到的竟然是自己用一杯热水倒下去杀死燃烧着的木柴上的蚂蚁。人就是这样始终处在杀与被杀的生态悖论里。

人律定要去杀戮，而且好像要疯狂地杀死一切。面对这种意识，老人自己暗想："我们不必打算去弄死太阳，月亮，或者星星，总是好的。"（57）这种因超出人类自身能力而受到限制的可能性并不给老人以安慰，毕竟人类因（不得不）滥杀而犯下了太多的罪孽。他清晰地回忆起杀死一只母鱼时给自己带来的痛苦与震撼。老人看到杀死母鱼后公鱼竟然不愿离去，仿佛它也搞不懂这个世界上为什么要有杀戮：

　　　　那条公鱼一纵身跳到船旁边的高空里，看一看母鱼在哪儿后，又落下来钻进水深的地方去，它的淡紫色的翅膀——它有胸鳍——张大了开来，它身上的所有淡紫色的宽大的条纹也都露出来了。老头儿想起：它真美，它一直是待在那儿的。老头儿想：这是我生平看到的顶伤心的事儿了。孩子也非常难过，因此我们请求了她的宽恕，马上动手宰了她。(35)

在好莱坞大片《阿凡达》里，我们看到那些落后于我们星球文明的纳威人在杀死其他动物时也有类似的忏悔行为。似乎当人类意识开始形成的时候，我们一方面不得不去背负着一种必杀的使命，另一方面又为这种杀戮带来的后果而感到深深的遗憾，或许是孟子观察到的人与生俱来的"恻隐之心"吧？也正是这种悲凉的恻隐之心让人从蛮荒逐渐走向文明的进步。但是现代技术进步与经济文明下的利欲熏心可能又在很大程度上掩埋人性的这种恻隐之心，就像本书第三章中罗伯特·乔丹找到的托词："人是枪杀的，不是你杀的。"在《老人与海》中，一个"宰"（butcher）字出现了不少次，含义有所不同，在盖因看来，正是这个词"表达了一种眼睛都不眨一下的杀戮"（Cain, 2009：560）。当老人与孩子开始"宰杀"这条鱼的时候，他们还会以一种宗教式礼仪来表现自己人性的忏悔与不得已，会"请求宽恕"然后立马完成宰杀，以缩短这种痛苦的过程。与之相反的是，在其他的年轻人那里，在屠宰场，那种屠杀的"气味"（3）四处飘荡。这种气味带着一种"嗜杀"的负面暗能量在空中传播，只能让人们习惯于并安于接受杀戮的血腥。而在另外一次屠杀海龟的情形中，老人在心里对那种屠杀给海龟带来的痛苦也是深恶痛绝："他替所有的海龟感到伤心，甚至那些跟小船一般长，称起来有一吨重的大棱龟。很多人对待海龟是残忍无情的，因为把一个海龟切开、杀死以后，它的一颗心还要跳动好几个钟头。但是老头儿却在想：我也有这样一颗心，我的脚和我的手也跟它们的一样啊！"（24）就像桥边的老人把自己的人类之爱和忧虑延伸到自己照料的动物身上一样，我们眼前的这位老渔夫也在把自己的感受像"咸"卦所示那样，"咸其拇"、"腓"、"股"、"脢"、"辅、颊、舌"，正是通过对这些受控于副交感神经、平时不能明显感觉得到的身体器官的体会，并延伸到其他的生命形式——那些与我们一样也拥有这些器官的生命体，让人不仅仅关注于人这种生命形式，保护自己的各种机体器官不致受损，而且希望共同地关注所有的有类似器官的生命形式。当我们不希望身上的器官遭受痛苦时，我们也不应该给别的生命的器官带来痛苦。对于人类生命来说，它可能选择将痛苦作为一种超越，但当他死去的时候，它不应该遭受羞辱与折磨。这就是海明威所希望看到的"干净的死法"，希望尊重每一个生命，要死，要被毁灭，但其中不应该掺进侮辱，生命需要一种尊严。这既包括不以杀戮为乐的做法，也包括不得已去杀的时候，要以瞬间迅速死亡作为手段。海龟被宰之后心还在跳动的几个小时，就是对海龟的心器官，也是对海龟、对旁观者的折磨与羞辱。然而，"干净的死法"是一种人性的发展进步，却不是出路。

当老人注定要去杀死自己的兄弟马林鱼时，他的借口是这是一种生态法则："这一个总要去杀死那一个。鱼一方面养活我，一方面要弄死我。"（81—82）他把自己的不得已的杀戮看作完成自己的超越、同时也是马林鱼的超越的崇高使命。在老人的意识里，他清楚地知道杀死自己的兄弟不合适，是一种罪过。然而，他对"罪"却感到非常的困惑。这个世界在一个共同的认知空间里业已开发了一套深奥的体系来阐释

"罪"："什么都是罪过了。……有些人是专门来考虑犯罪的事儿的。让那些人去想吧。"（81）自己对"罪"的"知"与"行"之间的困惑让他很痛苦。几千年前苏格拉底说没有人会"明知故犯"地做错事的时候，他大概无法预测在今天清晰地了解了自己的行为本质之后的人们，都会清晰地做下许多错事，然后找一些借口来为自己的行为搪塞。要么是人类认知空间里的标准出了问题使人们无法区别"善"与"恶"，要么就是人类离开罪恶则无法活下去。就像在《丧钟为谁而鸣》里安塞尔莫所遇到的问题，人要想实现某种追求，就必须犯下某些罪恶。安塞尔莫可以决定通过牺牲自己的生命来为人类的罪行求得救赎，然而他的死虽然成全了他个人的想法却不可能成为人类真正的救赎。所以，老年的桑提亚哥知道他现在来思考罪孽已经"太迟啦"。

他"生来是个打鱼的，正如鱼生来是条鱼"（80）。老子所谓"物形之"，万物各取其类之后，就必须完成自己的类别属性，看各自能不能配得上自己的类别属性，来实现其"形"所希望、所设定的价值。因此，这个"形"，包括身体，就远不及承载类别价值的使命那么重要。从空间概念的角度辨析，身体行为的感知空间应该与"鱼"、"打鱼的"这些内容结合起来服务于在历验空间的生命表演。因此，老人才会不太顾及自己的血肉身躯（器官感知），不太顾及对"必杀"使命（大脑认知）的焦虑。

因此，在老人那里，尽管杀戮是罪孽，但同时也是一种天命，马林鱼在其中像朋友兄弟般地帮助老人实现自己的更高生命意义，也就以"细致与圣洁的方式"（Beegel，2009：536）赢得了老人的尊重。在老人杀死马林鱼的瞬间，这种意义以一种仪式化的方式被推到了高潮：

他忍住一切的疼痛，抖擞抖擞当年的威风，把剩下的力气统统拼出来，用来对付鱼在死亡以前的挣扎。那条鱼朝他身边游来了，轻轻地来到他的身边，嘴几乎碰到了船身的外板。它开始从船旁边过去，它，那么长，那么高，那么宽，银光闪闪的，还围着紫色的条纹，在海水里没有尽头地伸展了开去。老头儿放下了钓丝，把它踩在脚底下，然后把渔叉高高地举起，举到不能再高的高度，同时使出全身力气，比他刚才所集聚的更多的力气，把渔叉扎进正好在那大胸鳍后面的鱼腰里，那个胸鳍高高地挺在空中，高得齐着一个人的脸膛。他觉得铁叉已经扎进鱼身了，于是他靠在叉把上面，把渔叉扎得更深一点，再用全身的重量把它推进去。接着，鱼又生气勃勃地作了一次死前的挣扎。它从水里一跳跳到天上去，把它的长、宽、威力和美，都显示了出来。它仿佛悬在空中，悬在船里老头儿的头上。然后它轰隆一声落到水里，把浪花溅满了老头儿一身，溅满了整个一条船。(71—72)

虽然是血腥的杀戮，我们却看不到通常意义上与杀戮相连的邪恶、仇恨、贪婪。我们看到的仅仅是生命潜能的展现，历验成就感，还有生命能量在短时间内，在渔叉与鱼身体接触的特殊空间点上瞬间聚集与放大强化。离开了鱼的庞大空间体积，没有了双方拼尽其所有的能量，这一终极的生命表演的全部意义将会大打折扣。老人把渔叉扎进鱼身体时，他用的是"全身力气"，那么接下来，他是从哪里得到"比他刚才所集聚的更多的力气"？只能是他从自我的能量强化中超生命极限地发挥！铁制的渔叉是他身体的延伸，因为他可以"感"觉到渔叉进入了鱼的身体，然后用自己的"全身的重量把它推进去"。在渔叉的帮助下，他物理身体的重量进入了他兄弟马林鱼的身体。这种肉体的进入建立在相互的理解基础之上，是双方的认同。两个独立的兄弟般的个体以渔叉并为一体，完成瞬间的超越，进入新的空间循环层次，是死与生完美结合的悖论体。这种认同与结合在后来与鲨鱼的群斗中得到强化："我们已经弄死了许多鲨鱼，你和我，还打伤好多条。老鱼，你究竟弄死过多少鱼啊？你嘴上不是白白地生了那个长吻的。"（89）

在他们之间没有其他东西的干扰，没有语言、没有礼仪、没有其他的力量，只有理解的沟通与超越的过程。生命仿佛在瞬间变成了慢镜头，变成了浪花四溅。

从马林鱼被杀后心脏里流出来的血"先是在一英寻多深的蓝色的海水里黑黝黝地像一个浅滩，然后又像云彩似的扩散了开去"（72）。这种血扩散的画面也在暗指着大量的鱼群的再生，好像马林鱼没有死，而是在海水里转换着生命的空间存在形式，带着自己的纯洁与高贵像云彩一样扩散开来，升向更高层次的天空，一个属于天帝精神的空间。

四　老年空间里的语言

杀死马林鱼也标志着小说的高潮，而随着对马林鱼血扩散的描写，老人必须开始"干辛苦的活儿"（72），马林鱼从此不再是马林鱼，而要变成鱼尸体与骨架。干活时他必须沉默无语。人是通过语言来进行同类之间的深层沟通和交流的。一人独行深海，他就可以很轻易地回避一个以语言作为人类特殊交际工具的世界。我们接下来还会看到，小说虽然有大量的语言来表述老人的内心活动以及与海鸟、马林鱼的对话，但都不是真正意义上的工具性"语言"。他只是在自言自语，他以无语以及深海独行的形式去除自己的社会性。所以，这里的无语不是失语——无语完全不同于失语。失语是完全意义上生理机能的病态衰退，小说里的无语既暗示着生理机能的自然衰退，也同时隐喻着主动地放弃语言的"此在"，是德勒兹意义上的通过对语言世界的"去疆域化"（deterritorialization）而走向一个新的"疆域重构"（reterritorialization）过程，并借以走出因年老而无性、无力的虚无。

拉康强调，"不是无意识产生语言，而是语言产生无意识"（转引自胡经之，2003：149），而无意识是"他者的话语"（胡经之，2003：159），放弃了语言就等同于放弃了一个存在于我们无意识中的"他者"的异化世界。一个有形的肉体即将逝去，而同时他也就开始走上人性的"回归"之途。拉康指出，"学习语言就是暴力、抑制和异化的开端，而人要进入社会，领到社会通行的语言的身份证，他就必须学会自己的名字而自我命名，这就是异化的开端"（胡经之，2003：160）。如何摆脱异化，回归到真正意义上的人，是哲学家和艺术美学家所孜孜以求的宏大命题。塞尔登（2000：146）也说："没有一种话语是起源于自身的，一切话语与其说是自身的，毋宁说是社会的。"所以，在现实生活中我们实际上是生活在一个他者语言的异化社会里，我们生存着，却找不到"从心所欲"的自我家园。老人只有一个人在海上时，在身边没有任何人或东西的时候，他才有望进入一个远离他者、完全属于自己的语言世界。如今，这种沉默的无语情景又回到老人原来的喋喋不休的自语状态。通常情况下，渔夫们都是以无语居多。老人习惯上是：

……独自高声说话的了。往年他曾经独自歌唱，有时候在夜里歌唱，那是轮到他独自在渔船上或者在捉海龟的船上掌舵的时候。当他孤单单的时候，当孩子不跟他在一块儿的时候，大概他才大声说起话来。但是他已经记不起了。他跟孩子一道打鱼的日子，通常只是有必要才交谈几句。他们的交谈是在更深夜静，在风涛险恶得不能开船的天气里。(26)

平时我们说话是为了交流，我们关注的是说话里面的内容。而当他独自一人的时候，他需要的是声音，是嘴这个器官发出的声音对耳朵这个器官所接受到的声音之间的交流，告诉自己虽然是一个人，但是却不孤单。只有跟孩子在一起的时候，才不再感觉到孤单了，不需要声音的提醒，说话在传导信息之外就显得没有必要了。

而在渔夫之间，他们在船上的工作仿佛是被程序化了，简单而固定，他们只需要完成各自分配的任务，通常也就没有必要来交流，因为大家都清楚自己该干什么。好像那种语言的空间，或者太多的语言交流会对他们的工作带来不良影响，因此"一般人认为，没有必要时不在海上交谈是一桩好品德，老头儿也抱这样的看法，因此他就尊重这一桩品德"(26)。一个人的时候，"没有一个人会受到他的打扰"(26)，他就可以"把他心里想说的话高声地说出"(26)，更主要的是他需要排解自己的孤独。人类的语言空间十分奇特，在一般意义上的信息交换之外还起着很多的作用。首先，人是语言动物，语言却一直在摆脱其所赖以寄生的主人来追求自己的空间自治。语言离开了交换信息的需要时，就进入了受其自身空间规律控制的自动化流程。一如拉康所指出的那样，经常不是主体在言说语言，而是语言自己在说话。即使是一个人在沉默的时候，他也是以沉默的方式用语言做工具来思考。因此，老人只不过是在一个人的时候把"他的想法大声说出来"而已。

其次，老人也希望通过语言来劝说自己的身体进入行动状态。人体器官经过与其主人一起走过的风风雨雨，有的开始形成自己的独立空间，发展成为一个个"无躯器官"，各自的行动并不完全听从身体这位"总司令"的召唤。当自我带着身体想成就一番事业的时候，身体的许多器官可能会消极怠工，拒绝参与联合行动。老人就必须通过语言来提醒、哄骗身体包括各种器官来一起参与集体行动。这种内部思考语言与外部交流语言之间的对比可以清晰地通过说话时的人称变化来看出来：

> "我还有鱼钩呢，"他说，"但是那没用处。我有两把桨，一个舵把，还有一根短棍。"
>
> 他想：这一回它们可把我打败了。我已经上了年纪，不能拿棍子把鲨鱼给打死。但是，只要我有桨，有短棍，有舵把，我一定要想法去揍死它们。
>
> 他又把手泡在水里。这时天色渐渐地向晚。除了海和天，什么也看不出来。天上的风刮得比先前大了些，马上他就希望能够看到陆地。
>
> "你累乏啦，老头儿，"他说，"里里外外都累乏啦。"（86—87，我的着重）

他知道自己面临的这场战争中有着在数量上远胜于他与他兄弟马林鱼的敌人，他清楚地知道自己很难赢得这场战争。但顽强与高傲的他不会退缩屈服，他必须想尽各种招数来最大可能地坚持下去。给自己鼓舞士气的方法之一就是在气势上压倒自己的敌人，所以"我"一定会坚持，因为"我"还有可以赖以坚持的资源。而当他以"我"的身份对"身体"说话时，他就用到了"你"的第二人称说法，自己对自己状况的承认。包括前面的"你想得太多了，老头儿"。这时候，没有外在的敌人，只有内在的身体与自我。他需要自己结合内外力量共同对付强敌。

当然，语言对于老人来说，还有一个非常重要的空间建构功能，就是建立他自己的精神家园，通向天空的"向上"神性诉说。老人的宗教既脱胎于传统宗教意义上的信仰，又摆脱了一般意义上宗教的形式束缚。他有自己对"罪孽"的认识以及与上帝沟通的方式。他的宗教是建立在实用层面的身体宗教，以许多的"如果"作为交换的条件："要是我捉到了这条鱼，我一定把所有的那些祷告都说一遍。"（90）

宗教是主体对超出自己认知能力范围之外的天神的崇拜，他相信这样的天神上帝会指引自己走上正确的超越之路。在自我与上帝之间只有虔诚的诉求，而不应该有延时的任何附加条件。然而，随着实用的进化主义以及对宗教的（通常是错误的）阐释、经义的机械性灌输，本来属于认知空间里的旨在引导个体走向极乐自由世界的宗教已经成了妨碍主体进入历验空间的最大障碍。天神——佛陀也好，耶稣也好，安拉也好，或者是其他的什么名字——作为一种精神力量、作为肉体性的提升，必须是建立在一个个活生生的个体身上，而不是在这些个体的外面。现在的问题是，在这个世界上，随着宗教教义的深入性、区别性发展进步，没有人能够躲避开通常意义上的自动化的宗教行为，甚至包括我们的日常语言，不少人开口就会说:"耶稣!""阿弥陀佛!"桑提亚哥老人也正在受到这种宗教意识自动化倾向的潜能的控制。当他感到绝望无助的时候,他就会开始向普通宗教意义上的上帝诉求:

> "我不信教,"他说,"但是,如果我能捉到鱼,我要说十遍'我们在天之父',十遍'福哉玛利亚',我许愿,如果我捉到它,我要去朝拜柯布雷地方的圣母。这就是我许下的心愿。"他开始机械地作起祷告来。有时候他太疲倦,记不住祷告文了,于是他就飞快地说下去,以便能够顺嘴说出来。他想:说"福哉玛利亚"比说"我们在天之父"容易些。(48)

他清晰地知道自己不信教,但却要完成自己的宗教祈祷。这不是如前文所讨论过的杰克·巴恩斯式的戏谑祈祷,正好相反,这是真正意义上人的心灵诉求。被求助的对象没有人清楚,连桑提亚哥本人也不清楚。但是必须有一个这样的超验对象。这是真正的"人的宗教",在精神与肉体被困到极点之时,肉体又无法毁灭、精神还要维系,自我还在努力。这样一种不放弃的向上性,就是人的神性。海明威的人的宗教实际上是反宗教的,充其量只能说是半宗教的,因为他的宗教少了一份传统"纯"宗教的无条件膜拜,多了一份有条件的讨价还价。而且形式也可以因人而异,不必拘泥于刻板的套路,当他记不住祷告词的时候,他可以"飞快地说下去",而不是以具体的呆板的辞章完成这种心灵的仪式。弗汀(Verduin,1987)认为《老人与海》是"海明威一生与基督教关系的顶峰",尽管它"既不是寓言也不是信仰的完全告白"。瓦格纳针对性地指出,由于人们在求助于基督时,必须包括牺牲和信仰体系,他强调说"大海是老人的居所，不是基督的领地"，人的行为是对环境的直接反应，因而是一个自诩的"正确"反应，他也因此而无须祈祷。基于此，我们有理由认为，除了客观唯心主义以外，对于祈祷的理解都是诉诸祈祷者内心的心路历程，不会有外在的实际收获。相反地，如果一个人"作孽过多"，纵然再诚心的祈祷也恐怕于事无补，如孔子所言"获罪于天，无所祷也"（《论语·八佾》）。当个体祈求外界有一个力量会出现来帮助他，这时如果真的出现了某一力量（有时甚至是他所祈祷的那种力量），那么不是巧合，就是虚诞（例如超现实的浪漫主义表现手法）或迷信式的自欺欺人。但如果祈祷者感到内心获得了一股力量，并认为是祈祷带来的作用，那么祈祷的意义就在他身上得到了实现。如果祈祷者觉得自己的祈祷没有回复就认为祈祷没有意义，祈祷者就有可能被指责为"心不诚"，如果其认为自己祈祷的力度不够而继续祈祷，祈祷事实上仍在起作用。

海明威的大多数人物都经历了宗教的维谷。一方面，主体知道他自己的无能，也害怕那不可避免的生命悲剧性归宿，于是，他需要上帝的帮助。但他的科学知识与实验经历又清晰地告诉他没有这样的上帝会来到他身边帮他。杰克·巴恩斯跪在教堂里要上帝给他钱；安塞尔莫祈求着上帝能够宽恕人类的嗜杀罪孽；弗雷德里克也只能是到了夜晚被黑暗的恐惧无边地包围着的时候才会有虔诚的宗教感。他们都被一种人性的宗教"必须"所绑架。老桑提亚哥的"自动化"与"机械化"祈祷本身就充满了矛盾。他坚信杀戮无罪，而同时又自我反驳、自我解脱说"一切都是罪过"。他在祈祷中要求自己的罪孽得到宽恕："万分恩典的圣母，上帝与你同在。你在妇女中间是有福的，你的儿子耶稣也是有福的。圣洁的圣母玛利亚，现在

以及在我们死亡的时刻替我们有罪的人祈祷吧。阿门。"（48）
这种认知空间是会给他一定的能量，所以祈祷以后他马上就会
"觉得心里舒畅得多"，但它毕竟是一种认知能量，并不能完
全地代替感知能量，所以"手还是跟以前一样痛，也许还要
痛得厉害一点儿"（48）。

面对老人这种反传统宗教式的祈祷，我们还是认为必须从
宗教虔诚的角度来解读他的这种生命宗教、身体宗教，因而也
就是历验空间里的宗教。他没有以宗教的仪式来斋戒沐浴，可
是他基本不进食；他对鱼保持着一份忠诚，对孩子更是一如既
往视同己出，九次在不同情境下念叨"我希望孩子就在身
边"，这"突出了老人的孤独感，渴望情感的温暖"（张薇，
2005：74）。他在梦境中反复叩访狮子的景象，他对大海矢志
不渝的爱与奉献，他对捕鱼技巧精益求精的追求，都见证着他
那超出一般宗教意义的虔诚。他捕鱼，尤其是最后与这条兄弟
般的马林鱼的对话，并不完全为了他的生计："你把鱼弄死不
仅仅是为了养活自己，卖去换东西吃。你弄死它是为了光荣，
因为你是个打鱼的。它活着的时候你爱它，它死了你还是爱
它。你既然爱它，把它弄死了就不是罪过。不然别的还有什么
呢？"他追求的是一种宗教意义上的生命超越："虽然这是不
仁不义的事儿，我也要让它知道什么是一个人能够办得到的，
什么是一个人忍受得住的。"（49）他追求常人意义上之不能，
追求自我对自我的认同与提升。任何外在的价值尺度在这里都
没有了意义。他给自己先设性地设定了一个目标，然后义无反
顾、无怨无悔地勇敢地向这个目标迈进。这种超出任何实际所
得、任何追求层面上的精神提升才应该是一切宗教的本质。人
类自从有了独立意识，就可以自我设计，然后围绕自己内在价
值，用爱、用奉献、用忠贞、用礼仪、用毕生的坚忍与实践，

来演绎自设的宗教虔诚。这就是那位老者在黑暗的夜里坐在咖啡屋品尝白兰地时陪伴他的那一丝亮光，映照他勉强维系的脆弱人性神气里，维系在他勉强不致蹒跚的步履中，在他那不洒的饮料中，在他那从不间断的对咖啡屋来访的坚持里。但在桑提亚哥这里，我们就相应地看到了这份人性的亮光被放大了，老人更加积极地走出来了，他接上了天地的灵气，有日月星辰的光辉陪伴他、辉映他的行程。虽然他在广袤的大海上微不足道，但他却感觉不到黑暗的压力，也不会迫于外部黑暗而需要虔诚，他的虔诚来自内心。

瓦格纳（Waggoner，1998）曾用道家理论来解读这部小说。他从三个方面将道家理论应用于自己对《老人与海》的文本分析，即：第一，明显相反力量之间的平衡观、阴阳互抱观（例如老人作为渔夫的幸运与不幸运、他对马林鱼的敬意与必杀的决心）；第二，内外部景观与地理的联系；第三，将变化与周期运动接受为物理世界与精神世界里非同凡响的力量。类似地，我们可以进一步地用《周易》的"谦"卦来解读老人。因为老人公开地感受到了自己的"谦"："他知道他已经变得谦卑。""谦"卦（䷎）由上面的"坤"卦（☷）与下面的"艮"卦（☶）共同组成。地山谦的卦象表示当高高在上的山愿意俯身于广袤的大地之下的时候，就具备"谦"的品质。而卦辞里的"谦谦君子"（"初六"）的双词叠用暗示该卦中实际上隐含的是两种"谦"，"坤"所代表的像大地一样的无条件的"谦"与"艮"所代表的局部的像高山一样的有条件的"谦"。老人有条件的"艮谦"与大海无条件的"坤谦"结合在一起，对应了《周易》六十四卦中少有的六爻皆吉的"谦"卦卦象。老人以他人生的阅历与职业历练，却为而不居，逐渐向广阔的大海敞开他的胸怀，可以包容一切，为自己所不能为，他不隐讳自己对"谦"的品质的获得，是"鸣谦"（"六二"、"上六"）之象。他拼搏不息则是一个"劳谦"（"九三"）的君子形象，而整个"谦"卦的主题则是指示人们可以永不放弃、永不言败的人生进取意象：可以面对各种艰难险阻、"用涉大川"。他最后悲悼自己"走得太远"则也暗示他离"坤"谦还存在一定的距离。人们从老人反复梦到的"狮子"这一自由母题中读出的是对自然界那种"弱肉强食"的"丛林法则"的指涉，如人所论，"丛林法则是维护动物界秩序的法则，它同维护人类社会秩序的法则不同。人类虽然在许多方面有着同动物类似的特点，但是人的理性使人把自己同动物区别开来，并形成自己的生活伦理"（聂珍钊，2009）。人的动物性要求我们按照丛林法则来维护自身的生存，而人的社会性又要求我们以一份谦卑的伦理、一份向上的宗教神性来和平共存。这就解释了为什么老人梦到的会是"小狮子"，像猫一样的温顺，却又是一只可以为王天下的"百兽之王"。

在小说中，无论是"小狮子"还是"小孩"，都似乎是对故事的发展没有太大意义的自由母题。如果说幼狮有未来"兽王"的暗喻，小孩则是老人的学徒/继承者，是老人交流与倾诉的对象，同时也是在生生不息的生命轮回中由死到生的换喻体。

小孩虽然迫于父母的压力一度离开老人，但最终他还是下定决心要重新跟定老人，既有学习的目的，也不排除心疼老人而想充当老人帮手的情感因素。对于老人而言，后者的意义似乎更现实些，所以他才在几个关键的时刻一直在念叨着，希望孩子就在身边，既是希望小孩给他一份力所能及的帮助，更是想能够将他自己用毕生经历领悟到的人生经验形象地表述出来、传授给小孩。

在格林（Green）看来，老人的一声自语"我走得太远了"，总结了作品中的关键事实："猎物本身毫无用处，也不会生产出价值。"这固然非常正确，但格林总结说，"然而只有当猎物的诱惑自现于桑提亚哥面前时，他才逐渐认识到，没有小孩他永远也不会获胜……只有小孩一个人既不知道失败也不知道击垮"，"时光已逝，忍耐是他唯一的期待，不被打败，却被彻底地毁灭"，在这一点上却似乎有待商榷。把《老人与海》降格为俗世的"胜"与"负"、"得"与"失"的追逐，将会使作品的价值大打折扣，也是对小孩的文本意义的明显误读。一个老人，只要他不行动，安心无为，他的结局必然是彻底的肉体毁灭——这是不可抗拒的自然法则。然而，他却要坚持去面对另外一种更明显的失败，这种挑战命运并直面死亡的精神旨在诠释人对生命意义的追求。老人并不完全是为了那一条鱼的世俗价值——尽管一条大鱼会让他的生活条件在很大程度上得以改观。他追求的是在捕获马林鱼的过程中对生命意义的印证，而不是俗世的胜利与失败。此时只有小孩才能真正理解老人的所为："它没有打败你。那条鱼没能打败你。"（96）

但小孩存在的更大意义则在于作为死生转换的喻体。与老人一样，他同样拥有一个"类名"："the boy"，却很少被提到其真实名"Manolin"。全文中——包括老人在自言自语中对孩子的指称——用的都是"the boy"。老人在当面交流中基本上回避了对孩子的称呼，而是用一般意义上的"你"（you），只有在作品的开头和结尾他才两次用到了小孩的实际名字 Manol-in——这是海明威故意留下的文本信息，旨在告诉我们，小孩并非没有名字，是出于叙事的需要才将其名字指称进行类别化处理。老人呼唤他的名字，也意味着唤出一个新的具体生命，而且老人在最困难的时候非常清楚地说出了这样的意思："那孩子使我活得下去，他想。我不能过分地欺骗自己。"（82）剥夺一个人物的名字，即让其走向（重新）开始的混沌初开状态，赋予其具体的名字，则意味着让其正式存在。老人在海上不止一次地念叨："如果孩子在这儿多好啊！"他没有用到小孩的名字，因为生命的交接仪式还未完成，老人注定单独地完成自己的死亡来寻求生命意义的印证。小孩只是以一个象征性的仪式来帮助老人完结其生命：他默默地为老人做着一切。在小说的最后，老人正在完成一次以睡眠作为隐喻的死亡交接仪式：

> 在路那边的茅棚里，老头儿又睡着了。他的脸依然向下，孩子坐在一旁守护着他。此时老头儿正梦见狮子。（99）

与列斐伏尔相类似，韦勒克也曾非常直接地指出，在文学作品中"'睡'就是'死'"（1984：205），老人在自己的睡梦中多次梦见过幼狮，如同"黄昏时的小猫"，但"从来没有梦见过小孩"，叙述者再次以"否定叙述"的形式来强调这种梦境的缺失是因为小孩是在活生生的生活中，而且将要成长为一个真正的渔夫。"幼狮"是联系他和孩子的精神载体，"黄昏"是"结束"的隐喻，"小猫"则是"成长"的象征，在这种"死"与"生"的微妙转换中终将有一天会长成狮子。

老人为什么那么希望小孩在自己身边，却并不坚持让小孩跟着自己打鱼？他坚信自己会对小孩的成长有好处，心里也非常清楚小孩心里的愿望，他或许只要简单地纵容，哪怕只是暗示一下，小孩也会跟着老人走的。由于他们之间是"师徒"

关系，用"蒙"卦来解读的话应该再恰当不过。由"山"（☶）、"水"（☵）构成的"蒙"（䷃）卦与现代的教育观念并不完全一致，而是强调学习者的主动，按今天的话来讲，就是学习者的"学习动机"与"领悟"能力至关重要。从学习动机来说，必须是学习者对老师的追随，所以才有卦辞"匪我求童蒙，童蒙求我"的为师的矜持，为徒的必须有先生"举一隅"加上自己以"三隅反"，否则多教也无益，所以卦辞才说"初筮告，再三渎，渎则不告"，这完全不同于现代意义上的教育观，要求老师必须"诲人不倦"，而是要求学习者用心、用虔诚去观察、思考老师之所教，否则就是一种"渎"。而蒙卦的总结是"利贞"，最后小孩曼诺林终于打定了主意，不管自己的父母说些什么都将跟定老人，也是呼应了"利贞"的"蒙"卦注释。

我们可以得出结论，从老年的桑提亚哥中我们看到了曾经年轻的渔夫，可以赢得一切他想赢的胜利。到了老年，他为自己的思考与宗教意识折磨着，进而他希望成为一个不思之人。这三个层面分别地代表着不同的空间层面——感知空间里的身体运动，认知空间里的"正确/错误"区分以及历验空间里对生命意义实现过程的全部行为。在老人身上，我们也看到了这三个层面的空间可以并存不悖。

可以说，海明威的《老人与海》在美国的影响是深远的，后来的冯内古特、欧茨等主要作家无不公开表示自己对海明威，尤其是对《老人与海》的崇敬，而冯内古特更是在模拟着《老人与海》的模式来生活，他在自己的小说《时震》的开篇提到了海明威和他的作品《老人与海》，并重述了故事梗概。而且，如人所论：

《时震》是冯内古特为了摆脱自己的艺术困境而着力创作的小说，而这部小说在很多方面反映的也正是挣扎于困境之中的文化人和艺术家。冯内古特已经 70 多岁。这位"老人"用笔撑着他孤独的小舟，在对文学不屑一顾的商业社会的大洋中搏击风浪。在艺术地位岌岌可危的当今西方社会，他面对的局势比海明威更加险恶，主要已经不再是"鲨鱼"对"马林鱼"的攻击，而是整个时代对文学艺术的威胁。（虞建华，2002）

"老人"的生活方式正在成为人们追求的生活模式，一种面对人性强敌的空间拓展，为自己的心而存活。一种艺术引领人们生活的历验空间或许将成为某种时尚。

结　语

亢龙有悔到从心所欲

一　海明威老年母题的嬗变

"老年"是一个非常不容易定义与分类的概念。我们会因学科差异而有病理学科、心理学科、社会学科等等大相径庭的分析维度或定义标准。《道德经》上讲"物壮则老",而《礼记·曲礼》上讲"三十曰壮",按照这种传统定义,"老"的时间会大大地提前,远远地早于人类肉眼所能观察得到的衰老特征出现以前。尚未进入衰老期的人们往往会出于种种需要把老年理解为原型智者(姜是老的辣)、老而无用者(昏庸老朽)、行尸走肉(老而不死)……老年被赋予了太多的社会文化意义。而时代发展到今天,个体的权利、个性特征在得到不断张扬,老年人自己也好,对老年人充满价值期待的社会也罢,都应该努力营造一片属于老年人自己的天空,我们应该树立一种"人生从七十开始"的新型积极老年观。

从海明威众多鲜活的老年形象中我们读出了这样的信息:老年毫无疑问是许多人都必须去面对的一个人生障碍。然而,当主体能够以合适的心态进行取舍时,这一阶段并不是生活的黑暗面。人生,虽然本身首先表现为一个自然的生态进程,但由于社会与个体的意识形态的介入,都以各自的"小算盘"

加上共同的"大算盘"干预着这一生态进程,加上我们先天或后天的各种不足与缺陷,人生因而充满了异样的艰辛。我们都不希望在人生历程中犯下错误,但我们却经常发现不管做什么,总难免会招来"悔吝"与"迷失"。但正如陶洁在阅读海明威时所说的"人是不会永远失落的"(2004:160),海明威似乎对人类世界的本质有着一种非常清晰、坚定而超脱的认识,总希望借助笔下的人物来演绎人生拼搏中那一丝最后的"神气"与尊严、"重压风度"和"胜者无所获"(winner-take-nothing)的洒脱与困境悖论。面临着传统上帝被驱逐的现代语境,他还尝试以他自己的独特理解来追求宗教救赎,追求一种属于人而不是属于神的"人的宗教",作为人希望走出"必死"悖论,进入永恒的生命循环的努力。诺地亚(Nodia,1991:35)这样表述说:

> 我们不再需要等到末日审判,因为我们的唯一希望存在于我们自己的创造力之中。人们能够、也必须把自己看作"永恒的存在"(Universal Being)……他的任务就是为那样一个"永恒造物主"创造一个值得栖身的"新世界"。在另一方面,他必须把自己的人类身躯与灵魂以这样的方式来进行转换,使得每一个个体的人都配得上其自己的内在永恒创造本质:他必须为自己创造一个"新人"。

这种"新世界"并不总是由个体一人组成。更多的时候,其中包含着许多的人。老年的桑提亚哥选择走向深海,在那里他享受到了绝对意义上一个人的世界所拥有的自由。然而,旅行是短暂的,不管他能不能捕到自己心目中的那条鱼,也不管他会在海上停留几天，他都必须回归到人类文明中来。

从本书所选入的作品中我们可以清楚地看到海明威在其创作生涯中处理他的"老年"母题时的明显变化。在他的早期作品中，如在1926年的《太阳照常升起》、1929年的《永别了，武器》中，两名老年伯爵分别被描写成智慧与阅历的化身，用曼格姆的话来说就是"海明威型英雄最早妊娠"（Mangum，1982：1623）。然而，相对单一的象征剥夺了两位伯爵的内心变化，使得他们的叙事功能趋于平面化，略显呆板。此一时期的海明威更多的是在关注第一次世界大战的屠杀给人们带来的灾难。由于看不到人类战争互相残杀的任何意义，他让两名充满失落的主人公以一种对往日美好怀想的形式来接受老年伯爵，与"孤独和绝望为主旨的迷惘的一代人的哲学"（Hazlett，1998：26）形成明显反差。两位老人都无一例外地理解、接受生活，为那迷惘的一代人提供了一面镜子。然而，对于一个像海明威这样的作家来说，他是在努力"找寻一个有用的现在而不是寻找一个有用的过去"（McCormick，2000：57），尽管写于1933年的《一个干净明亮的地方》里的无名老人似乎还是一个死亡的符号，然而，在他接下来的关于西班牙内战的作品中，他开始寻找一种老年英雄式的突破，安塞尔莫不再是别人的"镜子"，他有着自己的心路历程。1938年的《桥边的老人》与1940年的《丧钟为谁而鸣》里的两位老人如果算不上"英雄"，但至少也是某种意义上的"准英雄"了。当这两位老人找不到答案时，桥边老人选择了犹豫而不是逃生的本能行为；安塞尔莫则决定听取罗伯特这个"外国人"的指示，不惜为自己心中的共和国献上自己的生命。到了1952年创作的《老人与海》里，海明威对"老年"的处理走向了他个人艺术表现的巅峰。老人（桑提亚哥）身上有着海明威希望倾注的全部人类价值。有勇气，有重压风度，有男子汉气概，有承受痛苦的能力，有面对失去包括生命在内的一切的气度（Tyler，2001：55）。

二 海明威的"人的宗教"与"不思人生"

尽管有人不喜欢海明威在老年桑提亚哥身上表现出来的耶稣受难式的宗教虔诚，并认为这是海明威艺术创作中的"败笔"（McCormick，2000：56），但我们至少能够读出海明威作品中所表现出来的那种非常强烈的"宗教情结"。宗教的绝对空间在许多人看来是"上帝无所不在与拥抱一切的工具"（Copleston，2003：289），荣格也说，"正是宗教象征的角色给予人类生活以意义"（荣格，1988：67）；弗莱认为"宗教中的认同与诗歌中的认同，二者的区别仅限于意图：前者属于生存，后者属于隐喻"（弗莱，2006：201）。海明威本人虽然骨子里有着一种宗教的虔诚，但又接受不了庙宇教堂式的体制教条（Idema，1990：138），他于是努力创造一种"人的宗教"。在海明威的创作设定里，一切都可以成为宗教虔诚的"教堂"：山洞、夜的黑暗、咖啡屋、无边的海洋；而在同时，真正通俗建筑物式的教堂却是"性无能"的象征，巴恩斯跪在教堂的祈祷也就成了一种对宗教的反讽与戏拟，他也因而被看作一个"技术操作型"的天主教徒（转引自 Cheney，1985）。伯里奇总结说，亨利·弗雷德里克旨在把他所爱的女人作为"宗教信仰的可能替代品"（Berridge，1984：65）。祈祷是宗教的主要表现形式，是内在的心灵与外在的上帝在绝对空间里的对接。在杰克·巴恩斯那里，由于上帝的现代性缺失，即"我们再也没有可以祈求帮助的神了"（荣格，1988：81），宗教也相应地变成了一个丑陋的教堂所代表的绝对空间。在本研究中其他角色的祈祷中，再无一人与教堂这类绝对空间发生关联，却相反地更加接近宗教层面的心灵对话，或者说更接近于海明威所希望确立的"人的宗教"意愿，即人必须拥有一种精神层面的超现实的信仰，而这种虔诚的信仰追求却不是（或者说不应该是）建立在以教堂为主要载体的仪式性虔诚上。所以，在表现手法上，海明威的宗教少了一份宗教意义上的仪式与呆板，多了一份（美国式）人的实用与灵活，将"耶稣的生活运用到读者他们自己的经历之中"（Cheney，1985），其中甚至是多了一份商业意义上的、实用的讨价还价。杰克的祈祷是对传统宗教仪式的挑战与颠覆，而葛雷非伯爵则多了一份对宗教虔诚的"渴望"，他在明知自己不能做到虔诚的时候，把这个任务交给了他的朋友，至于朋友们是否真的会帮他"虔诚"就不是他愿意劳心的事情了；弗雷德里克对无情的上帝表现出了一份无奈与绝望；安塞尔莫怀疑上帝的存在，因为在他看来，如果上帝真的存在，就不该有这样的残酷战争，但安塞尔莫丝毫没有让这种怀疑影响到自己的精神信仰。在本书所选择观察的人物中他是最虔诚的祈祷者，而且也是祈祷效果最好的一个，因为他的祈祷让他真的感到心里好受起来了。更主要地，他不仅仅是在祈祷自己的得救，而是在为所有人，为整体的人性祈祷。在《一个干净明亮的地方》里的年长侍者的口里已无所谓祈祷的祷文了，我们只能从其口里重复的语言结构形式上来判断其类似某种宗教意义上的祷告。在他无序的白话散韵中有"给我们这个虚无缥缈吧"之类的语言与重复，其中的祈使诉求非常接近于传统宗教祈祷形式，我们才认定他仍然是在进行着类似祈祷的宗教仪式。在他的祷告中，他没有明确的求助对象——他没有"上帝"，也没有明确的求助内容与目的，更没有肃穆的绝对空间——他不是在教堂里祈祷某个外在的超自然力量来驱赶正在困扰他的、像黑夜一般的无边虚无。然而，他的祈祷似乎有了一定的效果：因为祈祷之后他可以"含笑"去验证一个酒吧与他的咖啡屋的区别了。老年桑提亚哥的祈祷是与上帝的直接交流与求助，但是他差不多完全不熟悉祈祷时的宗教仪式要求，他不熟悉祷文，只能以快速祈祷的形式来自欺欺人地"蒙混"过去，他或许应该知道，"上帝"是不存在被蒙骗的可能的。老人身上带有人的市侩与狡黠，他甚至用有条件的谈判来与心目中的上帝沟通。因此他的祈祷几乎没有给他解决任何问题。他的手还是在疼痛，而且似乎是痛得更加厉害了。

人们或许有理由坚持认为海明威的宗教情结是他创作的一种"败笔"，但是海明威对依赖于教堂组织形式的传统宗教的不屑表明，他或许也像荣格一样看到了这种大范围的宗教危机：

> 世界上的大宗教忍受着正在加剧的贫血带来的痛苦，因为，能帮助我们的精灵从树林、江河、山脉和动物中，以及"神人"（god-men），都消失到我们的潜意识中去了。我们自欺欺人，以为他们不光彩地存在于我们过去的遗迹中。我们现在的生活被"理智"女神所支配，她是我们最伟大最有悲剧性的幻想，我们可以借助理智向自己保证，我们已"征服了自然"。（荣格，1988：81）

阅读海明威的宗教，我们就是在阅读自己，阅读我们自身最深处的精神诉求与呐喊："我们大多数人在某种意义上说也是原始的，尽管我们的生活中到处充满了机器。我们有我们个人的宗教仪式，小小的迷信，象征，恐惧和噩梦，而海明威使我们不知不觉想起了我们生活其中的那些隐蔽的世界。"（考利，1980：127）对于人类信仰缺失的悲叹，对于理性过度的无奈的矛盾心理自始至终在海明威的作品中都有所体现，他在宗教中找不到一个明确的答案。于是他只能诉求于自己的另一主题："不思人生"。从类别上说，"不思人生"有着两种境界：一种是大脑被动地听从感官的要求，"自我"变成了一副"无躯器官"，器官的功能需求取代了大脑的器官功能——思考；另一种是大脑主动地操控、成功地压制大脑的需求，刻意地回避感官的需要，只追求生命意义的体现，这时的"自我"则变成了"无器官之躯"，以牺牲器官功能为代价而走上了"心"的历程。许多海明威的人物都希望不必思考地活着。老年的不思人生在米比波普勒斯伯爵身上，在葛雷非伯爵身上，在每日定时光顾夜间咖啡屋的老年酒客身上都做到了，他们生活在自己所剩不多的几种感觉器官的自然能量流动里，更主要的是，他们在享受着这种生活常态，不去为生存方式、生命的意义烦心。在我们身边确实也有人似乎可以不必思考地活下去，所以荣格总结说：

> 有惊人多的个体从不用他们的大脑——如果能避开的话；还有同样多的人的确是用他们的大脑，但却是以愚蠢的方式。我还惊奇地发现许多知识分子和精明的人，生活得仿佛他们从不知道去运用他们的感觉器官：他们看不到眼前的事物，听不到耳边的声音，或注意不到所触及或品尝的东西。有些人生活在对他的环境漠不关心之中。（荣格，1988：40）

　　人类这种认知模式上的差异让我们感觉到，我们在很多时候对别人行为的评头论足式的指责可能失之公允。或许不是他们不想那么去做，而是他们做不了，没有那种能力，当然也包括没有那种意识。就像在《一个干净明亮的地方》里的那位年轻侍者，他似乎就可以不必费力地避开用大脑生活，而那位年长侍者就做不到。安塞尔莫与桑提亚哥为自己对杀戮的意义的思考而困惑，老安塞尔莫用自己的祈祷把这个问题交给了上帝，老桑提亚哥只能告诉自己别去思考，而这恰恰是一种人生的悖论，因为我们的"告诉"行为是经过"思考"的。

　　"不思"是一种哲学境界，真正能达到这种境界的人恐怕微乎其微。是"思"让我们成为"主体"，是大脑这一人类特殊器官的使然，我们无法选择，金惠敏有言："由于理性我们无法不成为主体，我们无法回到洪荒，回到与自然同一的混沌，问题因而就只能如弗·利奥塔所寻求的我们应当成为怎样的主体。"（金惠敏，2003：9）在佛家智慧与精进尝试里，以"静"、"止"为修行座右铭，其所追求的当然不会是感官上的"不动""不为"的静与止，而是脑静与心静的境界。《楞严经》上讲"妙奢摩他、三摩禅那"，难于参透并付诸实施的恰恰就在一个"妙"字。"奢摩他"是印度梵语"止"的音译。"三摩"是梵文译音，意思是"等至"，即极点。"禅那"的意思是"静虑"。正常的人恐怕永远也无法做到虚静至极、如同木石花草的无知无觉，佛家智慧希望通过自己的心静、脑静而达到一种有知有觉的"朗照万物、无所不现"的佛禅境界。其最高境界是"心、行、处、灭"。这里的"心"是认知空间里的思维，我们在思维的时候又是以"语言"符号为主要媒介，所以"言语道断"，"思"在妨碍着我们的"行"；"行"

是感知空间里的动作行为，"行"对环境的要求则是"处"，是我们个人小空间与外部大空间里的状态与相互作用，是我们的栖居；只有我们处于无方所、无地点的自由空间"灭"里，我们的"思"才能服于"不思"，是一种"为而不居"的空间态度。所以，"不思"的"静""止"不是感官的自然，而是大脑的"巧妙"施为，是服务于"心"的最高要求。

我们人类的大脑是空间悖论得以产生的关键器官，让人在空间生产的过程中不断地以空间行为走向自己的对立面。但我们应该知道，空间悖论不是绝望的象征符号，而是告别虚假自欺的提示符，因此，列斐伏尔特意提出了一个"空间病理学"（pathology of space）的术语，并指出，我们并不需要走向极端说"人类就是一个怪物、一个错误、在一个失败的星球上的失败物种"（Lefebvre，1991：99）。我们是有许多的问题，但这些问题都是人类发展进步的必然。我们只有秉持一份不盲目地自大自乐的空间真实，勇敢地面对人生的无意义冷漠与孤独，并从这种冷漠与孤独中书写出对生活那种无前提、无条件的热忱，才能最终成就人性的悲剧色彩式的悖论之高贵。

如果我们对这种悖论本质缺少一个清晰的认识，在我们的空间行为里就会充斥着各种低层次的"种瓜得豆"式的宇宙反讽。由于这种反讽是现实结果与主观意图在语言思维层面的反差，主体就容易在这种反差面前患上"失心疯"而走向心力交瘁，极端情绪下甚至会产生悲观厌世情绪而影响"心"的历程。而如果有了空间悖论认知，我们就会预知得失都是必然因果，主体就永远乐有所为，安于所得，人生就因之而变成一个永远都不会有尽头的苦乐历程，苦也是得，乐也是得；所以空间思维所倡导的生存栖居模式翻译成通俗语言就是"不如总在途中，于是常怀梦想"的动态人生模式，传统的"老年待养”模式将不复存在，老年一样成为“心”的主体，一样有梦，一样有对尊严、对自由的追求。

在一个充满活生生个体的人类社会里，人人都在渴望属于自己的那一份绝对自由，渴望自己的生命的潜能可以得到全部彰显，渴望得到、渴望成就，因而矛盾冲突就无法回避。从其童年开始，他就不断地接到来自社会认知空间里的各种价值灌输教导，这是他通向历验空间的基础而同时也在阻碍着他在历验空间里的作为。

人类个体历时性地生活在三种空间层次里——以身体器官行为作为主要表现形式的感知空间里的空间行为；具有高度压缩能量的抽象概念、观念与传统理念为主体的认知空间里的空间再现表述；个体享受作为“人”的存在意义与价值的历验空间里的再现性空间。然而，这里并不是说所有的人类个体都可以平等地享受三个高质量的空间。例如，在现代语境下的感知空间里，个体花同样的钱可以享受到相近的身体刺激——对我们的嗅觉、味觉、触觉等。在这个层面上，个体空间的测量评估往往不会产生太大的差异。然而，所有这些感官的满足却不能有助于个人空间生产的扩容。生命甚至可能会因此而走入一种令人沮丧的机械循环，最终导致主体性在较低层次上的迷失。

要扩展自己在这个世界上的空间，建立自己的独特主体，实现生命潜在价值，人们很容易误入歧途地进入一个纯粹理性意义上的“空间的再现”，如通过俗世意义上的投资来“获得更多利润”，来取得物质上的、社会上的“成功”。在认知空间里，“钱”可以作为价值尺度来衡量其他的空间品质，因而就给了人们这样的假象：即“钱”就是“价值”。“成功”与“投资”都是现代认知空间里发展出来的概念，语言在其中起着主要的定义与推理作用（所谓的"什么是"、"怎样会"
"成功"之类）。钱会在很大程度上有助于那些幸运的经济弄
潮儿的成功，如米比波普勒斯伯爵、葛雷非伯爵，金钱对他们
来说都似乎是信手拈来，然而，便捷的金钱并不必然给他们带
来自由，相反，"金钱"也可能会给他们提供一条充满限制的
常规俗途，如《一个干净明亮的地方》里的那位每晚定时造
访咖啡屋的老年酒客，他虽然不差钱，却让人感觉到他正在被
空间里那无边的黑暗与孤独所吞噬。

要寻找"绝对自由"而非定义概念的"相对自由"，人就
必须进入自己的历验空间，让自己的"心"与对世界的"感
觉"紧密联系起来，在其中，金钱之类的概念虽然具有一定
的空间意义，但总体说来，其意义会很有限。如老年的桑提亚
哥以抛弃现代物质文明，回归简单而原始的生态模式，身无分
文地只身走向大海深处。在历验空间里，自由是最重要的因
素，然而，"用某些社会理论来填充那样一个自由空间就是一
条通往奴役之路；而让内部空间保持空荡却是通向孤独、不幸
与自杀之路，或者说是一种新的奴役——通向非人化的框架结
构或非人化的意识形态"（Nodia，1991：35）。这样一来，人
似乎在这种追逐自由而不得自由的进退维谷的悖论境地里永远
都难以如愿以偿。这是现代思维与现代生活的维谷。人无法选
择而且无法"不选择"。作者海明威与他笔下的人物都陷入过
这种困境。通过他笔下的人物，海明威希望发出"不思"的
呐喊——人生来是"吃"、"喝"，找个恋人睡觉，为什么还要
为思考烦恼？然而，这种"不思"的呐喊本身就是思考。
"思"是正常人大脑的自然机能，我们无法在"思"的必然中
做到"不思"，也无法在"不思"的虚空中追求"思"，就像
《丧钟为谁而鸣》里自知死之将至的罗伯特·乔丹，他试图以

某种"思"来替代眼前就死的"无",却也是那么难以如愿:

> 想想蒙大拿吧。我没法想。想想马德里吧。我没法
> 想。想想喝一口凉水吧。着啊。那就跟喝凉水一样。像喝
> 一口凉水。你在骗自己啦。(海明威,1982:553—554)

因此,从空间存在的角度来表述的话,"思与居同属一
起"(Stenstad,2006:116),只不过在更多的时候我们将其分
开,把"思"与"语言"紧密地结合在一起。语言在其中作
为替罪羊也好,罪魁祸首的元凶也罢,一直在为误导主体走上
歧途甚至导致主体死亡而备受攻击:

> 语言的"机能"与死亡的"机能",因为它们为人性
> 打开最为合适的居所,揭示了该同样的居所总是充弥着否
> 定性,也是立足于否定性。因为他在言说,又是会死的,
> 人,用黑格尔的话来说,是否定性的存在,"是他所不是
> 而不是他所是",或者,按海德格尔的说法,是占据虚无
> 的"地点占据者"(patzhalter)。(Agamben,1991:xii)

人类的空间特征的一个本质就是似乎人不能历时地、静
态地待在一个空间地点里。他必须不断地转移到"其他"的
空间里而不愿意维持现状。囿于一地("处"的概念)等同
于失去自由,等同于死亡。因此,如果主体不想将那不可避
免的虚无作为自己的目标,要想避免诺地亚所谓的走上"新
的受奴役之路",他就必须在"囿于一地"的前提下"不囿
于此地"。

三 诗意栖居的空间自由

如果"绝对自由"得以实现，人就能够"真正意义上在社会层面自由并负起责任来"，这要求的条件是"他的选择充满意义，这意味着一种与绝对存在的内在关系，绝对存在不仅仅是人的主体性"（Nodia，1991：42）。以自由而充满意义的选择作为出发点，我们似乎并不能为摆脱语言的控制而找到非常光明的前途。面对来自认知空间里的困惑，海明威与其他现代主义作家选择"看重直接性、简单性，认为这样可以表达复杂性"（Berman，2003：77），从而可以较少地受到语言的负面影响。可是，一种无语甚至"不思"的简单生活貌似在摆脱语言的负面影响，却并不能确保主体就此可以获得向往的绝对自由。如人所论，"语言，虽然很固执，却并不简单地是精能的对立面"（Massumi，1997：217）。充其量，考虑到语言与认知空间的特殊关系，没有语言的行为实践会在一定程度上有助于获得"相对自由"。换言之，语言并不是真正的元凶。人可以选择以沉默的形式摆脱语言的干扰，却无法真正摆脱思考——即使是在沉默中，思考以（无声）语言的形式仍然在起作用。

作为作者的海明威以及他笔下的人物，似乎总是在一种"他自己帮助形成的"（Baker，1956：105）道德虚无与（试图）超越之间摇曳。在他的作品《永别了，武器》、《丧钟为谁而鸣》与《老人与海》中我们都可以读到这种试图超越的努力，而作者在真实生活中的自杀则似乎证明了摇摆的另一面。

自由而充满意义的选择要求精神与身体相应条件的满足，

这是海明威与他笔下许多人物经常所缺乏的。由于人是空间的产物，需要受到各种空间限制与制约，这种"自由选择"（即"绝对自由"）很大程度上依赖于主体碰巧身处其中的交互空间里。选择一旦作出，在何种程度上能够说"有意义"就是一个因人而异的主观阐释问题了。为了选择再现自己，画家会用到线条与颜色，音乐家会选择声音与节奏，不一而足。然而，当他选定了作为一名画家用线条与颜色来表现自己时，他就必须"了解"为广大画家和观赏者所共同接受的认知程式、相关领域里的要求，而且通常是大量学徒式训练与人生实践，然后他才会在时间与运气的帮助之下，获得技能，否则他的再现空间里就不会有高质量的生活再现，也就无法进入高质量的历验空间。"技能"是一个要求包含时间的空间，技能既是"知识"在认知空间里的积累，会干扰主体的历验空间自由，又是帮助历验空间得以实现的手段之一。因此，在"有意义"的选择与成功的空间再现性表述之前，时间作为一个重要的维度在空间的生产中起着举足轻重的作用。不是说空间的生产发生在时间里、以时间片段的形式呈现出来，而是说任何的时间（不仅仅是特殊的、有意义的阶段）都在空间的生产中起作用，包括平常意义上所说的"浪费"时间，或者主体貌似无所作为的隐性时间阶段——典型的如睡眠与白日梦的时间阶段——此时的"心"似乎在以一种不同的、不相关的时间片段来经历生活（幸福时光、悲伤时间、婚姻时间、战争时期，等等，如这些名字本身所具有的区别特征）。因此，老年的空间是一个远大于生命中其他时期的空间体。随着占个人空间极小部分的器官与身体的衰退，个人空间还在沿着时间轴以能量释放的形式继续扩张。

　　每一个个体的人同时都生活在三个空间层面里，而只有历验空间才是生命意义的最重要实现形式。历验空间的质量有赖于自我的计划、观点实现的主体性的终极表现。《桥边的老人》里的老人将关爱的能量延伸到他照料的动物身上，也延伸到作为叙述者的年轻战士身上，甚至延伸到了桥的另一边更遥远的地方。然而，这位老人的空间行为却卡在了这里。安塞尔莫的空间随着他的死而消失，他以难以置信的瘦小身躯支撑起来的空间回归到了他的大地母亲那里。他生活在对人类罪孽深深忏悔的重压下，生活在一个乌托邦式共和国的阴影里。因此，他的历验空间被认知空间里的符号再现掩盖了，几乎无法观察得到。在咖啡屋里的老年酒客过着一种近乎德勒兹意义上的"无器官之躯"的生活，一方面，夜间的咖啡屋为他在城市化的重压中带来一个暂时性、虚幻的明亮空间，另一方面，他也为这间咖啡屋带来空间意义。他的空间在那一丝不稳定的"神气"映衬下，同时在相对于无边的黑暗而言并不明亮的电灯光映衬下本该显出更多的生气；然而，这一空间的质量与器量都受到了严重的限制。而且他所散发出来的负面能量超过了他所能够带来的积极能量，使其周围的人，如那两名侍者，都受到了负面的影响——尽管年轻的侍者会选择不去"看"而把这种负面影响减到最小。从种种层面上讲，这位老年酒客才是一个"真正"的老人，他老而无为、老而无用，成了社会的"累赘"，他早已无法为这个社会作出任何有益的贡献。那么他生存的意义又在哪里？海明威似乎无法为这样的问题找到理想的答案。于是，他也只能选择回避进一步探讨这种本身无解的主题。随着他人生写作高峰在《老人与海》中的实现，海明威成功地向我们呈现了一个成功的老人英雄——老年的桑提亚哥。老人的空间延伸到了无边的大海，老人的身体也就相形之下变得微不足道的渺小，基本上可以忽略不计。而自我的空间却在扩张，与海洋重叠。在这个空间里，"可以被消灭掉，可就是打不败"的人类精神成了生命行为的主题价值。然而，"胜者无所获"的主题与老人自己的悔意"走得太远了"让我们禁不住思考这种空间里存在的问题，尤其是当我们不得不结合考虑另外一位生活中的老人——作者海明威以及他在自己老年时的自杀时，我们就必须面对这样的困惑。

在老年时光里，人从物质意义上说不必为空间生产那野心勃勃的计划而忙碌，可以考虑寻找走出老年空间困境的良方。他可以去思考、去选择生活在更有建设性、更有意义的空间里。这种随年龄渐增的意识与一种"本质上的诗意意识"的产生相关联，而这种诗性并不仅仅是与诗人或艺术家有关，而是人人都有权享受这种"诗意地栖居"。只要他真正地开始属于自己的"自我"历程而不仅仅是为身体而生存，不仅仅是为一种普遍接受的"正确"而生存。在那间明亮咖啡屋里被那位老年酒客勉强维系的一丝"神气"，就是这种诗意意识的萌芽。老桑提亚哥的深海之行所开启的与他马林鱼兄弟的对话以及与自我的对话则正是这种意识的展现。毫无疑问，我们希望有机会能够像孔夫子所说的那样可以在老年"游于艺"，在人生的艺术、技艺中游弋，我们就可以在诗性愉悦的国度里享受到马斯洛所说的"巅峰体验"，同时拥有如"坤"卦所表现的无边无垠的、无条件的人性谦虚。诗意地栖居不是说我们每个人都必须拥有诗人的天赋来创作或者欣赏华美的诗篇；但我们至少可以享受最低层次的"坤"卦所代表的诗性谦虚。本质上，作为人生"乾"卦另一面的"坤"卦，没有了那种永远如蛟龙般进取的诗性浪漫："坤"卦"初六"爻告诉我们人生的场景是"履霜坚冰至"恶劣外部环境下的收敛选择，"六三"爻是"含章"的内敛与可"贞"的坚持，"六四"爻是

"括囊"一切式的人生沉默，其结果也只能是"无咎无誉"的平淡。对"坤"卦的总结也是"利永贞"的那一份坚持。

在我们所面临的问题中，一方面我们总是对生活中的"失去"准备不足，另一方面，我们不耐烦于重复。在老年里，我们会更加敏感于、也更容易遭受失去。在孔子的一个隐喻里，他用到松柏来比喻人的那一份人性神气："岁寒，然后知松柏之后凋也"（《论语·子罕》）。很少有人愿意主动地经历生活的严寒，然而，我们也很少能看到一个人可以风平浪静地终其一生。人生往往充满了风霜雷电。而且，一种生物意义上心满意足的生活恐怕并不见得是一种理想的人生。风雨之后见彩虹，这道艳丽的人生彩虹可以出现在我们的老年时光空间里。这种彩虹不是出现在物理的天空中，也不是出现在荣耀的勋章上，却只能出现在一颗历验的"心"中。在生物层面上人极容易感到失落，因为他不可能真正做到"不思"。如果老年的"丧失"本质无法改变，我们至少可以像咖啡屋里的那位老年酒客一样接受生活，超越死亡。如果死亡也可以被超越，还有什么不可以？

生活总是显得日复一日地简单重复着自己；然而，在德勒兹看来，从来就没有一种重复是简单机械雷同式的重复，相反，重复是"'差异'的精能"（Deleuze，1990：289）。如前所述，这种既是时间上又是空间上的重复是空间的生产方式；然而，如"重复"一词本身所示，它至少会带来一种神经系统上的疲乏。即使是主体充分地接受了"时间换空间"的原则，他还是会因为生活的机械重复，因为缺少了"新"意义而苦恼。生活则似乎总是一如既往地重复着"吉凶悔吝"模式，要想跳出这种先决的循环模式，佛菩萨会把空间活动减少到可能的极致，直接地进入"历验"的（通常表现为超验的）

空间，佛家也因而把在家信佛的人称为"居士"，即一种寄居此空间以完成某种使命的状态。这种"居"往往需要一种超乎寻常的大智慧，似乎不是人人可及。空间实践里相应地倡导"诗意栖居"，但并非如字面所示是一种"隐喻"或"在想象的领域"（Elden，2002：82，83），而是"诗首先让栖居成为栖居。诗是让我们真正栖居的东西"（Heidegger，2003：266）。用海德格尔的话来说，"我们今天的栖居被工作所打扰，被追求所得与成功搞得没有了安全感，被娱乐与休闲业弄得困惑不堪。但当今天的栖居里仍有诗意的空间时，而且当时间还有存积时，接下来的最多是因美化而产生的焦虑，无论是存在于写作中的，还是存在于广播电视中"（Heidegger，2003：165）。这种因对美化需要而产生的焦虑呼应着《道德经》中的"天下皆知美之为美，斯恶已"，人们因为追求概念理性上的美而走向迷失。

因此，"诗意栖居"不是说，人们需要从字面意义上去从事诗人的工作，或者天天靠念诗为生（如果能够的话当然也不错），它所真正倡导的是在辛苦劳累的人生感知空间，"人可以抬头向上，从其中、超出其中，朝向神圣性"（Heidegger，2003：271）。正是以这种"向上望的方式"人把自己与其他的同类在历验的空间里区分开来，并且"能够与他的本性通约"（同上）。这样，人们可以选择像桑提亚哥一样表现出与其他老人的差异。他求助于他的祈祷，不是以宗教的方式，而是以诗意的方式。他经常不去教堂。他甚至不记得自己的祷文，于是他就以"快"形式来保持通常祈祷的节奏。在他体外没有上帝。他可以用他当前的自我形成一个上帝，用他当前的现状、他的历验空间——上帝与他同为一体。

老年可以无名、无语、无性、无器官、无体力，以及可以经历一切想象得到的失去，但老年仍然是人生，带有一份人类特殊的神气尊严，一丝向上的神圣。这是他人生中差不多唯一的一段可以选择、也能够支付得起的时间，可以被用来"从心所欲"，让主体纵情于人生的诗意空间。

空间的生产是一种人性的本能——或许在早期的生命形式中也有初步表现；一粒种子会努力地发芽、开花结果、向外部传播种子、开始新的生命空间……周而复始地在空间中发展。在人的生命原动力中很明显地保存了这种空间拓展的本能，只是许多人在带着认知空间里的意识拓展空间的过程中机械地曲解了空间的含义，会把空间理解为狭隘的物理空间，理解为一个空间的居所，会以拼命扩大自己的住房等形式来物化这种本能的空间需求而不自知。一个人只有带着正确的空间生产意识、以不懈的感知空间的努力，才会真正地进入历验的空间这一人性的自由王国。

所谓"人生从七十开始"，是指六十岁我们从工作岗位上（往往是迫于无奈、非己所愿）退下来的时候，还需要一个将近十年的心理调适、能量调整与积累的过程，归纳总结自己前面六十年的人生历程，以谨慎的人生智慧为七十岁开始的从心所欲的人生打下新的基础。

"人生从七十开始"不是让我们"坐等七十"，也只有经历了前面人生的诸多"奇怪"事件，我们的七十人生才会真正开始。也就是说，七十人生不是一个自然的生物进程，而是一种积极的选择。当我们用前面几十年的人生时间换得老年空间的静美，我们需要学会欣赏这份静美。孔子讲老年"戒之在得"（《论语·季氏》）。年轻之时，我们无法从根本上回避器官的需求甚至贪婪，老子讲"五色令人目盲；五音令人耳聋；五味令人口爽；驰骋畋猎，令人心发狂；难得之货，令人行妨"（《道德经》第 12 章），列举的都是感官给主体带来的负面影响。孟子也讲到人在成就自己理想的时候，上天（外部时空环境）也会给他设置许多的阻碍，会"苦其心志，劳其筋骨，饿其体肤，空乏其身，行拂乱其所为"（《孟子·告子下》），只有成功地经历了种种感官与行为的磨难之后，人才有望享受自己的心灵感悟。所以，我们有理由说，老年才是人生的"宗教期"，可以是一种超脱俗世实用的宗教，让心灵与外界那似乎并不存在、却又无处不在的神灵、上帝、菩提、真主自由地沟通，为人类自身的罪孽发自内心地进行无语忏悔，以一种慈悲朗照的超然冷峻静观尘世动荡纷扰，谨慎维系自身的最后一丝人性神气。

所谓老年，就是可以用 87 天去做一件自己毕生想做而在别人眼里却是很傻、很低效、很没有意义的事，甚至也可以是不做事。在老人的世界里，可以没有逻辑，没有理由，但必须有心动，这种心动恰恰是终其一生的理由与逻辑的积淀结果，一种心的历程，一种从心所欲却不逾矩的放纵这样一个"伟大主体的建构过程"（金惠敏，2003：17）。老年也是一个像安塞尔莫那样为自己在这个世界上犯下种种有意无意的过失回赎自己的一份愧疚的时光。老年是"慢"的季节。我们追求了一辈子的快节奏与效率，辛苦打拼，除了把世界弄得一团糟以外别无所获。假如我们不能为这个生态圈多贡献一株花草，至少不能因为我们的老年存在损失更多的花草。大自然混沌无序中透着一种绝对的有序。整个地球甚至整个宇宙都是一个盖亚（Gaia）生命，每一次对其他生命的破坏，最终受损的还是"我"自己，因此，"丧钟"为你我而鸣。耳轮中的丧钟是我们的生态警醒的提示。在红尘中迷惑了一辈子的我们，当红尘不再有兴趣于我们时，我们就不再有必要去扰乱红尘，如同咖啡夜店里的老年酒客，一任红尘飘洒在空气里与自己身边而不予理睬；如同老年的桑提亚哥，以自己独有的一份期待，绝"尘"而去，寻找自己生命价值的最自由空间。这一空间绝对地属于"我"，虽然为一份孤单所包围缠绕，但有着一份孤单中的自由、孤单中的自己。

参 考 文 献

Agamben, G. *Language and Death: The Place of Negativity*, trans. Karen E. Pinkus with Michael Hardt, Minneapolis: Univesity of Minnesota, 1991.

Allen, Michael J. B. "The Unspanish War in *For Whom the Bell Tolls*", *Contemporary Literature*, Vol. 13, No. 2 (Spring 1972): 204—212.

Amith, Jonathan D. *The Möbius Strip: A Spatial History of Colonial Society in Guerrero, Mexico*, Stanford University Press, 2005.

Anderson, Eugene N. *Ecologies of the Heart: Emotion, Belief, and the Environment*, Cary, NC, USA: Oxford University Press, Incorporated, 1996.

Ankersmit, F. "Metaphor and paradox in Toqueville's ananlysis of democracy", in Caroline van Eck et al. (eds), *The Question of Style in Philosophy and the Arts*, Cambridge University Press, 1995: 141—156.

Austin, John L. *How to Do Things With Words*, Oxford University Press, 1976.

Bachelard, G. *The Poetics of Space*, trans. Maria Jolas Foreword by Etienne Gilson, New York: The Orion Press, 1964.

Baker, C. *Hemingway: The Writer as Artist*, Princeton: Princeton University Press, 1956.

Barthes, R. "Diderot, Brecht, Eisenstein", in *The Responsibility of Forms: Critical Essays on Music, Art, and Representation*, trans. Richard Howard, New York: Hill and Wang, 1985.

Baxter, Leslie A. and Barbara M. Montgomery. *Relating: Dialogues and Dialectics*, Guilford Press, 1996.

Beegel, S. "Thor Heyerdahl's Kon-Tiki and Hemingway's Return to Primitivism in *The Old Man and the Sea*", in Linda Wagner-Martin (ed.), *Hemingway: eight decades of criticisms*, East Lansing : Michigan State University Press, 2009.

Berridge, H. & Ernest Hemingway. *Ernest Hemingway's A Farewell to Arms*, Barron's Educational Series, 1984.

Berman, R. *Fitzgerald-Wilson-Hemingway: Language and Experience*, Tuscaloosa, AL, USA: University of Alabama Press, 2003.

Berman, R. *Modernity and Progress: Fitzgerald, Hemingway, Orwell*, Tuscaloosa, AL, USA: University of Alabama Press, 2005.

Bloom, H. *Ernest Hemingway's The Old Man and the Sea*, Infobase Publishing, 2008.

Bourdelais, P. "The ageing of the population: relevant question or obsolete notion?" in Paul Johnson (ed.), *Old Age: From Antiquity to Postmodernity*, London, UK: Routledge, 1998.

Brennan, Z. *The Older Woman in Recent Fiction*, McFarland & Co Inc Pub, 2005.

Bunder, David V. and Gertrudis Van de Vijver. "Different metaphysical backgrounds on body image and body schema", in Helena De Preester et al. (ed.), *Body Image and Body Schema: Interdisciplinary Perspectives on the Body*, Philadelphia, PA, USA: John Benjamins Publishing Company, 2005.

Buckley, J. F. "Echoes of Closeted Desires: The Narrator and Character Voices of Jake Barnes", *Hemingway Review* 19. 2 (Spring 2000): 74—87.

Cain, William E. "Death Sentences, Rereading *The Old Man and the Sea*", in Linda Wagner-Martin (ed.), *Hemingway: eight decades of criticisms*, East Lansing: Michigan State University Press, 2009.

Carter, P. *The Road to Botany Bay: An Essay in Spatial History*, London: Faber & Faber, 1987.

Cassirer, E. *Language and Myth*, trans. Susanne K. Lancer, New York: Dover Publications Inc. (1946), 1953.

Cassirer, E. *The Philosophy of Symbolic Forms*, Vol. 3: *The Phenomenology of Knowledge*, trans. Charles Hendel, New Haven, Conn, 1957.

Cheney, P. "Hemingway and Christian Epic: the Bible in *For Whom the Bell Tolls*", *PLL* 21 (1985): 170—191.

Comley, N. "Hemingway The Economics of Survival", *NOVEL A Forum on Fiction*, Vol. 12, No. 3 (Spring, 1979): 244—253.

Comley, N. Robert Scholes. "Tribal Things Hemingway's Erotics of Truth", *NOVEL A Forum on Fiction*, Vol. 25, No. 3 (Spring 1992): 268—285.

Copleston, F. *A History of Philosophy* (Vol. 3), Continuum International Publishing Group, 2003.

Curnutt, K. *Ernest Hemingway and the Expatriate Modernist Movement*, A Manly, Inc. Book, 2000.

Daruvala, S. *Zhou Zuoren and an Alternative Chinese Response to Modernity*, Harvard Univ Asia Center, 2000.

Dekker, G. and Joseph Harris. "Supernaturalism and the Vernacular Style in *A Farewell to Arms*", *PMLA*, Vol. 94, 1979: 311—318.

Deleuze, G. and R. Guattari. *A Thousand Plateaus: Capitalism and Schizophrenia*, trans. B. Massumi, Minneapolis: University of Minnesota Press, 1987.

Deleuze, G. *The Logic of Sense*, trans. M. Lester with C. Stivale (ed.), C. V. Boundas, London: Athlone Press, 1990.

Deleuze, G. *Coldness and Cruelty* (1969), in *Masochism*, trans. Jean McNeill, New York: Zone Books, 1991.

Eco, U., Stefan Collini, Richard Rorty, Jonathan D. Culler and Christine Brooke-Rose. *Interpretation and Overinterpretation*, Cambridge University Press, 1992.

Elden, S. *Mapping the Present: Heidegger, Foucault and the Project of a Spatial History*, London GBR: Continuum International Publishing, 2002.

Fantina, R. "Hemingway's Masochism, Sodomy, and the Dominant Woman", *Hemingway Review*, Spring 2003: 84—105.

Fantina, R. *Ernest Hemingway: Machismo and Masochism*, Gordonsville, VA, USA: Palgrave Macmillan, 2005.

Foucault, M. "Questions on Geography", in *Power/Knowl-*

edge: *Selected Interviews and Other Writings*, *1972—1977*, New York: Pantheon Bookds, 1980.

Foucault, M. "Of Other Spaces", *Diacritics*, 1986 (16): 22—27.

Freud, S. *Moses And Monotheism*, trans. Katherine Jones, Hogarth Press and Institute of Psycho-Analysis, 1939.

Frohock, W. M. *The Novel of Violence in America*, Boston: Beacon Press, 1964.

Frus, P. *The Politics and Poetics of Journalistic Narrative*: *the Timely and the Timeless*? Cambridge University Press, 1994.

Gabriel, Joseph F. "The Logic of Confusion in Hemingway's 'A Clean Well-lighted Place'", *College English*, XXII (1961): 539—546.

Gaufey, Guy L. "Looking at the mirror image: The stare and the glance", in Helena De Preester (ed.), *Body Image and Body Schema*: *Interdisciplinary Perspectives on the Body*, Philadelphia, PA, USA: John Benjamins Publishing Company, 2005.

Geertz, C. *Interpretation of Cultures*, New York: Basic Books, 1973.

Gerhard, D. *The Fear of Nothingness in Hemingway's "A Clean, Well-Lighted Place,"* GRIN Verlag, 2008.

Gilbert, Pamela K. "Sex and the modern city: English studies and the spatial turn", in Barney Warf and Santa Arias (eds), *The Spatial Turn*: *Interdisciplinary Perspectives*, London: New York: Routledge, 2009.

Gizzo, Suzanne D. "Going Home: Hemingway, Primitivism, and Identity", in Linda Wagner Martin (ed.), *Hemingway*: *eight decades of criticisms*, East Lansing: Michigan State University Press, 2009.

Hagopian, John B. "Tiding Up Hemingway's 'A Clean, Well-lighted Place'", *Studies in Short Fiction*, I (1964): 140—146.

Halliday, E. M. "Hemingway's Ambiguity Symbolism and Irony", *American Literature*, Vol. 28, No. 1 (Mar. 1956): 1—22.

Harvey, D. *The Condition of Postmodernity*, Oxford: Blackwell, 1989.

Haytock, Jennifer A. "Hemingway's Soldiers and Their Pregnant Women: Domestic Ritual in World War I", in Linda Wagner Martin (ed.), *Hemingway: eight decades of criticisms*, East Lansing: Michigan State University Press, 2009.

Hazlett, John D. *My Generation: Collective Autobiography and Identity Politics*, Univ. of Wisconsin Press, 1998.

Heidegger, M. "Building Dwelling Thinking", in *Poetry, Language, Thought*, trans. Albert Hofstadter, New York: Harper Colophon Books, 1971.

Hemingway, E. *A Farewell to Arms*, New York: Charles Scribner's Sons, 1929.

Hemingway, E. *For Whom the Bell Tolls*, Granada Publishing, 1979.

Hemingway, E. *The First Forty-Nine Stories*, J. Cape, 1946.

Hemingway, E. *The Green Hills of Africa*, New York: Charles Scribner's Sons, 1963.

Hemingway, E. *The Old Man and the Sea*, New York: Charles Scribner's Sons, 1952.

Hemingway, E. *The Sun Also Rises* (1926), New York: Charles Scribner's Sons, 1954.

Hinkle, J. "What's Funny in *The Sun Also Rises*", *Hemingway Review*, Spring 1985: 31—34.

Hoffman, Steven K. "Nada and the Clean, Well-Lighted Place: The Unity of Hemingway's Short Fiction", *Essays in Literature*, 6 (1979): 91—110.

Hubbard, P. *Thinking Geographically: Space, Theory, and Contemporary Human Geography*, Continuum International Publishing Group, 2002.

Idema, H. *Freud, Religion, and the Roaring Twenties: a Psychoanalytic Theory of Secularization in Three Novelists: Anderson, Hemingway, Fitzgerald*, Rowman & Littlefield, 1990.

Johnson, D. "Kafka's God of Suffocation: The Futility of 'Facing' Death", in Fagan Andrew (ed.), *Making Sense of Dying and Death*, Rodopi, 2004.

Kerrigan, W. "Something Funny about Hemingway's Count", *American Literature*, Vol. 46 Issue 1, 1974: 87—93.

Kort, Wesley A. *Place and Space in Modern Fiction*, University Press of Florida, 2004.

Kristeva, J. *Proust and the Sense of Time*, trans. with an introduction by Stephen Bann, Cambridge University Press, 1993.

Lamb, Robert P. "The Love Song of Harold Krebs: Form, Argument, and Meaning in Hemingway's 'Soldier's Home'", *Hemingway Review*, Spring 1995: 18—36.

Lambadaridou, E. A. "Ernest Hemingway's message to contemporary man", *Hemingway Review*, Spring 1990: 146—154.

Lao Tzu, *Tao Te Ching*, trans. Arthur Waley, Wordsworth, 《道德经》, 外语教学与研究出版社 1998 年版。

Lefebvre, H. *Critique of Everyday Life: Volume II: Foundations for a sociology of the everyday*, trans. John Moore with a preface by Michel Trebitsch, London and New York: Verso, 1999.

Lefebvre, H. *The Production of Space*, trans. Donald Nicholson-Smith, Oxford and Cambridge, Mass. : Blackwell Ltd, 1991.

Lefebvre, H. *Rhythmanalysis: space, time and everyday life*, trans. Stuart Elden and Gerald Moore, with introduction by Stuart Elden, London: Continuum, 2004.

Lodge, D. *The Novelist at the Crossroads: and other essays on fiction and criticism*, Routledge & Kegan Paul, 1971.

Low, Setha M. *The Anthropology of Space and Place: Locating Culture*, Wiley-Blackwell, 2006.

Lukács, G. *Theory of the Novel* (1920), trans. Anna Bostock, Cambridge: MIT P, 1971.

Lynn, K. *Hemingway*, New York: Fawcett-Columbine, 1987.

Mangum, B. "Ernest Hemingway", in Frank Magill (ed.), *Critical Survey of Short Fiction*, Salem Press, 1982.

Marcus, Fred H. " 'A Farewell to Arms': The Impact of Irony and the Irrational", *The English Journal*, Vol. 51, No. 8 (Nov. 1962): 527—535.

Massey, D. *Space, Place, and Gender*, Minneapolis, MN: University of Minnesota Press, 1994.

Massumi, B. "The Autonomy of Affect", in Paul Patton (ed.), *Deleuze: A Critical Reader*, Oxford: Blackwell, 1997.

McCormick, J. *American & European Literary Imagination*,

1919—1932, Transaction Publishers, 2000.

Merrill, R. "Tragic Form in *A Farewell to Arms*", *American Literature*, Vol. 45, No. 4 (Jan. 1974): 571—579.

Meshram, N. G. *The Fiction of Ernest Hemingway*, Atlantic Publishers & Distributors, 2002.

Miller, Evelyn E. "A Trilogy of Irony", *The English Journal*, Vol. 59, No. 1 (Jan. 1970): 59—62.

Miller, Linda P. "In Love with Papa", in Lawrence R. Broer (ed.), *Hemingway and Women: Female Critics and the Female Voice*, Tuscaloosa, AL, USA: University of Alabama Press, 2002.

Morris, W. "Of Wisdom and Competence", in Michael P. Clark (ed.), *Revenge of the Aesthetic: The Place of Literature in Theory Today*, Ewing, NJ, USA: University of California Press, 2000.

Mount, H. *Hemingway's Tribute to Soil*, iUniverse, 2006.

Moynihan, William T. "The Martyrdom of Robert Jordan", *College English*, Vol. 21, No. 3 (Dec. 1959): 127—132.

Nodia, G. "Humanism and Freedom", in Paul Peachey, John Kromkowski and George F. McLean (eds), *The Place of the Person in Social Life*, CRVP, 1991.

Nolan, Jr. C. " 'A little crazy': psychiatric diagnoses of three Hemingway women characters", *Hemingway Review*, Spring 2009: 105—120.

Oldsey, B. "The Snows of Ernest Hemingway", *Wisconsin Studies in Contemporary Literature*, Vol. 4, No. 2 (Spring-Summer 1963): 172—198.

Peace, S. et al. *Environment and Identity in Later Life*, Berkshire, GBR: McGrawHill Education, 2005.

Phillips, Larry W. (ed.) *Ernest Hemingway on Writing*, New York: Scribner, 1984.

Rabinow, P. "Space, Knowledge, and Power. Interview: Michel Foucault", *Skyline*, March 1982: 16—20.

Rao, P. G. Rama. *Ernest Hemingway's a Farewell to Arms*, Atlantic Publishers & Distributors, 2007a.

Rao, P. G. Rama. *Ernest Hemingway's The Old Man and the Sea*, Atlantic Publishers & Distributors, 2007b.

Rao, P. G. Rama. "Dynamics of Narration: Later Novels", in Harold Bloom, *Ernest Hemingway's The Old Man and the Sea*, Infobase Publishing, 2008.

Reinert, O. "Hemingway's Waiters Once More", *College English*, XX (1959): 417—418.

Reik, T. *Masochism in Sex and Society*, New York: Grove Press, 1962.

Rovit, E. *Ernest Hemingway*, New York: Twayne, 1963.

Rudat, Wolfgang E. H. "Sexual Dilemmas in *The Sun Also Rises*", *Hemingway Review*, Spring 1989: 2—13.

Saco, D. *Cybering Democracy: Public Space and the Internet. Minneapolis*, MN, USA: University of Minnesota Press, 2002.

Seltzer, Leon F. "The Opportunity of Impotence: Count Mippipopolous in *The Sun Also Rises*", *Renascence* 31 (Autumn 1978): 3—14.

Silverman, K. *Male Subjectivity at the Margins*, New York and London: Routledge, 1992.

Sipiora, P. "Hemingway's Aging Heroes and the Concept of

Phronesis", *Journal of Aging and Identity*, Vol. 5, No. 4 (2000): 207—223.

Smethurst, P. *The Postmodern Chronotype: Reading Space and Time in Contemporary Fiction*, Rodopi, 2000.

Smith, D, W. "Deleuze's Theory of Sensation: Overcoming the Kantian Duality", in Paul Patton (ed.), *Deleuze: A Critical Reader*, Oxford: Blackwell, 1997: 29—56.

Soja, Edward W. *Thirdspace: Journeys to Los Angeles and Other Real-and-imagined Places*, Blackwell Publishing, 1996.

Spilka, M. *Hemingway's Quarrel with Androgyny*, Lincoln and London: University of Nebraska Press, 1990.

Stengel, Wayne B. "Strength of the Mothers, Weakness of the Fathers: War, Sport, and Sexual Battle in Hemingway's *In Our Time*", *Publications of the Arkansas Philological Association* 20. 1 (1994): 87—103.

Stein, G. *The Autobiography of Alice B. Toklas* (1933), in *Selected Writings of Gertrude Stein*, ed. Carl Van Vechten, New York: Vintage, 1962.

Stenstad, G. *Transformations: Thinking after Heidegger*, Madison, WI, USA: University of Wisconsin Press, 2006.

Stoltzfus, B. *Lacan and Kiterature: Purloined Pretexts*, SUNY Press, 1996.

Strong, Amy L. *Race and Identity in Hemingway's Fiction*, Palgrave Macmillan, 2008.

Thorne, Creath S. "The Shape of Equivocation in Ernest Hemingway's *For Whom the Bell Tolls*", *American Literature*, Vol. 51, No. 4 (Jan. 1980): 520—535.

Tomashevsky, B. "Thematics", in Lee T. Lemon and Marion J. Reis (eds), *Russian Formalist Criticism: Four Essays*, Lincoln (NE): U of Nebraska Press, 1965.

Tonkiss, F. *Space, the City and Social Theory: Social Relations and Urban Forms*, Polity, 2005.

Traber, Daniel S. *Whiteness, Otherness and the Individualism Paradox from Huck to Punk*, Gordonsville, VA, USA: Palgrave Macmillan, 2007.

Tyler, L. *Student Companion to Ernest Hemingway*, Westport, CT, USA: Greenwood Publishing Group, Incorporated, 2001.

Vardamis, Alex A. & Justine E. Owens. "Hemingway's Near-Death Experience", *Journal of Medical Humanities*, Vol. 20, No. 3, 1999: 203—217.

Verduin, K. "The Lord of Heroes: Hemingway and the Crucified Christ", *Religion and Literature* 19. 1 (1987): 21—41.

Waggoner, E. "Inside the current: a Taoist reading of *The Old Man and the Sea*", *Hemingway Review*, Spring 1998: 88—104.

Waldmeir, J. "Confiteor Hommer: Ernest Hemingway's Religion of Man", in Carlos Baker (ed.) *Ernest Hemingway Critiques of Four Major Novels*, New York, 1962.

Warfand, B. & Santa Arias. "Introduction: the Reinsertion of Space into the Social Sciences and Humanities", in Barney Warf and Santa Arias (eds), *The Spatial Turn: interdisciplinary perspectives*, London, New York: Routledge, 2009.

Wang, Y. （王弋璇）Violence And Conflict: the Spatiality of Joyce Carol Oates's Fiction, 博士论文, 上海外国语大学, 2008 年。

Watson, " 'Old Man at the Bridge' The Making of a Short

Story", *Hemingway Review*, Spring 1988: 152—165.

Wegner, Phillip E. "Spatial criticism", in Julian Wolfreys (ed.), *Introducing Criticism at the 21st Century*, Edinburgh: Edinburgh Univ. Press, 2002.

Woods, J. *Paradox and Paraconsistency*: *conflict resolution in the abstract sciences*, Cambridge University Press, 2003.

Wyatt-Brown, Anne M. & Janice Rossen. *Aging and Gender in Literature*: *Studies in Creativity*, University of Virginia Press, 1993.

Žižek, S. *Organs without Bodies*: *Deleuze and Consequences*, Routledge, 2004.

Žižek, S. *Parallax View*, Cambridge, MA, USA: MIT Press, 2006.

巴雷亚:《不是西班牙, 而是海明威》, 文美惠译, 见董衡巽编《海明威研究》, 中国社会科学出版社 1980 年版。

包亚明:《现代性与空间的生产》, 上海教育出版社 2003 年版。

董衡巽:《海明威传》, 浙江文艺出版社 2008 年版。

恩格斯:《社会主义从空想到科学的发展》,《恩格斯: 社会主义从空想到科学的发展》 (第三版), 人民出版社 1997 年版。

范革新:《海明威的硬汉子精神与同性恋恐怖症》,《外国文学研究》1999 年第 2 期。

丰子恺:《佛无灵》, 见弘一等《暮鼓晨钟 佛学方家谭》, 团结出版社 2007 年版。

弗莱:《批评的解剖》, 陈慧、袁宪军、吴伟仁译, 百花文艺出版社 2006 年版。

高宣扬：《福柯的生存美学》，中国人民大学出版社 2005 年版。

海明威：《老人与海》，海观译，上海译文出版社 1979 年版。

海明威：《桥边的老人》，宗白译，见《海明威短篇小说全集》上，陈良廷等译，上海译文出版社 1995 年版。

海明威：《丧钟为谁而鸣》，程中瑞、程彼德译，上海译文出版社 1982 年版。

海明威：《太阳照常升起》，赵静男译，上海译文出版社 1984 年版。

海明威：《一个干净明亮的地方》，曹庸译，见《海明威短篇小说全集》上，陈良廷等译，上海译文出版社 1995 年版。

海明威：《永别了，武器》，林疑今译，上海译文出版社 1980 年版。

傅道彬：《〈周易〉的诗体结构形式与诗性智慧》，《文学评论》2010 年第 2 期。

胡经之主编：《西方文艺理论名著教程》下卷，北京大学出版社 2003 年版。

考夫卡：《格式塔式心理学原理》（1935），黎炜译，浙江教育出版社 1997 年版。

金惠敏主编：《差异》第 1 辑，河南大学出版社 2003 年版。

考利：《海明威作品中的噩梦和宗教仪式》，杨静远译，见董衡巽编《海明威研究》，中国社会科学出版社 1980 年版。

兰瑟：《虚构的权威：女性作家与叙述声音》，黄必康译，北京大学出版社 2002 年版。

李维屏：《英国小说艺术史》，上海外语教育出版社 2003 年版。

廖昌胤：《小说悖论：以十年来英美小说理论为起点》，安徽大学出版社 2009 年版。

刘怀玉：《历史唯物主义的空间化解释：以列斐伏尔为个案》，《河北学刊》2005 年第 3 期。

刘象愚、李娟：《战争与人：走进海明威的〈永别了，武器〉》，北京师范大学出版社 2007 年版。

陆扬：《空间和地方的后现代维度》，《学术研究》2009 年第 3 期。

陆扬：《空间转向中的文学批评》，《吉林大学社会科学学报》2009 年第 9 期。

陆扬：《空间理论和文学空间》，《外国文学研究》2004 年第 4 期。

陆扬：《析索亚"第三空间"理论》，《天津社会科学》2005 年第 2 期。

倪象占：《周易索诂》（清刊本）。

聂珍钊：《〈老人与海〉与丛林法则》，《外国文学评论》2009 年第 3 期。

邱平壤：《海明威研究在中国》，黑龙江教育出版社 1990 年版。

荣格：《人类及其象征》，张文举、荣文库译，辽宁教育出版社 1988 年版。

塞尔登：《文学批评理论：从柏拉图到现在》，刘象愚、陈永国等译，北京大学出版社 2000 年版。

森德逊：《一个在西班牙的共和主义者》，刘若端译，见董衡巽编《海明威研究》，中国社会科学出版社 1980 年版。

斯毕尔卡：《〈太阳照样升起〉中爱情的死亡》，赵一凡译，见董衡巽编《海明威研究》，中国社会科学出版社 1980

年版。

陶洁：《灯下西窗》，北京大学出版社 2004 年版。

韦勒克、沃伦：《文学理论》，刘象愚等译，三联书店 1984 年版。

维柯：《新科学》，朱光潜译，人民文学出版社 1987 年版。

吴宁：《日常生活批判：列斐伏尔哲学思想研究》，人民出版社 2007 年版。

吴然：《男人颜色：直面海明威》，陕西人民出版社 2008 年版。

吴冶平：《空间理论与文学的再现》，甘肃人民出版社 2008 年版。

杨仁敬：《论海明威新闻作品的特色和意义》，《厦门大学学报》（哲学社会科学版）2009 年第 4 期。

杨仁敬：《海明威在中国》，厦门大学出版社 2006 年版。

殷企平：《驳意义不确定论》，《外国文学》1997 年第 1 期。

虞建华：《无奈的老人与凶险的海——谈冯内古特〈时震〉再现的西方艺术困境》，《英美文学研究论丛》，2002 年。

虞建华：《"迷惘的一代"作家自我流放原因再探》，《外国文学研究》2004 年第 1 期。

张薇：《海明威小说的叙事艺术》，上海社会科学院出版社 2005 年版。

张禹九：《总有女人的男人——遥瞻海明威》，天津人民出版社 2004 年版。

朱熹、程颐、张道绪、来知德：《周易义传合订：15 卷》台湾商务印书馆（1811）1969 年版。

后　记

　　本书是根据我的英语博士论文译写而成的汉语版本。在原来博士论文的开题报告中我打算多涵盖几个自己觉得颇有代表意义的文学老年形象，导师虞建华教授认为以一篇博士论文的篇幅来讨论过多作家笔下的文学人物难免流于空泛，于是经过反复的思考与征求导师意见，最终决定集中研究海明威一人笔下老人。后来，在具体的文本分析过程中才发现导师的意见是何等精辟！单是对海明威一个作家笔下老年人物的研究都有许多相关内容我都不得不在行文中割舍不用，哪里有暇论及其他！

　　虽然在接触虞老师之前，对老师的学术口碑与人品是早有所闻，但直到真正跟着老师做论文的时候才发现自己遇到了这么好的导师是何等庆幸！虞老师不仅仅在学术思路上给我以及时指点与启发，在生活细节上也给予他的学生无微不至的关怀，行不言之教。当得知我不方便上网查阅资料时，他马上就把自己的上课时间、早晚空闲的办公室交给我使用，并且总是主动电话通知我什么时候办公室可以使用。这样，我便在做论文期间非常便利地使用老师的电脑、网络，还有老师办公室里大量的藏书。

　　英文初稿反馈回来后，我看到老师在上面密密麻麻的圈点，从立论观点到逻辑思路甚至到用词语误，竟然无一逃过老师的如炬"法眼"；我一方面惭愧于自己的大意与疏漏，另一方面更被老师的认真精神所感动，同时也为给老师带来巨大的阅读麻烦而深感不安。

恩师没有因为我是"同力"博士生而带有任何偏见，相反地总是不断地以各种方式给我以更多鼓励、鞭策，他不止一次地半认真、半开玩笑说："邓天中，不是你找我，是我找的你。"想想老师德隆望尊，每年排队等候应试以求一入虞门为徒者都是数以几十计，而我何德何能，敢让老师"找"我？从老师话语中我听到的是关爱与鼓励。如今，每当我疲乏想放松之时，老师的这句话就在我耳边回响，让我警醒不敢辜负恩师的期待。

我在完成此书的过程之中还交了不少学术上的益友，建立了难得的珍贵友谊。上海外国语大学的查明建教授除了不止一次地悉心听取我关于自己论著思路的聒噪之外，还给予我思路与逻辑行文方面的良好的建议。更有一次，从松江上完晚课回来的查教授看到我深夜还在老师办公室里查资料、写论文，就把为自己准备的毛毯送来给我御寒。上外的这批学者除了做学问的博大精深之外，在做人方面的细致体贴无不让人感动至深！

廖昌胤教授是我在杭州参加殷企平老师组织的博士论坛上高谈阔论之间认识的学友师兄，在上外期间他更是对我的论文思路给予了极大的肯定，同时非常细致而严密地以他的"悖论"理论共证我的空间理论，让我受益匪浅。

上海外国语大学文学研究院周敏博士后给予我的诸多帮助对我而言分外珍贵。在华东师范大学外语学院攻读硕士学位期间，我们曾经是同班同学。如今她凭着顽强的进取精神与对文学的一份特殊感悟和热爱,学问上早已翘楚我等,不仅先期戴上了博士帽,而且已经完成了博士后研究工作,正在成为国内外国文学研究队伍风头正健的新生力量,也由当年的同窗而变成了我如今的"导师",成了我学习与追赶的楷模。我在上外做论文期间与她在西江湾路上偶遇重逢,此后,她不仅与我一起思考,而且成了我论文思路的热心代言人。每见到一个同行,她就主动向他们介绍我的行文思路,替我咨询每一个可能的逻辑漏洞,一直到论文最终成稿后,她细致到对我论文的摘要格式、措辞用语都悉心帮助斟酌。那一份真挚与焦虑让人感动!可以说,得到她的帮助与指点是上天给我的另一恩赐。

本论著的很多思路也得益于当年参加殷企平老师组织的民间形式的博士论坛。我虽然不是殷老师的入门弟子,但仍能被殷老师宽容接纳,并让忝列其中而不甘于寂寞的我享有同等的发言时间,自觉得益良多。在上外聆听金惠敏老师的系列讲座也让我得益颇多。此外,论文也得到了上海大学朱振武教授、上海外国语大学文学研究院张和龙教授等人的诸多帮助与鼓励。与陈福康教授也有过许多交流,老一辈学者总是以他们对学术、社会与人生的独特理解给我以启发。

在做论文的过程中了解到师门中王弋璇博士已完成的博士论文竟然同用列斐伏尔空间理论进行文本分析。王博士除了主动分享她所收集的大量相关资料,也在茶余饭后与我一起共同探讨了不少的相关理论概念,使得我的理论框架更趋清晰合理。陈广兴博士以他对海明威作品的深厚理解为我的研究提供了不少素材,也节省了我许多时间。金文宁、陈俊松博士、刘启君博士生都给了我许多思路与鼓励,在此都深表感谢!

在上海做论文期间,与戴运财教授在海怡花园合租同住。写作之余,早晚间我们分享论文尚不成熟的思路,期间陈晦博士也偶尔从繁重的教学任务中抽身加入我们的讨论行列，我很庆幸有了这些好朋友作为热心听众，虽然研究方向各异，但他们的反应热点还是给了我诸多启发。

中国社会科学出版社的刘志兵编辑在此书的出版过程中给了我很多帮助，对中西文化结合的共同兴趣让我们有了很多的讨论热点。同时我也为给他带来的许多辛劳而深表歉意与感激！

在初稿打印与样稿校正过程中，妻子刘伯茹付出了许多默默无闻的劳作，共同促成了该书付梓。

最后要感谢浙江省哲学社会科学规划领导小组的出版资金支持。

由于本人学识与精力的欠缺，本书中许多观点难免存在疏漏与论证不周的地方，敬请同行批评指正。

邓天中

2010 年 10 月 8 日于临安